我的珞妮

洪　峰　著

北方联合出版传媒(集团)股份有限公司
萬卷 万卷出版公司

图书在版编目（CIP）数据

我的珞妮 / 洪峰著. — 沈阳 : 万卷出版公司,
2019.8

ISBN 978-7-5470-5158-0

Ⅰ. ①我… Ⅱ. ①洪… Ⅲ. ①纪实文学—中国—当代
Ⅳ.①I25

中国版本图书馆CIP数据核字（2019）第100340号

出 品 人：刘一秀
出版发行：北方联合出版传媒（集团）股份有限公司
万卷出版公司
（地址：沈阳市和平区十一纬路25号 邮编：110003）
印 刷 者：辽宁新华印务有限公司
经 销 者：全国新华书店
幅面尺寸：145mm×210mm
字 数：330千字
印 张：13.5
出版时间：2019年8月第1版
印刷时间：2019年8月第1次印刷
责任编辑：张雪娇
责任校对：高 辉
封面设计：琥珀视觉
版式设计：张 莹
ISBN 978-7-5470-5158-0
定 价：53.00元
联系电话：024-23284090
传 真：024-23284448

目 录

珞妮五岁

珞妮六岁

珞妮七岁

珞妮八岁

序

这本书是我给女儿留下的一份礼物，我以为这可能是一份很长久的礼物，在我死后的很多年依旧会是一个父亲的礼物。

当然，也可能不是，是负担。

如何评判它，最终取决于我女儿。

从珞妮出生第一天的第一张照片开始，整整八年的每一天，都有爸爸给珞妮拍下的照片。中间丢了一部分，那是因为我的电脑出现了问题，请专业人士也没有恢复成功。我的感受是比丢了正在写作的小说还要让我难过和绝望。无法形容。如今回想起来心口还会疼，隐痛。

珞妮的名字来自彝族语的汉译音，意思是“林间（山间）的平地”。到目前为止，全中国只有一个人叫珞妮，就是我的女儿，我在她还没出生的时候就取好了这个名字。那时候我们不知道她是个女儿还是个儿子，甚至不知道胎儿是否健康。我希望是个女儿，但不敢说出来，我担心说出来就不灵验了。我叫她珞妮的内心想法是：在高原山区林区，最稀缺的是平地。它对一个山民来说是珍贵的，但对更多的人来说它是普通和平凡的。珞妮是我的女儿，她对我来说是珍贵的，对其他人来说则是微不足道的。我就是要表达这个简单的意思：女儿对我珍贵就行了，对别人意味着什么并不重要。每个父母都有自己的孩子，他们或许也一样这么想。

我的家叫作珞妮山庄，它建成在珞妮出生之前的两个月。名字也是和女儿的名字一起取好的：珞妮的家，珞妮的小小山庄。

珞妮在这里度过她的婴儿、幼年、童年，还有即将到来的少年时光，我希望她能在她的山庄生活得更久甚至一生。我知道这不能够，她一天一天长大，也会一天一天远离我们。我只是祈祷，她和父母的缘分不仅仅值一块钱，它无价且永久。

我还会告诉女儿：珞妮，你是上帝馈赠给爸爸妈妈的最珍贵礼物。

珞妮一岁

2010年12月7日凌晨，滇东北下了雪。

站在阳台上，我可以隐约看见远山和近处的房屋都覆盖了一层。

一定是很薄的一层，厚厚的积雪颜色不会是灰白的，即便是在这种天地浑然的时刻，依然会有银光闪烁。

以珞妮的方式相见

2010-12-18

珞妮成为活着的小人儿，属于一个生命奇迹。

珞妮的母亲老燕患子宫内膜癌经历了大约五年的治疗，这中间必不可少要化疗放疗和十几次大大小小的手术。癌症患者或者他们的家属都有差不多的记忆：疼痛会让患者经常处于半昏迷状态。这种记忆在老燕剖腹产前后的疼痛中起了很特别的作用，她没有和大部分产妇一样呼天喊地。“我一直等着最疼的那个时候，它居然没来。”老燕说。

老燕还说：“医生告诉我手术后6个小时会非常疼痛，挺不住就打一针哌替啶。6个小时过去了，没觉得忍受不了。我就想大概是麻药的作用还在，就继续等着，但一直没等到。”

她无声地笑了。那是我熟悉的笑，很骄傲,还有你不用担心我没事的那种笑。“疼是疼，但不是受不了那种。”

我们都知道为什么，相视一笑之后心里的感觉有点乱，说不好该庆幸还是该伤感。很多记忆以画面的形式闪现在眼前，让人喉咙有点儿紧：那时候她经常会疼得半昏迷，我握着她的手坐在床边一直看着她醒来。她睁开眼睛的第一件事是对着我无声地笑一下……

我说珞妮的出生属于生命奇迹，医学根据是子宫癌的放化疗首先会杀死卵子。卵子是女性身体细胞中最大的细胞，放化疗杀细胞没有识别系统，它不分有用没用好的孬的一概杀而且先逮大的杀，于是卵子首当其冲。女性的卵子数量是固定的和不再生的，也就是说20万个卵子死一个少一个。治疗癌症的过程似乎就是杀光卵子的过程，所以在医学上至今还没有哪个女性能够在子宫癌治愈后可以怀孕的。总而言之，凡女性生殖系统癌症治愈之后，女性就没有可能怀孕和生育了。一般来说两害相权取其轻，医者首先要做的是挽救生命，顾不来别的。现代医学至今还不能两全其美，很多子宫癌患者得到了继续活着的可能，但也永远失去了体验生命完整性的机会。

生活对每个人都不太相同，生命也是。如果必须使用“完整”这个概念去定位人生，我以为一个人只要不丧失对生活和生命的感恩能力，你或许就完整。如今老燕能够活下来就是我们最大的完整，至于她能不能怀孕、能不能生孩子不重要。这是真心话，一点儿都没有得便宜卖乖的意思。我一直尽力不做那种矫情加变态的人，从来都是怎么想就怎么说。比如说我和老燕有一个好妹子，她就不能生育，但在我眼里她一直是最美丽最有女人味的女人。人毕竟不是猪，会下崽儿多下崽儿的就好。人之所以和动物不同，就因为繁衍已经不再是个体的绝对任务。当然啦，你一定要认为女人不能怀孕生孩子就不是女人，我可以说你是偏执狂但不可以说你是猪什么的，你使劲生就是了。话说回来，你使劲儿生年年生月月生死皮赖脸生，你还是生不过猪，更生不过兔子。兔子一个月一窝，一窝至少七八个；藏獒一年能怀孕两次，幼獒成活率低得让人忧郁。

珞妮还在老燕肚子里就一直被监控着，医生非常担心母体放化疗会引发一些基因方面的变异，从而造成胎儿从生成起就发育不正常，生出来的小娃娃缺胳膊少腿似乎还可以容忍，脑瘫白痴弱智就残酷得近乎造孽了。每周都要统计各种数据，所有数据都显示她是一个健康的胎儿；生出来之后第一时间测量出身长54.91厘米，体重3500克；如今她来到这个不仅有水还有阳光的世界已经第十二天了，仍然可以判断她健康。

我给我的几个朋友发短信时说："又一次感受了生死两重天……"他们一定不太清楚我的这种发酸来自何处，只是回复说好事！喜事！其实我想说如果珞妮不是产前检查发现脐带绕脖两圈，是要正常生产的。说来也有点特别，珞妮入盆之后一直没有出现脐带缠绕现象，医生一致认为入盆之后没有脐带缠绕就不会缠绕了。"正常生产没问题"，赵教授这样说。她攻生命遗传工程，对生命本身的各种问题非常痴迷。她还把胎儿珞妮在子宫中的一些活动刻录了磁盘，小东西活动很频繁，对光和声音非常敏感。但珞妮偏偏在成为人的前几个小时被发现脐带缠上了脖子而且一缠就是两圈：一圈还可以顺产，两圈以上必须剖宫产了。这种情形让我和老燕都很失望，但也只能服从医学的指示了。我始终认定胎儿要成为婴儿，只有经过那条生命通道的挤压整合，才有可能在艰辛的人生过程里成为一个身心健康的人。之后发生的事情让人后怕：由于经过多次手术和放化疗，子宫内膜基本处于严重破损状态，胎盘在生长过程中慢慢植入子宫壁，也就是说胎盘和子宫长在了一起，它们不再是各自独立的空间了。医学术语叫作"胎盘植入"。赵教授在电话里说："十分钟之内，死定了！"几天之后她还说："生命真是太神奇了！胎儿入盆之后还能脐带绕脖，概率太小太小了。如果不绕脖……天……"如果珞妮没有脐带绕脖，就意味着正常生产。孩子接生后医生要取出胎盘，而胎盘植入了子宫壁，和子宫成为一体，正常生产已经基本完成，医生不可能看见子宫里面发生的事情，于是就按照正常手术程序拉胎盘出来，于是子宫不可避免就要被拉破拉穿，于是大出血……

2010年12月7日凌晨，滇东北下了雪。站在阳台上，我可以隐约看见远山和近处的房屋都覆盖了一层。一定是很薄的一层，厚厚的积雪颜色不会是灰白的，即便是在这种天地浑然的时刻，依然会有银光闪烁。

早晨，老燕感觉肚子的情况不太对，就去了医院。

雪还在下，似乎没有要停住的意思。

我对着楼下喊："小心不要摔着！"

老燕抬起手臂扬了一下，"我小心着呢。"

2010年12月7日上午11时33分，珞妮以珞妮的方式和她的母亲和父亲，和……相见。

珞妮回了一趟老爹的故乡

2011-07-21

五月上旬，老燕带着珞妮回沈阳的家。下旬，我也回了沈阳。

沈阳，炎热的白天和呛人的傍晚一如既往。

珞妮身上起了很多热痱子，她会伸出小手去挠，皱着眉头的样子很让人心疼。没更好的办法，除了涂一点儿药膏，只能多给她洗澡。这种情形免不了要想到云南，在云南的时候，即便起了一些痱子，去山边的温泉浴馆泡一泡，第二天就消了。珞妮刚满月就被带去泡温泉，翻山越岭的。温泉浴馆掌柜的很担心："娃儿太小不敢洗噶，会生病呦。"

珞妮很喜欢水，她在温泉里连蹬带踹很是开心，出来之后衣服还没穿好人就睡了。她睡得格外香，汽车的颠簸对她的睡眠毫无影响。

在沈阳就不是那么回事了，天太热，珞妮睡觉不太安稳。这孩子太能出汗，随她爹：血热。小姑娘脑袋身上总是汗津津，一摸，发黏。只能是洗澡、洗澡、再洗澡。

六月下旬，我们带着珞妮离开沈阳回了一趟老家。亲戚朋友们都不太赞成，大意是孩子太小不适合长途旅行。我们也有点儿犹豫，珞妮刚刚6个多月，5个月时就出来了——从大西南到大东北，从海拔2000米到海拔100米……从山里到都市再从都市到乡村，不仅需要适应气候突变，还要担忧水土不服……的确有点冒险，但最终决定还是要回去。

先到了长春，主要是想看望我的老主编成刚和他的老伴儿佟丹阿姨。彼此间很多年没通过音讯了，这中间有很多难以解说的事情发生，我只是想念他们看望他们。但愿他们可以看清楚洪峰还是原来那个不解释不表白只求对得住良知的洪峰。他没有什么改变，改变的是别的东西。至于其他的事和人，不是他所能左右和改变的，谁难受谁知道吧。人都得死，留下一点儿死前可以回忆的事情总是好的。

他们的独生女儿冰冰刚好也在长春，她和她的加拿大华裔丈夫还有女儿都来了中国老爸老妈家。没有久违的感觉，彼此间似乎昨天刚刚才见过。在我眼里，冰冰始终是个孩子。

在长春住了两天，见着了老友李不空、宗仁发、任白、陈深、李卫，还有老燕在网上结识的王虎，还有一个编辑王刚。王虎如今在任白手下做总编助理，能张罗。

原本以为还能看见小克、祖阔和述平、郭力家，但他们都在北京。

不空大部分时间都和我们在一起，他的愿望是女儿多多快点结婚，快点生个娃娃。不空看见珞妮喜欢得不行，总想抱抱，但珞妮认生就是不让。

分别后不空还短信说："一直没抱一抱，心里不舍。"

故乡的亲戚们能认识的已经不多，一个表姐一个堂姐还有两个堂哥，都70岁上下了。我的这些哥哥姐姐都比我大很多，他们结婚生孩子的时候我还没上幼儿园呢。那些外甥侄子什么的比我小不了几岁，差不多一起长大成人。这一次我希望能和他们相聚一次，谁知道还有没有第二次相聚的机会呢？哥哥姐姐们还都和我的记忆中差不多，老话三岁看老，颜容和身体形态改变了，但性情依旧。至于他们的后人，除了表姐的孩子们还和他们的舅舅亲近，其他外甥侄子基本上和路人差不多了。没有伤心，只是略感遗憾。几十年的生活难免会得出这样的结论：亲情总是在对他们自己有用的情形下才被郑重提出和使用，反过来就不是那么回事了。亲戚和朋友之间的差异是大部分亲戚只有在他们有事的时候你才重要，大部分朋友则是有事没事你都差不多重要。

这就说到了我的几个中学同学，我们读书时候就要好，此后几十年也要好。也有后来彼此间出了问题不往来的，但在我心里他们依旧还是孩子时的伙伴。所谓度尽劫波兄弟在，相逢一笑泯恩仇。何况没有仇怨只有友情，当然人还是会改变的，一旦人生自我定位出了问题，亲情和友情也就不那么容易维系了。

张波身体不是很好，庆勋也有些问题，看上去晓方和小平情况好些。

他们都尽可能和我们待在一起，饮食起居事无巨细。张波知道我想喝羊杂汤，特意和乡镇的朋友打招呼，专程跑到几十里外的乌兰花喝了一顿。

2011年夏天，因为有这些同学在，故乡的每一天都快乐和温馨。

我们抱着珞妮看望了我初中的班主任，我们一直想接他们老两口儿到云南颐养天年。老师很激动，看得出来老师是真心想跟他的学生到云南的，但师母似乎并不想离开故土。老师还和年轻时一样，每说话都要看师母的脸色。我和同学想接老师出去吃顿饭，但师母脸一沉，老师就一副手足无措的样子。师母呜里呜噜地说："他出去家里就没人了。"师母脑血栓发作过，说话呜里呜噜的。我心里很难受，但没话说。这种事情不可以勉强，希望以后……以后还有机会。

老燕虽然在东北生活了很长时间，但真实的东北大平原还是头一次见着。"感觉能看见天边，山里不是这样。"她看着车窗外自言自语。"要是在这里租一片地，可以种多少庄稼啊！"

我也很久没有平原的记忆了，一望无际的草甸子和青纱帐能找回很多丢失的时光。那是很特别的感受：心里很敞亮也空空荡荡。

我们的珞妮一直呈现出很好的身心状态，两个多月的折腾，其间冷冷热热风风雨雨的气候变化，大人都不太适应，但珞妮一直在健康成长。

离开沈阳的时候是早晨。去机场的路上车辆不多，难得如此安静。朱力一边开车一边说："过几天我还得去齐齐哈尔。"朱力是一个相貌憨厚头脑精明的人，我们认识也有十年了。他看好了粮食生意，要去那里建粮库。"北大荒，北大仓。"他自言自语。

飞机起飞了，我从舷窗看下去：我离沈阳远了，离这里的人也远了。

地面在我的视线中很快就消失了，舷窗外一片迷雾。

这里还有我的家吗？

一岁寄语

2011-12-07

2011年12月7日上午11时33分，珞妮来到这个世界一年。一年的长度在365天5小时48分46秒到6小时13分53秒之间，不是为重复常识，是因为这一年我和她的妈妈曾经在秒分时的不同状态中度过很多天。我希望以后的日子会是另外一种计时方法：某个时刻突然间想起时间一天、几天、十几天甚或一年，已经过去了……

2010年的12月7日恰好是农历小雪，那一天云南会泽大雪纷飞。

记忆中街道和建筑上很少见地盖满了白雪，珞妮就在那天和她的母亲父亲相见。2011年的12月7日遇上的是农历大雪，这一天没有下雪。2012年的这一天也是大雪节气，属于节令累积的巧合。在云南，这两个节令的到来总是让我突然想念东北的漫天飞雪，还有，彻骨的寒冷。那是一种只有东北人才会有的体验，就如同只有云南人才会体验到什么叫作四季如春。

按照风俗习惯是要过周岁生日的。在云南会泽城乡，那是很铺排的仪式。但琢磨出花儿来也还就是吃饭送钱，今年你送了明年我送，就像左边口袋掏出来再揣进右口袋。往往这些仪式和孩子关系不大，都是大人们自娱自乐。我想了想，还是决定不过了。我想的是如果一切不那么不正常，珞妮还可以活很多年，放弃这个生日算不上什么大不了的事情。人一生要放弃的东西会很多，有时候你愿意，更多的时候你不愿意，但你还是放弃了。我的想法是她过生日的时候也是她能够以特别的方式体验生命过程的时候，否则过这种生日还真没什么意思。珞妮和这个世界相见的方式有些特别，她的生日纪念方式理应也该有些特别才对。

这是我的想法，珞妮长大之后或许有另外的想法。那是她的事情，我管不了也管不着。如果说人生本身就意味没有公平可言，要怪也只能怪她出生在这个家庭。这由不得她，也由不得别的什么人（包括她爹和娘），孕育生命必然也偶然，孕育出什么样的生命，以怎样的形态度过生命，同样如此。

我的想法很简单：在她的出生纪念日还由我掌控的时候，她会得到真情的祝福，但没有通常的礼物——每个纪念日都将是她作为女儿给她的母亲做的一次礼拜。她当然也可以得到礼物，但她要把所得的礼物献给她的母亲。

今年这个时候珞妮还做不到这一点，明年或许也做不到，那就什么时候可以做到什么时候开始这个仪式。我说了，她长大成人之后可以有另外的想法，她甚至可以因为另外的想法拒绝承认和赡养她的母亲。我呢，会死得更早些。如果她愿意，完全可以忽略和忘记有这样一个人曾经在她的生命中存在过。人的历史证明过了：

去除痕迹的方式很多，只要愿意，可以做到。

2011年12月7日，洪峰对珞妮要说的基本就是这些。我很想让她知道她的父亲是怎样的一个人，这是每一个做父亲的人都会怀有的愿望。我知道这很难，现在不能，以后也未必能。没有很多可以解释，解释本身会造成意外的伤害。语言在这种时候是制造混乱的东西，说得越多，距离你的本意越远。

老燕，今天是女儿的生日，祝你健康和快乐。

珞妮两岁

珞妮，

在这一天，

让我们一起祝你的妈妈身体健康，让她因为你的存在感受幸福和活着的价值。

老板上菜

2012-2-14

以往珞妮亲我都是有什么事情要我替她做，今天晚上她探过小脑袋亲我，我以为她又要有什么新要求。没有，她只是亲了一下，然后看着妈妈笑。再亲一下，两条腿蹬来蹬去咯咯笑。她妈妈说珞妮这是怎么了？后来我想我知道了：女儿亲我的时候我闭上眼睛说晕了晕了。她就是为这个高兴。

2012-2-16

老前辈陈学昭说“工作着是美丽的”，深以为然。眼下不能正常工作，不美丽啊。早晨起床，看见山庄院子里那对大鸟在它们的窝边叽叽喳喳说话——它们去年就来院子建设了自己的小家——珞妮指着它们，说：“多！多！”她把院子里所有活的东西一概称“多”——多，是我们一只藏獒的名字，它一直住在院子里。

2012-3-1

獒们看见我女儿珞妮就要围过来伸出大舌头去舔珞妮的脸，珞妮一边躲闪一边伸出双手用力推獒们的脑袋，推不开，她干脆就张开嘴巴咬獒的舌头。獒这种时候就跳开，很疑惑地看着珞妮。珞妮这时候很得意地张开手臂，“多！多！”地叫喊。她是在喊叫那只最灵活的獒——安多，安多这时候就会来个“地躺拳”。

2012-3-1

从三楼窗子看出去，院子里正栽果树。梨树，李子，苹果，桃树，沙果，核桃。大人们忙着给果树浇水，珞妮蹲在笼子边上，伸出手给兔子看。她的指甲被小姨贴上了梅花贴纸。她妈妈上楼来说：“珞妮看见你就会给你看她的指甲，你要说漂亮。”我当然会说好漂亮，否则珞妮会情绪低落，至少几个小时不搭理老爹。

2012-3-9

9：30，余华离开。不舍但不能留：他一直病着，喝了老燕煎的草药，症状有所减轻。他上车，我拉开车门：2014年之前我们一定再见面。他说：一定。早晨，余华叔叔给珞妮写下：“人生如梦，珞妮如诗。”珞妮奢侈！此前，马原伯伯给她留了五言绝句：“金钟山涧溪，冬月鸟争啼。祥云罩会泽，珞妮着紫衣。”

2012-3-9

行前，我抱珞妮和余华合影。一说要拍照，珞妮马上摆造型。照了几张就不干了，挣脱开玩去了。余华说：珞妮明星派头！腾讯小杨说：就是嘛，配合你俩照几张就得了呗。众人笑。余华上车，珞妮突然对他摇着小手再见，又连续眨眼睛——她刚刚学会的所谓“放电”。余华和满车人都大笑。离别的伤感一扫而空。

2012-3-25

昨天晚上下了雪，很小，只在天桥的花池中留下了薄薄的一层。蒋燕忙着把结了果的果树遮盖起来，她说这样就不会落果。珞妮站在天桥上喊妈妈，獒也随着她大声叫起来。我抱起珞妮，她指着昏暗的园子：“兔兔！”我说兔子有笼子，冻不着。晨起，看见玉兰树上的花朵萎靡了：它们不能承受夜晚突然的降温。

2012-3-29

珞妮懂事了：她们上街回来，她抱着一袋西红柿跟在她妈妈后边（妈妈拎更多的菜），随时要摔倒的样子，真的摔了个嘴啃泥。没哭，拱起来继续走。进屋，她把西红柿给妈妈。我蹲下，“珞妮，你15个月的时候老爸在做什么呢？”珞妮没看我，她一直盯着妈妈把西红柿放在灶台上。然后她把两只手伸向我：“疼！”

2012-4-7

山庄园内不止一条蛇，都住在园墙背阴地，白天睡觉晚上出来。按说该把它们都捉住，但一直没有这么干，只是晚上要浇水的时候尽量不接近墙根儿。白天，珞妮照旧在园里喂兔子撵鸡玩。公兔咬母兔，老燕打了公兔。珞妮摸公兔以示安慰，公兔以为有吃的，就啃珞妮的手。珞妮被咬疼了，哇一声哭起来……

2012-4-14

老燕说昨天珠珠教会了珞妮一次说四个字。我不相信：珞妮属于说话不是很早的孩子，只能蹦几个单音词，诸如爸爸、妈妈、吃、看、多、袜……让我挠头的是她只愿意叫妈妈，要我做事的时候也喊妈妈。只有她受了惊吓或者和妈妈在外面的时候，才叫爸爸。对了，珞妮学会的四字连说是："老板上菜"！

2012-4-14

雨下得太少了，旱情依旧没有逆转迹象。日常供水还是一早一晚，明知园内有几条蛇但也必须要夜晚浇水。把安多带在身边心里踏实，它能及早发现并抓住蛇。老燕趁来水忙着洗衣服，珞妮尖叫着和碟子在天桥上追来追去。碟子被珞妮的叫声吓住了，歪着脑袋看珞妮。珞妮喊："碟！碟！"然后，她摔一个嘴啃泥。

2012-4-15

开始给珞妮断奶。老燕跟她说不能吃奶了，妈妈疼。她点头，不吃但不睡觉，爬到妈妈身上要求看奶，看见包扎的奶就哭。给她旺旺果味奶，喝了（平时她不喝这些），然后睡了。醒来的次数增加了，每次都哭。我抱着她四处走动，她哼唧着睡了。珞妮看上去很可怜很无助：她人生的第二次丧失就这样来了……

2012-4-16

看了"陪伴三年"的跟帖，又查阅了一些资料，我相信母乳不会很早就没有营养，更忧虑珞妮和妈妈疏离的心理状态。我和在医院准备打回奶针的老燕通了电话，建议推迟断奶的时间。我听得出来，老燕似乎就等着我这样说。她说："那我就回来呗。""回来呗。"我说。不知道这样做是否对，听从内心的声音吧。

2012-4-17

大概是遗传因素，珞妮也喜欢吃韭菜盒子。每次都把盒子给她弄成小块儿，抓着吃，满脸满身都是碎韭菜。我吃完之后上楼，老燕收拾桌子。珞妮终于逮着机会实施她一直想要实施的计划了：她抓起小汤勺，从蒜缸里舀出半勺蒜泥，吃了；又舀出半勺，吃了。然后她涨红了脸，使劲摇晃脑袋，大哭："妈妈……"

珞妮第一次打架

2012-4-26

朋友的男孩比珞妮小5天，每见珞妮都打几下，珞妮都躲开。昨天，男孩见珞妮又打，他把手指伸进珞妮嘴里抠。珞妮突然咬住男孩手指，晃着头用力咬；男孩哭，珞妮松口，两手掐住男孩的双颊，扯。她把他推倒，还掐着。老燕连忙拉开。过一会儿，男孩返回：拿瓜子给珞妮吃。珞妮不吃，走开。珞妮第一次打架。

2012-4-27

珞妮看见一只小虫，弯腰去拿。我制止，说虫咬人。她看虫爬，又抬起头看我，指着虫："吃！"我说不能吃，虫有毒。她蹲下看着虫爬。虫爬得很努力，但只能一秒钟2毫米的速度。珞妮抓起虫，举着，走向不远处的鸡："吃！"鸡跑了。珞妮看看手里的虫，塞进嘴巴，又吐出来。虫落下继续爬。珞妮拍拍手，离开。

2012-4-30

珞妮高烧到39.8摄氏度的时候打了第二次吊瓶，她妈妈说珞妮一边号叫一边喊爸爸。我对医院有不能言说的恐惧，所以老燕

2012年8月

从来不让我去医院。除夕被“土皇帝”带人揍一顿之后住了医院，以为可以消除医院恐惧症了，不行。我不在现场是好事，否则会跟护士打架——她给我女儿扎了4次扎不上，脑袋快扎成血葫芦了。

2012-5-2

连续又是十几天没见一滴雨水了，5月1号气温达到了32摄氏度，这在滇东北实属罕见。往年盛夏也不必开窗，但昨天和前天都开了窗。晚上给了水，我们连忙给刚刚种下的蔬菜和树喝点儿水。老燕背着刚刚睡醒的珞妮，珞妮仰着脸看夜空。她突然很兴奋地叫起来，珞妮伸出两只手指着夜空中的月亮，说：“灯！”

2012-5-6

珞妮只有妈妈不在时才会叫爸爸。她会要求抱并且指着房门要找妈妈。我躺着假装睡觉，她折腾了一会儿也就睡了。今天晚上我正看英超，珞妮突然叫爸爸。我受宠若惊，连忙过去问叫爸爸了？她躺着，笑嘻嘻看我，指着她妈妈的电脑，说：“美！”低头看见屏幕上是一女郎。老燕说：“珞妮知道老爸喜欢美女。”

2012-5-8

平台上的獒们大声叫起来，知道是珞妮和她妈妈回来了。熟悉了獒，听得出它们的叫声传达不同的内容。我走到阳台上，看见碟子已经在门口迎接了。老燕抱着珞妮似乎还拎着东西，我也下楼。突然掉了几滴雨，就几滴。我把珞妮接过来，她睁眼看了看继续睡。老燕说：“看是你，能接着睡。别人，就开哭了。”

2012-5-8

下雨了，会泽！这里的雨声从来都很特别，节奏的变化意味着雨水不是很小。无法坐在屋里倾听雨打树木的声音，我怀疑是不是真的在下雨。我来到平台上，衣服帽子马上就淋湿了。躲雨的獒们跑过来和我一起淋雨，它们总是这样，无论风雨或者危险，只要主人出现，都和主人在一起。欢乐的时刻，也是。

2012-5-9

昨天的雨下了不到60分钟。旱得太久，这一点儿雨水就是杯水车薪。早晨起来拉开窗帘，山间迷雾蒙蒙。不敢怀有很大的希望，山里的早晨十之八九这样子。早晨阴云密布，10点钟后万里晴空。珞妮和以往一样最先醒来，她拍妈妈的脸，被拍醒的人说：“自己玩。”珞妮就自己玩。没啥可玩的啊，只能继续拍……

2012-5-10

碟子现在容忍珞妮撕嘴巴，揪胡子，受不了就躲开。它也会跟珞妮亲热，比如咬珞妮的帽子舔珞妮的脸。珞妮两只手使劲推碟子的头，不行就转身逃跑。昨天下午碟子躺着，珞妮折腾了一会儿也躺下，她脑袋枕着碟子的肚子。碟子勾起脑袋舔舔珞妮的头发：碟子刚刚失去了它的小獒，我猜测碟子是把珞妮当成了小獒。

2012-5-24

山庄只有一只鸡了，其他的被两只藏獒当游动哨吃了。活下来的是一只公鸡，獒对它却视而不见。母鸡没了，只能买鸡蛋。

201

从来不让我去医院。除夕被“土皇帝”带人揍一顿之后住了医院，以为可以消除医院恐惧症了，不行。我不在现场是好事，否则会跟护士打架——她给我女儿扎了4次扎不上，脑袋快扎成血葫芦了。

2012-5-2

连续又是十几天没见一滴雨水了，5月1号气温达到了32摄氏度，这在滇东北实属罕见。往年盛夏也不必开窗，但昨天和前天都开了窗。晚上给了水，我们连忙给刚刚种下的蔬菜和树喝点儿水。老燕背着刚刚睡醒的珞妮，珞妮仰着脸看夜空。她突然很兴奋地叫起来，珞妮伸出两只手指着夜空中的月亮，说：“灯！”

2012-5-6

珞妮只有妈妈不在时才会叫爸爸。她会要求抱并且指着房门要找妈妈。我躺着假装睡觉，她折腾了一会儿也就睡了。今天晚上我正看英超，珞妮突然叫爸爸。我受宠若惊，连忙过去问叫爸爸了？她躺着，笑嘻嘻看我，指着她妈妈的电脑，说：“美！”低头看见屏幕上是一女郎。老燕说：“珞妮知道老爸喜欢美女。”

2012-5-8

平台上的獒们大声叫起来，知道是珞妮和她妈妈回来了。熟悉了獒，听得出它们的叫声传达不同的内容。我走到阳台上，看见碟子已经在门口迎接了。老燕抱着珞妮似乎还拎着东西，我也下楼。突然掉了几滴雨，就几滴。我把珞妮接过来，她睁眼看了看继续睡。老燕说：“看是你，能接着睡。别人，就开哭了。”

2012-5-8

下雨了，会泽！这里的雨声从来都很特别，节奏的变化意味着雨水不是很小。无法坐在屋里倾听雨打树木的声音，我怀疑是不是真的在下雨。我来到平台上，衣服帽子马上就淋湿了。躲雨的獒们跑过来和我一起淋雨，它们总是这样，无论风雨或者危险，只要主人出现，都和主人在一起。欢乐的时刻，也是。

2012-5-9

昨天的雨下了不到60分钟。旱得太久，这一点儿雨水就是杯水车薪。早晨起来拉开窗帘，山间迷雾蒙蒙。不敢怀有很大的希望，山里的早晨十之八九这样子。早晨阴云密布，10点钟后万里晴空。珞妮和以往一样最先醒来，她拍妈妈的脸，被拍醒的人说：“自己玩。”珞妮就自己玩。没啥可玩的啊，只能继续拍……

2012-5-10

碟子现在容忍珞妮撕嘴巴，揪胡子，受不了就躲开。它也会跟珞妮亲热，比如咬珞妮的帽子舔珞妮的脸。珞妮两只手使劲推碟子的头，不行就转身逃跑。昨天下午碟子躺着，珞妮折腾了一会儿也躺下，她脑袋枕着碟子的肚子。碟子勾起脑袋舔舔珞妮的头发：碟子刚刚失去了它的小獒，我猜测碟子是把珞妮当成了小獒。

2012-5-24

山庄只有一只鸡了，其他的被两只藏獒当游动哨吃了。活下来的是一只公鸡，獒对它却视而不见。母鸡没了，只能买鸡蛋。

2012年5月

2012年8月

2012年9月

2012年11月

她妈妈跟珞妮说："蛋蛋是大公鸡下的，你吃一个就要给它一块钱。"昨天，我和珞妮出屋，公鸡走过来。珞妮走向那只鸡，鸡逃跑，她追赶。珞妮举着从床下找到的一角钱，她喊："给！给！"

2012-5-25

珞妮生病时症状会突然严重，医生说因为体质好才会这样：自身抵抗力强，轻度症状看不出来。珞妮不肯吃药，妈妈准备的时候她就会要求喝水。她眼睛跟着妈妈转，那种惊恐和无助，我不敢看。给她水瓶，她把瓶口堵在嘴上，假装喝，就是不肯拿开。喂药时我都躲开，这很伪善：我保留了批评珞妮妈妈的权利。

2012-5-29

8点18分，开始下雨。我们全家都到了窗前，珞妮指着窗外："呃！雨！"很大的雨，地面起了雨花。老燕说："旱天里的孩子，知道下雨高兴。"我心有些难受。珞妮又一声喊让我震动："树！"她指着园里被雨水清洗的果树。老燕说："她说不用浇树了。"10点20分，雨很小了但还在下。求你，不要停啊。

2012-5-31

以下事实可证明珞妮是庄主和老燕亲生的：庄主喜欢吃辣，珞妮也喜欢；庄主不吃甜，珞妮不喜欢；庄主喜欢吃韭菜盒子，珞妮喜欢。前几天珞妮感冒，喂药跟杀她一样。后来她妈妈兴奋地告诉我：给珞妮咖啡喝，她很高兴。我说是吗？没见她喝过啊。老燕说：我在咖啡里加了药。忘了说，庄主喜欢喝咖啡。

自己穿鞋穿裤子

2012-7-8

入夜，站在三楼平台，近闻蟋蟀，远听蛙鸣，偶尔犬吠，不变的是晚风吹拂青纱帐发出的簌簌响声。珞妮和妈妈争执着什么。听清了，是妈妈让她把雨伞收起来带回屋里，她要把雨伞放在花池的花木里藏着。僵持了一会儿，还是拿着伞气鼓鼓地进屋。大喊爸爸，她举着伞："开！"我给她开伞，她拖着伞疯跑起来。

2012-7-11

昨日夜23时许，江苏网友徐女士抵达珞妮山庄。此时珞妮正在睡觉，大概是做了噩梦，惊叫着爬起大哭，庄主连忙抱起，她四处张望之后才安静下来。抱她下楼与徐女士相见，珞妮睡意未消不愿打招呼。今晨，老燕带珞妮和徐女士上街，出大门时，珞妮突然对徐女士说："姨，抱。"

2012-7-19

珞妮折腾了半个下午，这会儿还能听她怪叫，大概是因为山庄一下子清静了。我抱着她来到三楼阳台，她站在小雨里看着大门，叫她也没反应。我心里很不舒服：她不会说，但我知道她是以为叔叔出去了，一会儿就能从大门出现。担心她被雨淋着，喊她，她回头，脸上没有爸爸熟悉的那种坏笑。

2012-8-25

每天很短，每个星期很短，每个月每年都很短。珞妮快要满21个月了，很庆幸这600多天没出现大的差错。拍了很多照片以记录她的成长，可惜的是今年7月到8月之间的照片丢失了数百张，找了很多天郁闷了很多天，还是没找着。珞妮能自己穿鞋穿裤子，自己从手机里找出歌曲和动画片……

2012-8-27

多年未见的大学同学于昨日晚到达会泽，今日中午12时30分离开珞妮山庄赴贵阳。同行的是他的销售部经理小郭。珞妮与我的同学和小郭刚刚相见就要求抱，这出乎我的意料。这期间跟我经常要横，我要惩戒，她就逃到小郭身边或者躲到我同学身后。分别时，再见、飞吻不停。

珞妮和这个季节一样新鲜

2012-9-4

再有三天，珞妮来到这世间就21个月了。这中间发生了许多事，值得庆幸的是那时候她还非常小，她不太可能记住丑恶和恐惧的事。做父母的都希望孩子的婴幼年自由自在并且快乐成为主旋律。这有点难，但都在努力。云南的8月、9月是最好的季节，珞妮和这个季节一样新鲜。

2012-9-6

李海燕于2012年9月6日18时48分抵达会泽珞妮山庄。庄主与家人在“蓝月谷西餐厅”与李海燕共进晚餐。不好意思，李海燕是酸辣米线，珞妮是苦菜洋芋炒饭，珞妮妈妈是牛肉炒面，庄主是清水米线（两份）。20时15分，返回山庄。

2012-9-8

丁颖于2012年9月8日18时30分由杭州抵达会泽珞妮山庄。先期到达的李海燕与丁颖在此相聚，珞妮与二人关系甚好。尖叫着乱跑，兴奋过度尿湿了裤子。

2012-9-21

孩子容易忘记不愉快的事情，于是孩子是快乐的；孩子容易记住别人的好，所以孩子心里没有仇恨。来珞妮山庄的已经超过30人了，我观察得出的结论是：凡对她友善并且和她一起玩耍的，她都能记很久；凡以应付心态对待她的，即便玩耍过，她也很快就忘记了。作为父亲，我也感念那些珞妮喜欢的人。

2012-10-7

关于爱情和婚姻最通行的说法：婚姻是爱情的坟墓。本人对此无评价。我们经历了很多事，这些事情都是在这11年间完成的。我们从未讨论过爱情和婚姻，没愿望搭理那个。11年间我们分别的时间不会超过一个月，每次分别都不适应。刚刚珞妮妈妈突然说："真快，一周又过去了。"我说："珞妮22个月了。"

2012-10-8

摸摸肚子，圆滚滚的，珞妮估计又吃撑了。带她到天桥上散步，走了一会儿，她要求踩着我的脚走路。我低着头，她抬着头。我突然回想起她第一次走路的情形：我把她放在距离我两米远的地上，她使出浑身的力气迈出一只脚，摇晃着再迈出一只。半分钟后，她接近了我，猛地扑进我怀里死死抓住我的衣服……

2012-10-15

园内的草莓已经很少结果实了，昨天珞妮发现了一个成熟的草莓。她摘下来，妈妈问她该给谁吃？她举着草莓走过来递给老爹，我不客气地吃了。珞妮拍拍手走回草莓地，摘了一个绿色的，皱着眉头吃了。今天，她妈妈又摘到一颗红色的，给了珞妮之后又问：该给谁吃？珞妮拿着它递给老爸：“给！给！”我吃了。

2012-10-20

儿童的成长如何才是好的，我不清楚。我最反感的是把自己的经验当作真理的人，所以我不会告诉别人该怎么做，也讨厌别人告诉我该怎么做。我对培养和教育这两个词深恶痛绝。对22个月的珞妮，我更愿意她养成习惯。比如她喜欢吃的东西先给爸爸（给妈妈已经习惯了），比如帮助妈妈爸爸干活，还比如……

2012-10-23

珞妮的膝盖擦破了指甲大的一块皮，抱着膝盖吸着气说疼。每次她都会这样很夸张地博同情和安慰，大人就给她的疼处吹上几口气，说：好了不疼了。她就不疼了。这一次她妈妈给她看剖宫产留下的那条很长的疤痕，说：你疼，看妈妈疼不疼？珞妮看了一会儿，拉下妈妈的衣襟盖住疤痕，继续玩，膝盖不疼了。

2012-10-25

来云南后第一次自己动手种菜，冬菠菜。珞妮也要跟着一起干，被拒绝了，因为几分钟之内她就会成为小泥猴。她很不高兴，拿了一把小药锄，爬到花坛上有模有样地在上面种地或者除草。她见了黄菊花，摘下来一朵，看了看，吃了。她的嘴巴破了好几天了，菊花清火明目，珞妮像只小动物一样知道什么花可以吃。

2012-10-26

看到了徐天宁的一幅书法，给我女儿珞妮写的。他说他准备整理成集后给珞妮。我一遍一遍看那些字，眼泪就流下来。我想我女儿成为活着的小姑娘来到人间是何等艰难，但她在这里得到了让我都羡慕的呵护。天宁是非常优秀的艺术家，我们也只是神交而未曾谋面。在这里相识，我们深感快慰。我该笑才对……

2012-10-27

上周买了十几只当地土鸡崽儿。昨天，死了一只。看上去不是瘟病，或许是感冒导致的死亡。珞妮看着死鸡崽儿不知道如何是好，指着它不停地对妈妈说："死啊！死啊！"她妈妈让珞妮把死鸡崽儿扔掉，珞妮犹豫了一会儿，答应了。我不太清楚珞妮妈妈的想法，但直觉她是对的，虽然心里有些许别扭……

2012-10-31

前天，珞妮妈妈带她进城，妈妈挑了一双绿色的小拖鞋。珞妮把妈妈手里的小拖鞋要过来放回架子上，拿起一双红底白斑点的，举起来给妈妈看，笑嘻嘻说："兔兔！"鞋子上有一只浮雕体小兔子。绿色的也有兔子，为了表示自己想要这一双，珞妮特意强调了兔子。珞妮这种兜圈子但很坚持的自我选择已经很久了。

被识破的小伎俩

2012-11-3

昨天夜里，电视台的猪猪把永新寄来的书转给了我。今天中午开了包裹，于是程作家拥有了珞妮山庄的第一位读者，而且此读者忠诚度很有些过分。她先是指着扉页上的照片问：“谁？谁？”然后抱着书跑进阳光里——她乐颠颠下了天桥的台阶，转一圈又上来，嘴里不停喊叫。身后，是她的粉丝：一群小鸡崽儿。

2012-11-6

感谢关注和关心庄主一家的朋友，介绍如下：在会泽我是外地人，珞妮和她妈妈是标准的马武村人。珞妮山庄单独一个院落，与周遭住户基本上无往来。庄主本人喜欢并习惯于独处一隅，不觉烦闷和孤单。珞妮和她妈妈经常进城购买生活必需品和约见朋友。

2012-11-8

今天中午，珞妮站在床上大声喊：爸！爸！爸！我转过身，说：“你那点儿小心眼儿还想骗我？还不是要看动画？不可以。”她站了一会儿，跑回到妈妈身边嘻嘻地笑起来，脸上带着一种很难堪的神情。珞妮23个月了，已经会耍小伎俩了。

2012-11-10

小孩子有些事情不需要教的，比如除了爸妈，珞妮不许别人碰她的东西，不喜欢的人给她吃的玩的也换不来一个亲亲。每次进城买东西，珞妮都主动承当起看守货品的任务。她一步也不会离开买来的东西，任何人碰一下都会惹来她的大声怒喝。大人作势要拿走，她会一边哭叫一边去打……这些都没有谁教过。

2012-11-11

每到周日，赶集的山民带着他们的鸡崽、兔子、猫、狗、鸽子，都集中到会泽城内的花鸟市场里。加上周边卖假古董的，热闹非凡。这一天也是珞妮最喜欢的，看完鸡崽看兔子，看完兔子看鸽子，还兴致勃勃看那些古董摊。紧忙乎。她妈妈要去菜市场买菜，她就和我坐在街边照看东西。回山庄的路上，珞妮就睡了。

2012-11-17

不论你身边还是很遥远的地方发生了什么，只要与人相关，就不会和你无关。同样，不论发生的事情和你相关有多紧密，你的生活还是会继续，除非死了。又一个周末到了，我清洗卧室的阳台。珞妮一定不会错过这样的机会，马上抱着笤帚像模像样地扫起来。其实她什么也干不了，但我赞赏……太阳照常升起。

2012-11-25

珞妮跟妈妈进城泡澡，回来后珞妮睡得很香。她妈妈说为了让她多泡一会儿，弄了一只塑料母鸭子，背上驮着三只塑料小鸭子。小鸭子掉进水里，珞妮哇地哭起来，边哭边把小鸭子捞出来抱着，怎么劝说也没用。她一直坐在大盆里抱着小鸭子，直到泡完。山庄有很多小动物，唯独没有鸭子：她不知道鸭子是淹不死的。

2012-11-26

每周都要进城采购日常用品，每次珞妮都推购物车。妈妈说不能撞到货架，撞坏了是要赔的。她就很努力地推拉，很小心不让购物车撞上货架。服务员说：不到两岁的娃娃，了不起噶！珞妮会在妈妈指定的货区选取货品，然后坐在一边看守。她困得已经打盹了，但会坚持到离开的时候。回来的路上，就睡了。

两岁寄语

2012-12-07

2012年12月7日，又是大雪节气。今天没有下雪。去年的这一天，前年的这一天，都下了雪。

我偶尔会想，大雪天出生的孩子感受这个世界的方式会不会和大雨天出生的孩子有所不同？很难说这是荒唐的念头，我一直以为生活对每个人都不太相同，她一定体现在这个人生命中的任何一个区别于他人的瞬间。

作为父亲和母亲，那一天我们有可能度过了一生中最难描述的时光：2010年12月7日午11点33分，珞妮来到人间。那个时刻之后，她呈现出一个小生命所能给予我们的大部分内容：傍晚就睁开了眼睛，因为饥饿哭叫，因为吃饱了咂嘴，因为嗅见了妈妈的气味脸上出现笑意……那一天晚上医院里没有人看护，我无法入睡，心里老想着母女二人是不是有什么需要帮忙。珞妮妈妈发短信给我："看来母性的力量的确很了不起，珞妮哭起来，我居然能爬起来抱她。"珞妮妈妈剖宫产下了珞妮，这的确有些不可思议。

那天晚上我和珞妮妈妈一直互发短信，她详细描述这个小生命的一举一动。

"珞妮眼睛比我们好看。"我说我最担心的是珞妮会先天近视。"看样子不会，珞妮的眼睛很亮。"她说珞妮是三个月以来在医院生下的孩子中最长的。我说包括男孩码？她说男女都算在内，珞妮最高了。“哈！珞妮认识我，只要我一摸她，她就安静下来了。”她说珞妮脸上毛茸茸的。我说那是胎毛，长大一点儿会自己掉的。“对了，珞妮的眼睛不是黑的，有点儿灰。”

我的心一下子抽紧了，我担心是不是有什么问题，但我没有说。珞妮长大一些之后我发现，她的眼珠因为不是纯黑反而显得更特别一些，很多人都把她看成是个混血儿。我就说东北到西南比横跨欧洲大陆还遥远，的确算得上是混血了。

2011年5月中旬，珞妮随她妈妈回到了沈阳。很多朋友都说这么大的孩子最好不要带着出门，很容易生病。我们清楚这一点，环境气候的突然变化是很可怕的，甚至病菌的种类也会因此不同。但我们还是决定带着她回东北，我希望她更早地熟悉和感受那个地方。

此前的珞妮除了妈妈任何人都很难接近，我也不行。只要她还睁着眼睛，想从她妈妈怀里把她抱过来几乎不可能，睡着了是个例外。她妈妈发短信给我说珞妮现在经常叫爸爸，我不是很相信。我认为那一定是小娃娃的发声，她说不是：

“她闹起来的时候，只要说爸爸来了，就不哭了，会转着脑袋四处看，看不见会闹得更厉害。”

一个星期后我也回到了沈阳，她们到机场接我。看见珞妮的时候我伸手去抱她，她“哇”一声哭了然后转过脸不看我。她妈妈说你看你，不是叫爸爸吗？爸爸来了你又哭了。上车之后我坐在副驾驶位置上，珞妮和她妈妈坐在后排。我回头看看珞妮，她马上又咧嘴哭起来。

我说你看看吧？你还说她知道想爸爸，这哪里是想爸爸啊？

回到家里，珞妮突然朝我伸出两手，我马上抱过来。这是她出生5个多月以来第一次主动要我抱。我抱着她但她并不看我，我看她她就把目光移开。直到她睡着，一直是我抱着她。她妈妈说我没撒谎吧？她知道想爸爸了。

在沈阳，在长春，在我的故乡通榆，除了吃奶和睡觉，珞妮就是要我抱着。那段时间还发生了很多事情，这让我更加感受到珞妮比我想象的要懂事。

我想说东北的一个月，是我们父女之间相互认同的起点，那之后珞妮就和爸爸亲近起来。一周岁以后的珞妮，每次进城吃完饭都会看守着几个饭盒，那里边是她们给我带回的食物。任何人都不许碰，她会用力抢夺，喊：“爸爸！”然后抱在怀里不松开了。现在就更有趣了，每次回到家里，都会从二楼拿一个大苹果，一边上楼一边喊：“爸爸！果果！”我接过来，她会拍拍手（清理看不见的灰尘什么的），很有成就感的样子。

孩子都是自己的好，做父母的都很难超越这个很狭隘的判断视野。其实你的孩子未必比其他孩子更好，区别只在于这个孩子是你的。我的意思是说对于自己的孩子，你有无数可以回忆的故事，但与其他孩子的故事不会有太多的特别之处。如果说有，那就是生活对每个人不太相同，微小的细节差异决定着一个孩子的成长轨迹是单独的和不能重叠的，或许就是那些细节的不同决定了一个人的一生。

两周岁的珞妮也不会和其他孩子有多少不同，她生活的小环境将决定她的幼年和童年以怎样的方式度过。我和她妈妈没有足够的信心把她培养成一个了不起的人，我们只是尽力让她能快乐一些。如果可能，不生病少生病健康成长就是最大的心愿。

至于教育，我不是很在意，我相信父母的言行就是最直接的教育，从父母身上她可以学到好的和坏的所有的一切。我和她妈妈能做的就是尽量自己好一些，让女儿最直接感受人生中有价值的东西。

2011年的12月7日，珞妮周岁这一天，我给女儿的纪念品是一篇文字《这个日子我要说的话》。我告诉她这一天是她成为人的日子，也是她妈妈几乎丧命的日子，这一天还是她们母女相互给予生命的日子。珞妮既是命运赐给我们最好的礼物，也是命运给予做母亲的一次生命的历险。我的希望是珞妮在她还没有能力自己掌握生活走向之前，她必须接受这样的事实：每个12月7日这一天，她都该明确意识到这是她感恩的时候。她不能指望获得礼物，如果说有，这个礼物就是她的妈妈。这也是上帝所能给予她大的恩惠，她有理由为此感受到生命本身的伟大和不可失而复得。要珍惜。所有的希望都可能只是希望，因为希望经常会失落，人们难免怀有更多的希望。

人就是在这种循环的精神状态中寻找生命之意义，良性循环或许是我们唯一的希望。

珞妮，在这一天，让我们一起祝你的妈妈身体健康，让她因为你的存在感受幸福和活着的价值。

噢，对了。我想说：老燕，祝你——生日——快乐。

珞妮三岁

天是那样的蓝，
因为珞妮的小脸是红的；
初夏那样的温暖，
因为珞妮有劳动的心愿；
一串一串幼小的足迹踩出了草，
踩出了泥土的香味；
一定有稚嫩的欢呼，
像风铃般的音乐传出庭院；
快看那远的山和洁白的云朵，
你的目光比它还遥远；
大地坚实草木会葱茏，
漂亮的小珞妮，
快去把爱洒满人间。

大胃王

2012-12-8

会泽的虹鳟鱼两个月之前每斤60块钱，昨天就涨到了100块。珞妮吃了四片，每一片都是蘸了芥末调料的。吃一片，嗞嗞哈哈吸了几口气再喝口水，再吃。然后是生菜包饭、窝头、米饭、熟鱼肉、臭豆腐……服务员私下议论：“平时一定吃不饱，看把孩子饿得。”我也很疑惑，我闺女是不是1962年转世来的？

2012-12-9

娘：“会织毛衣吗？”珞妮：“会！”娘：“想织吗？”珞妮：“想！”娘：“那就织吧。”珞妮：“好！”于是，回形针拽出来了，织好的成了一堆毛线。娘：“这是你织的？”珞妮：“是！”娘：“你把针拽出来？”珞妮：“嗯？”娘：“怎么拆了？”珞妮：“嗯？”娘：“为什么？”珞妮：“爸——爸！”

珞妮元旦历险记

2013-1-1

阴霾数日，今天阳光明快。珞妮跟着妈妈去远郊热水塘泡温泉，她站在水池边等待。水放满了，同去的小姐姐跳了进去，珞妮想也没想就跳了进去，准确说是大头朝下扎了下去。站在边上的阿姨一把将她捞出来，珞妮哇地哭起来。妈妈说：“自己跳进去的，还哭。”她不哭了，再下水池玩水。

2013-1-3

藏獒天性忠诚，但都不是珞妮养大的：没有那种初始情感，对珞妮就很难有太多忠诚。獒的等级划分清晰，珞妮顶多是它们的玩伴。和藏獒一起玩总是蕴藏着危险的，天知道什么时候它们气不顺。珞妮现在也躲着獒们：它们亲热的时候经常把珞妮撞倒。但珞妮太喜欢狗了，就给她买了一只小土狗。她们相处得不错。

2013-1-7

冬天的云南，只要是晴天，就不必担心很冷。外面的阳光照得你暖洋洋的，不愿意进屋子：冬天云南，只要是晴天，外边就比屋里温暖。这种时候珞妮开始折腾了，屋里屋外，一会儿园里一会儿天桥。那只小土狗也是最高兴的时候，追着珞妮跳起来扑，躺倒了四脚朝天献媚，无所不用其极……

2013-1-11

昨天入夜后就开始雨夹雪，珞妮先发现的，她站在窗前喊："雪！雪！"早晨起来看见些许积雪，斑斑驳驳是不能和北方的积雪相提并论的。不管怎么说，还是希望能下一点儿雪。回想起来，连续三年多的大旱之前的那一年就没下雪。此刻，窗外的雪花稍稍大了，但愿它继续……

2013-1-19

今日腊八。看珞妮一副春天里懒洋洋的样子，突然想起多年前东北的腊八：外面寒风刺骨，屋内温暖如春。一铺大炕，小孩们围着火盆，柴灰里埋进玉米粒。听见噼啪的响声，就用火筷子夹出来吃了。大人们抽着呛人的旱烟，喝着劣质的茶末水，打着自制的纸牌。东北，因为有冬天，才会有老婆孩子热炕头一说。

2013-1-22

2周岁50天的珞妮得到了小姨寄来的一双过膝靴子，看得出来她很喜欢。穿上去别别扭扭走了一会儿，感觉适应了，就开始带着她的小狗在园里开荒。后来妈妈进屋去了，怎么叫也不搭理。貌似很伤自尊，一边往回赶一边很委屈地哭了。

2013-1-28

跟妈妈进城买菜的时候，珞妮看见炒板栗，想吃。妈妈说没有钱了。她站在原地看着那些板栗，突然拉着妈妈：“回！”妈妈问回哪里？“家！”“回！”“家！”“爸爸。”“钱。”妈妈说爸爸也没钱。珞妮：“噢。”继续跟着妈妈走。后来，她看见了ATM机……再后来，妈妈没忍住，给女儿买了山楂球。

逛集市

2013-2-3

年关将近，决定多带着珞妮进城玩玩，也算感受每年一次的特别气氛。又买了一只气球，没有飞走：珞妮已经知道在绳子上系一个玩偶。小摊上兜售石膏娃娃，摊主提供颜料和毛笔，鼓励孩子们画娃娃。这算得上双赢理念。珞妮和很多孩子一样很投入地画那个娃娃。一天下来，她看上去心情不错。

2013-2-6

庄主拢草烧荒，一镬头刨出一个大萝卜。掂了掂，还是实心儿。珞妮连忙抱起来，又走到一棵萝卜秧跟前，琢磨着想自己也弄出一个。这时候她妈妈告诉她把萝卜丢在地里，给兔子吃。看得出她有些舍不得，抱着那个萝卜绕来绕去的。最后还是丢下了，因为她妈妈告诉她：不把萝卜给兔子留下，它们就会饿死的。

2013-2-7

2013年2月7日上午11点33分，珞妮两岁零2个月。她很健康，智力方面也看不出滞后。今天她在屋子里玩了一会儿就到了外面，小狗把她扑得恼火，捞起一条扫把追打。小狗驯顺了，她们玩了一会儿。小狗走了，珞妮也要起身，突然一阵风吹来，珞妮变成了一头小藏獒。这使她很沮丧，拖着扫把闷闷不乐地回屋了。

2013-2-8

明天就是除夕了。依旧晴空依旧阳光。珞妮做了三件事，我猜她一定觉得自己很忙很累：先是帮助我刷洗垃圾桶（假装的，是为了玩水）；然后是跟她的小狗玩（绝对不是假装的）；然后是搬个小凳子帮助她妈妈洗毛衣（假装的，是为了玩肥皂）；最后，很劳模地长出两口气表示很累了，要老爹抱回屋睡觉去了。

2013-2-10

除夕日大雾，以为会下雪，结果只给了几滴小雨。原计划进城吃年夜饭，再看烟花，但出租车无运营。珞妮批阅一会儿文件之后爬上凳子，但她要等待爸妈开吃才能动手，眼巴巴看着：真心很馋；喝红酒之后很兴奋，上楼时高唱她自己才听得懂的歌；睡前看春晚；她睡了，我拍了一张县城方向的初一景色。

2013-2-10

珞妮妈妈买回鞭炮礼花之后的一整天里，我都在劝说她不要燃放：环保啊空气啊……不听。后来我问：“看新闻了吗？”她说没有，谁信啊？我说央视新闻要信的：鞭炮把钢筋混凝土大桥崩烂了。按计量推算，我们的鞭炮可炸飞山庄！珞妮妈妈终于同意不放了，“谢谢你保住了我们的家！”她流着感恩之泪，说。

2013-2-11

小狗每次都会站在门外迎接珞妮出来，然后傍在珞妮身边有模有样地走路、前后左右乱跳。如果哪一天珞妮对它格外友好，要登上天桥的九级台阶就会有些困难：小狗前堵后截，珞妮每上一级都要经过强对抗。昨天，珞妮一定是被它逼急了，爬上最后一个台阶之后歇了几秒钟，一口咬住小狗伸过来的嘴巴……

2013-2-15

昨天下午，珞妮到一楼洗衣间找妈妈，下了天桥就遇到了小狗。小狗前扑后扑，珞妮只有招架的份儿。坚持了几个回合之后还是被小狗扑了一个屁墩儿，气得大哭。小狗有些不知所措，伸出嘴巴表示安慰，气急败坏的珞妮正好咬了它一口。小狗尖叫了一声逃了，珞妮忘记了自己是要找妈妈的，她气坏了，非要打回来。

2013-2-16

珞妮出生7天的时候就和獒们见过面了。她被包得严严的，只露出一张小脸。我抱着她走到平台，獒都围上来。珞妮还在睡觉，獒们嗅她，然后尾巴摇起来。这的确很神奇！我们抱别人家的孩子，獒甚至会伺机偷袭。一直以来，珞妮和獒们的关系一直很好。珞妮躲避獒有两个原因：会被撞倒，不喜欢被大舌头舔。

2013-2-18

小不点儿愿意跟大孩子玩，但大的不愿意带小的玩。昨天山庄里来了两个大孩子，珞妮高兴极了，跟屁虫似的。那个小姑娘不愿意珞妮参与她的游戏，要么引着另一个孩子跑开，要么干脆就把珞妮推开。珞妮跟着大的一起唱歌跳舞，但她的歌声和节奏只有自己懂。于是大女孩干脆把珞妮的嘴捂住，珞妮终于哭了。

2013-2-21

山庄的土地翻了一遍，就等着栽种了。玉兰开花了，风吹断了一枝。珞妮捡起来想了一会儿，把它栽在花坛里。她很有成就感，她并不知道那枝花救不活了。然后她浇灌刚刚栽下的草药苗，她很有耐心，花了半个多小时浇完了全部20株。后来，她的表姐来了。小表姐给她涂指甲，我训了她们一顿：指甲油有毒！没收！

湖南之行

2013-2-23

这一天中午，老燕弄了两碗米线，急匆匆一个人进城了。珞妮先是自己吃完米线，然后帮助老爹曝晒新疆芝麻馕，回屋再吃点儿，之后就搬个小凳子站在老爹边上自己玩了。后来，后来她一定是感到有些无聊，困了。总体上看，和老爹单独在一起的时间里，珞妮是很安静和自律的。

2013-2-24

周日山民要赶集，这一天珞妮也是要进城的。未必买什么东西，主要是凑热闹。宠物花鸟集是必须要去的，一会儿看小狗，一会儿看兔子，很忙。她不会要求买回去，她知道这些要求不会得到满足，不如不提。看完动物又到花市，这一次是妈妈要买。讨价还价中，珞妮搬了十几盆放到妈妈面前。只买一盆？噢，也行吧。

2013-2-24

有网友提醒说今夜是元宵夜，于是决定再进城一回。一听要进城去看烟火，珞妮很高兴。等候出租车期间，忙着代替妈妈浇灌下午买回来的花草。进城先吃饭，吃完饭就去公园，玩了一阵再看烟火。回家的时候，一边唱只有她自己听得懂的歌，一边往出租车上爬。到了家门口，破天荒和司机说了一声“再见”。

2013-2-26

和以往一样，进城之前把獒放出来几只。今天珞妮自告奋勇放獒，然后一家人进城吃饭，然后按计划去理发（我最讨厌理发了）。看来珞妮已经摆脱了一周岁前那种对陌生人的极度防备，理发店的姑娘教她玩手机游戏，她很认真。离开时拿着人家的手机就要走，众人的哄笑声里，她不情愿地还了手机，说声“再见”。

2013-2-27

水管和防水坏了，只能重新安装。电钻和撬砸声震得头疼，尽量在外面了。看见珞妮抱着几个塑料瓶，我很惊喜。垃圾桶对她来说太高了，试了几次都没成功。递给我，我放进桶里。接着她很细心地捡草窠中的小垃圾，给我，我放进去。然后躲猫猫：掩耳盗铃适用于所有孩子，玩这个她最开心的。太晒了，回啦！

2013-3-2

因为只穿着一条小裙子跑出来受凉了，珞妮昨天晚上拉肚子。今天上午止住了，但一整天都无精打采，直到傍晚——睡了一觉的珞妮睁开眼：“克克。叫！”她大声说。她是在制止卢克在窗外汪汪大叫。我放下心：一个孩子睁开眼就关心鸡毛蒜皮，就是缓过来了。

2013-3-17

珞妮随妈妈去长沙了，据说一路上交了很多朋友。欣慰的是珞妮正变得外向，愿意对人笑脸相迎，如果有谁称赞她漂亮，更是要显示自己一番。昨晚传来几张照片，看得出她的胃口不错，就是说心情不错胃口才好。和她小姨关系一直就很好，此番相见更不必说；淘气时一看妈妈要揍，便会逃向小姨寻求保护……

2013-3-18

会泽是没有麦当劳的，虽然我讨厌这些垃圾食品，但还是赞成珞妮吃一点儿：对孩子来说，这是有别于山村的重要特征。据说整天黏着她的偶像，学习各种时髦，学着照镜子，进了超市也照。长沙一直在下雨，大部分时间在屋子里，大部分时间是玩玩手机游戏，跟着小姨跳舞。

2013-3-19

18日，长沙。珞妮拍了很多照片。开始的时候跟摄影师还算配合，很快就被摄影师摆弄烦了。她并不拒绝，但无精打采。于是只好转到室内，她似乎对室内的那些布景更无兴趣，很快就垂头丧气表示累了。直到开始吃饭了，情绪才扭转过来。

2013-3-21

20日，常德。从长沙到常德，珞妮的小姨托人做了熏辣鱼和腊肉要带回会泽：湖南口味和云南还是大不相同的。去超市购物，珞妮和以往一样推车照看物品，然后吃了一碗牛肉面。下午跟着大人去服装店，小姨买衣服，珞妮窜来窜去玩了一会儿就坐在藤椅上假装写字。出来后啃了两只辣鸭脚，这一天就心满意足了。

2013-3-21

直觉上，我认为珞妮的湖南之行并不快乐。我女儿和她老爹一样具备直觉判断人和事的能力。从发回来的照片看，珞妮目光中在很多时候是不正常的。这不是我所希望的。其实在她没有启程之前，我就怀疑此行的必要性，但因为珞妮妈妈和一些朋友都认为该去，我也只能同意。此刻，我怀疑我的决定是不是错了？

2013-3-22

珞妮不知道回家是回珞妮山庄，但到了常德机场，看见了飞机，我猜她大概知道这一次是真的回家了。她撇下妈妈一个人跑在前面，然后登上舷梯等妈妈上来，然后很安静地在座位上等待起飞。到了昆明，她还是一个人跑在前面，然后守着行李等候酒店接机的汽车。然后给老爸打电话，说：“爸爸，想啦。”

2013-3-23

早晨，珞妮吃了一大碗饭，然后跟着妈妈去昆明花鸟市场，买了一只假玛瑙手镯，然后安心地照看包包。回到家看见老爸时竟然显得很羞涩。进得屋来就忙着打开旅行包，拿出给老爸买的香烟和皮鞋。然后吃饭，然后拉屎。这一天，一定是我女儿最放松的一天，她终于可以不憋屎，终于可以想拉就拉！爹心疼……

2013-3-24

这次出行，珞妮睡觉时把被子盖得严严的，甚至蒙着头：大人告诉她耗子会咬脚指头。回到家里也这样说，她就充耳不闻了，腿晾在被子外面睡觉。早晨起来之后到园里背着包包走来跑去假装上街，真的换上裙子上街了，美滋滋显摆；然后跟着妈妈买了一些菜籽，回家。我们看见，园里的那株马缨花，正在盛开。

2013-3-25

玉兰树花开很早的，乳白色，看上去洁净、高贵。数日之后它的花期完结了，开始一朵一朵掉落。珞妮看见一朵很大的玉兰花掉下来，捡起来琢磨了一会儿，就试图把花栽进土里。她看见大人栽树种花就是那样干的，以为只要插进土里花就可以活了。没有告诉她那样不行，没有阻止她很认真地栽那朵花……

2013-3-27

孩子的天性中一定都对节奏情有独钟，每当播放舞蹈，珞妮都会看着画面学跳舞。吃过早饭她就开始干这个，然后骑了一会儿她的摩托车。她已经长高了，站在椅子上吃饭明摆着不舒服，但晚饭时她宁可蹲着吃也拒绝坐小凳子：她一定要和爸妈用同样的椅子。昨天，这里终于下了一点儿雨，有一对儿喜鹊拜访了山庄。

2013-3-29

每次吃饭前，珞妮都很夸张地挽袖子，这难免失于粗鄙。但庄主以为食为天，挽袖子是为了吃起来方便，此举可推介给其他小朋友。果树和种下去的蔬菜必须浇水了，珞妮一如既往很耐心地浇树，同时还要克制摘小果子的欲望，很不粗鄙。做完这些又该吃饭了，这一定是小姑娘最幸福的时光。

2013-3-31

经常看到妈妈在ATM取款，珞妮也试图取款。看见这个机器，珞妮就会跑过去踮起脚按那个键盘，她认为只要按键盘就会有钱吐出来。每次她都很失望，表情难以描述。有时候妈妈会帮助她取钱，拿到钱，她会等着机器吐卡出来，然后攥着那些钱不撒手。穷人的孩子早当家，她或许知道，将来要协助妈妈管家。

有点儿尴尬

2013-4-1

今年是李子树移栽的第二年，是开始结果但不会很高产不会很好吃的一年。看着那些米粒大小的果子，珞妮一定是非常想摘下来尝尝。她各种看，各种激烈地狠斗“私”字一闪念，最后还是忍不住伸手了。手莫伸，伸手必被捉。我女儿一定不知道陈毅将军的这两句诗，于是她被妈妈看见了，于是她看上去有点儿尴尬。

2013-4-5

珞妮坐在营业厅安静地等候妈妈办事，回到家时看见了一朵蒲公英种子，她吹口气，看着小降落伞在空中飞舞。进屋之后和以往一样喊爸爸，看见老爸就显出一副体力透支的样子，站也站不住了更不必说爬楼梯了。她很吃力地靠近老爸，突然跃起抱住了老爸的脖子，然后对着妈妈得意地笑了：老爸会抱着她上楼去。

2013-4-6

妈妈问珞妮：“你的虎牙太尖锐了，想变老虎吗？”珞妮：

“猪猪。”妈妈：“为什么变猪？”珞妮：“蛋蛋。”妈妈：“变猪是为变鸡蛋？”珞妮点头。妈妈：“为什么变鸡蛋？”珞妮：“兔兔。”妈妈：“是为了变成兔子？”珞妮点头。近来珞妮一直想变成一只兔子，我只是感慨她变兔子的过程如此穿越逻辑。

2013-4-10

一直盼下雨，昨天天气预报说有雨，但继续晴天。中午是一天中唯一的给水时间，珞妮吃过饭就跟着我们浇花浇树浇菜。小狗最近一直关着，昨天才放出来。它高兴极了，窜来跑去地总是干扰小主人劳动。珞妮一边忙一边安抚小狗，累了，就自己坐在墙边的石基上休息。后来，她背着手巡视，小狗亦步亦趋跟在身边。

2013-4-12

阴云密布，时不时来一阵小雨。这对雨水比油贵的滇东北来说，是难得的好天气。虽然不能出去玩了，但珞妮看上去并不沮丧。只要外面下雨，她就很兴奋地喊：“下雨啦！”她已经可以在着急和高兴的时候蹦出三个字了，这就是生活在连年干旱中的孩子……

2013-4-15

下了雨，但也就是湿了地皮，土地很快就干了。农民白天挖了坑，把小溪的水引进去，然后连夜种苞谷。珞妮似乎也被感染了，她坐在花坛边上吃了饭，就开始给花坛和园子松土。她拿着

2013年4月

2013年5月

2013年9月

2014年4月

小锄头东刨几下西刨几下，全身的力气估计都使上了，但实际上没什么效果。刨几下之后就要歇一会儿，看上去还累得够呛。

2013-4-17

珞妮对树上的果子依旧兴趣浓厚，但还是没有去摘。在珞妮山庄，父母没吃之前，珞妮是不可以先吃的。昨晚来了客人，端上菜之后，已经很饿的珞妮还是成功地忍住了没先吃。饱餐后的珞妮玩得很开心，还主动给我们唱了两首她自己才懂的歌。只是这位歌星比较难伺候，每唱一句，就要求听众鼓掌："拍呀！"

2013-4-26

滇东北依旧旱得厉害，大部分水都分给了果树和蔬菜。野玫瑰得到浇灌的次数不多，但它们依旧很顽强地生长并盛开了。小玫瑰园边上还有几株血藤，一种串根生长的草药，有败毒消痈活血通络的功效。近来珞妮担当起浇花的任务，她很细心也有耐心，天生如此，没人教：遗传基因如此，庄主做事就细心和有耐心。

2013-4-28

傍晚，珞妮又在园里忙乎了一阵，还捡到了一颗掉落的青李子。一个高兴的傍晚在吃晚饭的时候改变了：她要求添饭又不想吃了。妈妈说不行，一定要吃了。珞妮委屈地哭了，但妈妈坚持："你自己要添饭，给你添了，就要吃掉才是好孩子。"珞妮看看我，我也坚持她要吃掉。最终，珞妮还是忍着眼泪把饭吃掉了。

每个家庭对待小孩子剩饭的评价会不同的，珞妮没有剩饭的习惯。我不会因为她偶尔为之就支持她，即便她感到委屈。我相信她也不会因此就真的受到伤害，因为她感受到父母的不退步，同样可以感受其他的宽容。我的生活阅历告诉我，无止境的爱护妥协意味着培养一个自尊过度却非常脆弱的人。

最爱草莓

2013-5-2

连续三天都下一些雨。听见轻微的唰唰声，我就拉开落地窗出去，一定要雨水落到头上才敢相信这是真的。对面的远山笼罩在雨雾中，仿佛有弥漫的烟缓慢飘来。喝足了雨水的菜苗一夜之间就长起来，头一次呈现出生机勃勃的姿态。傍晚，又开始下雨，我再一次来到阳台，让细密的雨线挂满头发。雨啊，请继续!

昨天，种了向日葵。今天，顶着细雨种了韭菜、黄瓜、四季豆、黄豆。那个欢畅！对这一年，一个山民在这几天充满了期望!

2013-5-3

昨天阴雨。饭前，珞妮接了一点儿水弄湿头发：我就是这样捋顺她的头发的。终于开饭了，珞妮一边给我递筷子一边就开吃了。饭后，她收拾好扔得满地的东西，然后跟着妈妈去喂獒。在楼梯转角处居住了3个月的蜘蛛长大了许多，珞妮妈妈说就让它在这一直住吧。珞妮每次上下楼都要停住，情趣盎然地看它一会儿。

2013-5-4

珞妮最爱草莓。家政员给她带来了一些大地草莓，她拎出来坐到花坛的矮墙上吃。阴云散去，阳光格外强烈，她看上去很享受中午的炎热。担心她的皮肤被高原紫外线灼伤，妈妈喊她回房间，珞妮一边往回走一边还要从袋子里拿出草莓塞进嘴里。如同心满意足的小动物，吃完，她就钻进刚刚晒过太阳的被子里，睡了。

2013-5-5

碟子是一只雌獒，喜欢撒娇。每次给它食物，都要直立起来两只爪搭在人的肩上。珞妮把这种举动看成是要伤害妈妈，她既害怕又愤怒，会一边喊“滚开”一边冲过去抱住妈妈：“救救妈妈！”碟子喜欢珞妮，但如今每当碟子凑过来，珞妮就喊：“滚开！”“打你！”碟子这时候一般都是走开或者趴下。

2013-5-6

县城西郊草莓园这样卖草莓：随便吃，但买回去时每公斤20元。园主很热情地跟着，目的是防止你乱揪乱扔，她的热情还会导致你不好意思使劲儿吃。女园主让婆婆负责照看珞妮，但谁都没想到珞妮最能吃，吃了一斤多，回到家时肚子还圆滚滚的。看得出老婆婆很疼爱珞妮，她躲开媳妇视线，不停地给珞妮草莓吃。

2013-5-8

青年节这一天，珞妮很忙碌：先是自己漫无目的乱扫一气，然后跟着阿姨清扫天桥和台阶。后来看见妈妈抱着洗干净的毛绒猴子，连忙跑过去接过来。她很喜欢那个猴子，尤其喜欢把猴子双臂环起来套在自己的脖子上。

2013-5-9

下午有雨，虽然不是很大，但园里的土地还是湿了。珞妮无法进园子，只能在天桥上玩了。珞妮妈妈买了很多香蕉，那东西很奇特，吃完之后便路就畅通。珞妮可不是把香蕉当药来吃的，她吃完一个再要一个，两个大香蕉很快就吃完了。她做了一些动作，我认为是在舒筋活血，但也有人说是在摆造型。

2013-5-10

生命的诞生总是有先后的，先来的人只能按照自己的生活理念去选择一种教育模式。这是没办法的事情。没有人能预测未来，即便你倾尽全力，也未必能使你的孩子成为一个好人。我的想法是：没有完美的人生，你努力的结局甚至可能和你的愿望完全相反，但也只能接受。作为孩子，也只能接受。这就是人的命运。

2013-5-11

2013年5月10日，周五，傍晚。珞妮穿上新旗袍，她反复打量，然后问老爹：好看吗？得到的回答是好看太漂亮啦。她非常高兴，摆出各种姿势，姿势很笨拙，但得到了更多的称赞。然后跑出去。

2013-5-12

小狗在獒舍门拉开的瞬间蹿出来，它疯了似的冲向珞妮。

珞妮也非常高兴，两位闹得不亦乐乎。玩了一阵之后，小狗还是要关的：它毁坏蔬菜。小狗四处乱跑不回去，珞妮妈妈不想强抓，她担心珞妮会对那种场面惊慌失措。她说：珞妮，把小狗带进去。珞妮说：好。她先进了獒舍，然后招手：来！小狗就跑了进去。

2013-5-14

獒们之于珞妮，既互相亲近也互相害怕。它们的亲近对珞妮来说很可怕：一拱，珞妮就摔倒了。后来珞妮看见它们能躲就躲，躲不开就打。其实它们在珞妮7天的时候就接受她了：一边轻轻摇尾巴一边舔珞妮。珞妮最害怕獒们舔她的脸，她会随手找一件“武器”打过去。这种时候，庄主密切关注……不可大意！

它把钱吃掉了

2013-5-16

会泽城太小了，珞妮每次上街总会遇到熟人给她很多吃的。这一次去农贸市场，就一连气儿吃了6只桃子、半斤杨梅外加一个烤洋芋。摸摸她的肚子，鼓溜溜的。我跟珞妮妈妈商量最好不要那些吃的。“不要就是不给人面子，会结仇的。”她说。她没撒谎，的确是这样。这一天珞妮撑得拉了6回，“屁屁疼。”珞妮说。

2013-5-17

感觉珞妮越来越省事了。她妈妈要进城取包裹，问她去不去？她说不去。“家里玩吧。”她说，“妈妈（也）不进城啦。”妈妈还是进城了。珞妮在阳台上看了看，问：“妈妈？”我说妈妈进城取包裹了。“噢，取包裹啦。”回到屋里，我拿起相机，拍下了这一组属于女孩的游戏。5月17日，珞妮2岁5个月10天。

2013-5-18

晚上一家人进城和朋友吃饭，珞妮显得很高兴。她很耐心地让妈妈替她梳头，然后找了一个小包包挎着：她认为进城就必须要挎个包包，因为妈妈一直是这样的。进城后珞妮先是被妈妈和珠珠阿姨拉着，但两位女人光聊天，珞妮被她们拉扯得不舒服，干脆自己走了。进了餐厅，珞妮一边玩，一边热切地等待开饭。

2013-5-19

珞妮瞄准了花盆里的小石子，她抓起石子丢下去……小孩子搞破坏或者恶作剧，原因很多：好奇、探求、惹你注意、心情好或坏；甚至只是想玩她觉得好玩的小游戏，当然也会是和你的意愿对抗……这时候我一般不是特别介意，但也不会不闻不问。一旦发现到她目光中有阴郁闪现，就必须要转换话题了。

2013-5-21

珞妮举起一张看图识物卡片："啥？"我说汽车。她说："对啦！车。"再举起一张："这啥？"我说猫。"对啦！猫。"又举起一张："这是啥？"我说樱桃。她说："对啦！樱桃。"然后抬起头看着我："好吃吗？"我回答："好吃。"她凑近我的脸，很亲切地问："想吃吗？"我语塞了两秒钟："想吃。"

2013-5-24

每天晚饭后都要进园玩一阵，躲猫猫是永恒的游戏。喂奠之后她从很矮的墙基台上跳下来而不是迈下来，这表明她腿部力量在增强。这大概给了她信心，于是拉着妈妈的双手借助妈妈的力量用力向上跳。真的跳起来了，这让她兴奋不已。每一次微小的探险成功都是她成长的新起点，也会给她带来巨大的乐趣。

2013-5-26

最近下雨都是夜里，很难得昨天下午给了雷雨。雨后的山边是清爽和舒适的，一家人自然会享受这种时刻。珞妮扶着垫脚砖，要妈妈到园里一起玩。她迷上了借助妈妈的双手起跳，累得满头大汗。回到天桥休息时，她们发现了天边的彩虹。看了一会儿，珞妮煞有介事地举着平板给彩虹拍照，然后带着成就感回房间。

2013-5-27

珞妮最近吃饭的热情不高，一定是平时巧克力吃多了。3月份从湖南回来后珞妮就喜欢上了巧克力，这有点儿奇怪：此前家里的巧克力她从来没兴趣。我是个较真儿的人，于是仔细了解在湖南都发生了哪些故事。于是我不得不认为珞妮是个自尊心超强的孩子，这和她的年龄不太相称——去湖南时，她才2岁3个月。

青阳的姨（亲姨）出车祸摔坏了脑子，智力水平两三岁的样子吧。青阳给珞妮买巧克力豆，她就藏起来自己吃不给珞妮吃。后来珞妮妈妈给珞妮买的巧克力豆青阳的姨也藏起来，我想珞妮不可能知道这个，她认为是婆婆不给她吃，于是珞妮甚至吃饭的时候赌气连菜都不吃。

回到山庄后就要巧克力豆，每天早上起来就要，晚饭前也要，晚饭后也要。我感觉这不正常，于是就问珞妮妈妈。她说不太清楚。我就让她给我讲孩子去湖南时吃东西的所有细节，当她说到前边那两个细节的时候，我就知道是怎么回事了：珞妮如今那么贪吃巧克力是心理原因。

知道这个就好办啦，对症下药才能解决她贪吃巧克力的问题。今天就仅仅吃了两个巧克力豆了——成效显著。小孩子会深受伤害，她回到家来寻找父母修补这个伤害。

2013-5-28

果树和蔬菜越长越绿越长越繁茂，园里的清馨也越发宜人。每天早晨和傍晚都有很多鸟，胆子大的就在距离你几步远的地方跳来跳去觅食。珞妮妈妈很得意地说珞妮山庄是村子里生态环境最好的。珞妮的妄想是抓鸟，跟头把式追赶，累得满头汗水。她看着天上的鸟：“飞啦！”我摸摸她的头：“我们没有翅膀。”

孩子仰着头追寻着天空中的鸟，好奇和羡慕不加丝毫掩饰。听见鸟鸣，即便正在玩，也会停下来寻找……

2013-5-30

缴费的时候，钱一塞就消失了。珞妮不停地触屏幕：“妈妈，它把钱吃掉了。”ATM机吐出一张账单，珞妮连忙抓在手里。回家的路上，她一直捏着那张账单。见到我就紧紧抓着我的手：“爸爸，钱被机器吃掉啦。”钱是她塞进去的，她认为是自己的错。“拿回来嘛！”她一直仰头看着我，那种眼神儿让人心疼。

2013-5-30

卢克是獒群的领袖，如果不加限制，它就会囤聚垄断食物，即便吃饱了，其他的獒也很难吃到东西。每次给它们开饭，都必须采用分配制度。它们小时候吃过奶糖，长大了也喜欢吃。吃奶糖时卢克也会抢煤球的，珞妮虽然很难阻挡，但她尽力而为，帮煤球争夺公平……

2013-5-31

为了给珞妮讲故事，把朋友寄来的著名童话翻看了一遍。于是我决定自己编故事：耗子只能是讨厌的动物，蜘蛛永远是孩子不要碰的昆虫；猪就是猪，绝不赋予它猪以外的意义……我不想因为成年人的意淫而更改大自然安排好的秩序，更不想孩子长大后还要做一次头脑和心灵的大扫除：孩子的生命同样是有限的。

守承诺

2013-6-2

六一这一天，珞妮至少6个小时在妈妈的实体店、公园……在公园里，最深的印象是家长们都不想让孩子跟其他孩子玩，目光中充满警觉。人多，珞妮的裙子刮了一个女孩的玩具，女孩抬手就打。珞妮回头看一眼，继续走。她5岁的表姐不干了，上去就打了那女孩脑袋一下。女孩的妈妈说：莫怕她，妈妈帮你打。

2013-6-3

从突然能说三个字到可以完整表达一个意思，大约用了一个月的时间。她一直尽量多说几个字词，但并不喜欢我们教她。往往是昨晚上你教她说，她说不好就不说了，但第二天早晨她很自然就说出了那句话。如今交流起来容易了，但应付她也麻烦多了。昨天傍晚她帮着妈妈整理饰品，大声命令我：爸爸，拍照啊。

2013-6-5

昨天上午珞妮把半罐茶叶倒进了半杯凉水里，我揍了她两下，她没哭但准备哭。我问：你把茶叶都倒进去，爸爸还怎么喝？她瘪着嘴点点头。我问这是不是祸害人？她点点头。我问你错了吗？她点点头。我说以后不能这么干了，记住了？她点点头。我抱起她，她摸摸我的后脑勺。我想，这是在安慰我吗？

2013-6-7

小狗把珞妮绊了一个马趴，她气急败坏地哭了两声。我说起来吧地上脏。她爬起来，脸上还带着愤愤不平。十几秒钟之后就没事儿了，继续带着小狗跑来跑去。后来，看见妈妈拿出一堆镯子项链长命锁，就丢开小狗去帮忙，她帮忙的内容之一就是往脖子上胳膊上套。她躲到妈妈身后，大喊：“爸爸，不拍珞妮！”

2013-6-7

看着珞妮穿着新裙子和表姐在草地上玩耍，突然想起昨天晚上：吃饭回来我抱着她上楼，真的很沉。我说你越来越重了，爸爸抱不动了。她和以往一样，说：没有重。但这一次她声音非常小，小得我刚刚能听见。说完她把头搁在我的肩上，脸贴着我，一只小手轻轻挠我的后脑勺……2013年6月7日，珞妮两岁半。

2013-6-8

进城之前，妈妈急三火四地收拾要带的东西，同样着急的珞妮一般都是自己找出鞋子穿上。妈妈说你的鞋穿拙（错）了。她回答：没拙。妈妈：拙了！珞妮：没拙。妈妈：不换过来就不带你进城了！珞妮：噢。拙了。她跑到我面前，满脸的不服气。我脱掉她的鞋子，照着她的脚比量给她看，她的神色平和了下来。

2013-6-11

珞妮天天盼下雨，下雨就可以撑着伞出去玩了。细雨在晚饭前开始，珞妮在前、后阳台轮流张望了一遍，大声喊："下雨啦。"她耐着性子吃完饭，就拿起雨伞出去了。小狗看见她也很高兴，顾不得躲雨，跑前跑后绕着珞妮转。细雨中的傍晚，是安静和迷离的。对干旱的滇东北人来说，是悲喜交织的、感恩的……

2013-6-13

在六只獒中，对珞妮最亲近的是碟子和安多。我猜是因为它们都做过母亲，对小孩子天然抱有好感。但亲热方式让珞妮难以适应：它们的个头和力气有点儿大，珞妮更小的时候经常被它们撞倒。如今珞妮能灵活躲避了，但她还是警惕提防。碟子或者安多伸出嘴巴来舔，她就一边发火一边用力推开它们硕大的脑袋。

2013-6-14

桃和李似乎一夜间就熟了。我和珞妮进园子并没有发现，她妈妈说李子有很多熟了。她摘了一个，还很绿的，但的确已经熟了。我和珞妮都吃了两个，然后又去看桃子，居然也开始熟了。马上要开饭，就不许她再吃了。珞妮拿着两个桃子不撒手，那是真心想吃啊。跟她商量明天再摘，她答应了。珞妮是守承诺的。

2013-6-15

珞妮一直很热诚地为妈妈的网店服务，只要是妈妈给产品拍照片，都主动要求当模特儿。昨天妈妈搞到了一批925银质手镯，珞妮很喜欢，戴在手腕上自我欣赏了一会儿，说：妈妈快拍。妈妈拍了几张，说：珞妮，做模特儿要有表情的。珞妮就来了一个表情。妈妈说：不能就一个表情，要很多。于是，就来了很多……

小妹妹的身份

2013-7-1

马原、小花带着马格一路自驾从西双版纳来到珞妮山庄，已经是傍晚了。进屋之后根本没机会休息，大人们就要理顺两个孩子的关系。马格接受了自己是哥哥的身份：这意味着他经常受欺负还不能反击。珞妮也很快适应了小妹妹的身份，她的过分之处是不仅要霸占自己的爸爸妈妈，还要霸占马哥的爸爸妈妈。

2013-7-2

昨天晚上马原就说去对面的山看看，我破天荒起了个早，其实也8点多了。小花和蒋燕带着孩子们进城，两个老头煞有介事去爬山。那条溪水已经被彻底毁掉了，进山一公里之后才重新听见了溪水的流动声。我们在一处平台上坐了一会儿，然后返回。距离山庄还有百米时，看见女人们进城的汽车正驶过来。真巧。

2013-7-3

珞妮拎着半袋面包，马格先是用他的变形金刚换面包，珞妮给了马格一块。马格吃完再要，珞妮就不给了。马格于是开抢，珞妮抢不过马格，回头求助，我没有介入。我想看看会是怎样的结局，但马原跑过来制止了马格，珞妮的面包袋失而复得。没机会看结果了，只能告诉珞妮不可以独占。珞妮就再给马格一块。

2013-7-7

珞妮似乎不再为客人的离开感到特别伤心了，她只是在第二天早晨起来的时候习惯性地下楼去找小伙伴。告诉她马格回自己的家了，她噢了一声也就没事了。我愿意看到她平常心面对这种离合，否则受伤的是她自己。此前，友人离开之后珞妮的情绪都要受到影响，她会连续数日寻找他们。现在，我可以放心了。

2013-7-8

珞妮妈妈用手机拍摄网店的新产品，珞妮跟着忙乎。她妈妈说：你躲开点儿，挡住镜头了。珞妮说：妈妈，不是镜头，是手机。能感觉到她妈妈被噎住了，嗯嗯了两声无下文。我忍不住笑了：珞妮没说错，是手机。昨天，我说快点吃饭。珞妮说：爸爸，不是吃饭，是吃面条。我噎了一下，然后认同，说：是面条。

2013-7-9

我把电脑搬到书房，关上门是为了防珞妮打扰。珞妮很听话，妈妈不让她过来就不过来。但只要一听见我这边门响，就会连鞋子都不穿，妈妈喊也没用，飞奔而来。见到我就抱住大腿，说：爸爸，想你啊。我问怎么想？回答：很多想。我很是不忍心，就把门开了，珞妮开始转移阵地，很快就把游戏场搬进了书房。

2013-7-12

下雨了，珞妮很想下楼找帮工的大姐姐玩，但她必须要经过天桥。雨不是很大，但那段路程足以把她浇湿。她说拿雨伞吧。我说风大你撑不住雨伞。她噢一声不再坚持，但走来走去很不甘心。我说坐在凳子上等着吧。她答应着坐下来，各种看，各种无奈，各种无聊。后来，她实在没耐心等下去了，回屋自己玩了。

2013-7-13

妈妈给珞妮新裁制了新款裤子，那的确是很奇怪的款式：裤裆忒宽了！我担心走路时会绊倒。珞妮不管那些，她兴高采烈地穿上，然后跑出去给妈妈做模特儿。我跟了出去，我担心她被那种大宽裆绊倒摔个好歹的。后来的事情证明我的担心是多余的：珞妮大概是想起了小姨给她演示过的跆拳道，不伦不类地来了几招。

2013-7-14

父母只要按照你天性中好的一面说话做事，把坏的一面丢了，孩子就不会很麻烦——这也是一起成长的意思。其实我们经常抱怨孩子的很多毛病，寻找根源，基本上都在我们自己身上。所谓“抓猪看圈，娶媳妇看妈”，也是说这个道理的。当然也有特例，这不在讨论之列。

提防车辆

2013-9-16

每天早晨告别时珞妮都很犹豫，最终还是选择跟妈妈走。傍晚我和她们会合一起去吃晚饭，这时候新款服装也完成了。珞妮对新做出来的服装很喜欢，前后左右围着试穿的阿姨看，还不停地称赞：“哇！真漂亮呀！”然后是她换上自己的新装：“爸爸，漂亮吗？”得到肯定之后，很矜持地跟着我们去蓝月谷餐厅。

2013-9-17

珞妮的性情逐渐变得活泼和开朗了。她会主动跟经常见面的人打招呼，每次看见门口的迎宾员就会说：“姐姐，我来啦。”离开的时候：“姐姐我走啦。”自己很重要似的。如果受到称赞，就更加高兴。但昨天出人意料地来了一次谦虚：出租车女司机说珞妮你好漂亮啊。珞妮居然很不好意思，她说：“不漂亮。”

2013-9-18

我们都不过生日，珞妮妈妈的生日也就不显得特别。其实我很想买点儿什么表示一下心意，但我口袋里从来就没装过钱。我告诉珞妮在妈妈生日的这一天要祝福。她不明白。我告诉她要说妈妈生日快乐，她就说妈妈生日快乐。我教她还要说妈妈辛苦啦，她就说妈妈幸苦啦。她笑嘻嘻地说这些，但她妈妈还是亲了她。

2013-9-19

在珞妮眼里，没有太阳公公只有月亮公公。每天晚上回家时都指着月亮说："月亮公公出来了。"纠正过一次，但她依然说月亮公公。我突然觉得自己的纠正比较差劲：凭什么月亮只能叫婆婆？这既不是常识也不是真相，她认为是什么就是什么不是很好吗。最近又开始叫月亮姐姐，我以为同样是一个有趣的念头。

2013-9-20

因为白天没有睡觉，珞妮原本已经很困了。来到步行街时，她大概发现自己可以不必躲避大人们的冲撞了，马上就振作了起来。以往，即便是夜间，步行街上的人也是熙熙攘攘擦擦碰碰汗酸刺鼻。在这个中秋的傍晚，步行街上的人很稀少，珞妮终于可以在相对空旷的石块路上自由行走了。这样的傍晚，真好！

2013-9-20

和沈阳中街路的商业街一样，会泽古城有一条古老街道，只能步行不许行车，因而被称作步行街。有了这条街，人们可以难得放心地带着孩子走路。我喜欢傍晚在石板路上走一走，它是古城人唯一能感受时间和享受悠闲的古道。现在，我必须时刻小心迎面、背后和斜刺突然冲来的各种车辆，不错眼珠地盯紧珞妮。

2013-9-21

苗族风格服装的确养眼，珞妮似乎也非常喜欢：从步行街到餐厅的路很远，她是扭着走完的；到了餐厅，她余兴未尽地跟妈妈剪子锤子布。蓝月谷店主希望定做成人款，微信上也有几位要定做成人款。我认为民族味道浓烈但又可以穿出去逛街，是它成功的根本原因。珞妮妈妈很吹牛地说还会有更好的。

2013-9-21

这段时间在市场里被阿姨们宠坏了，有点儿随心所欲唯我独大的意思了。吃中饭时因为吃几口就跑，跑完再吃，被妈妈揍了一顿，还罚站5分钟。我支持她妈妈的做法，不能等她形成这些习惯之后才开始着急。在这一点上我们都是保守派，不普世也不民主。我们不奢望出个孝子贤孙，但也不愿意养一个小祖宗。

2013-9-22

这是因为不好好吃饭被惩罚之后的那顿晚饭。她很专心地吃饭，此前还要求脱掉外套。她拍拍肚子，说："爸爸，我光大膀子。"这时候你是很难绷得住的。其实我们很清楚珞妮还是很乖巧很省事的孩子，她还懂得在爸妈生气的时候扯别的事让你无法生气下去。

2013-9-23

正睡着就被叫醒了，珞妮看上去有些萎靡。去餐厅的路上她要求吃一串葫芦糖（糖葫芦），拿着一元钱边走边找。傍晚时分的街市已经淡了，卖糖葫芦的早已收摊。珞妮一路郁闷着来到餐厅里坐下，又变得开心起来。这才想起要展示她的新衣服："爸爸，这是什么族的？"我说珞妮族。她很认真地纠正："土族！"

2013-9-24

各种草和树木鲜花蔬菜一起生长，很快就比珞妮还高了。一直以来园子里都有蛇的踪迹，无法断定它们白天会不会也出来逛游。虽然安多（一只獒）很能捕蛇，但也不敢冒险让珞妮钻进高深的草地去玩。我原本非常喜欢园内有各种各样的草，但为了安全，还是请些人花了三天时间清掉了高草。珞妮终于可以进园了。

2013-9-25

农贸市场有一位80多岁的老人，参加过朝鲜战争。她有孩子，还领养了十来个孤儿。她常用碎布头拼成小坐垫，带到市场里送人。人们觉得难看不要，珞妮妈妈说我喜欢。老人家非常高兴，说："只要我还能下床，就给你做。"老人不要钱，她说我就是喜欢做。珞妮也喜欢奶奶，每次见面就要给奶奶的鞋子系彩带。

如今，我们一家人都祈祷老奶奶经常出现在农贸市场，手里拿着一个小布垫儿……什么也没拿也行，只要她能继续那样拄着拐棍儿，满脸笑容地看着珞妮往她的鞋子上系彩带……

2013-9-26

总有人在市场楼梯上丢垃圾，珞妮上下楼梯会很小心地提起裙子。因为穿了新衣服，她扭扭蹦蹦走路，结果摔了一个跟头，白裙子上沾了泥。她把弄脏的地方拿在手里，看着我：爸爸，能擦干净的。那是寻求原谅的眼神，很让人心疼。我说没关系，回家后洗掉还是白白的。她说好。我说走路时小心一点儿。她说好。

她对自己的要求有点儿高，不愿意出现任何差错。这让我有些担心：一个对自己要求太高的人很容易对自己失望。我反省一定是我们在很多方面太苛刻了，否则一个小孩子不可能自发生成这样的自我要求。

2013-9-26

秋天来了，我们必须要整理土地了：在秋冬季节，还要栽种一些蔬菜。在冬季到来之前，还会有一些嫩草生出来，绒绒的，珞妮最喜欢的草地，在上面跑来跑去不用担心跌跤会疼痛。我们都很喜欢，可以在阳光下坐在草地上吃一顿“老洪铁板烧”。好久没有吃“老洪铁板烧”了，突然间想起那味道，真心很馋了。

2013-9-27

最近几天，珞妮进城前都说要跟爸爸在家。今天搂着我的脖子不下来，还说要跟爸爸在家。我抱着她把她放进出租车，她亲我一下，说爸爸再见。我说不要乱跑啊。她说哎。每次再见后回到楼上，我总是脑袋空空很茫然地呆坐一会儿。我想我是老啦。

2013-9-29

珞妮学会了提防车辆：有车来她就挡在妈妈或者爸爸前面，

大声说：妈妈（爸爸）小心点！有个阿姨跟妈妈说话，珞妮喊：她是我妈妈，你不要和她说话！阿姨说：我在和你妈妈聊天呢。珞妮：噢，聊天啊。她妈妈跟我说：我还以为珞妮没礼貌，现在想来不是，那人说话的声音太大了，珞妮以为是在跟我吵架呢。

家里雇佣保姆时，首先要提醒两件事：一、不要上三楼，三楼的藏獒会攻击你，你会有生命危险（要强调藏獒和狗不一样，比狼还凶）；二、不要高声说话，听得见就行。珞妮已经习惯了心平气和讲话的环境，所以遇到喊着说话的人就以为是在跟她妈妈吵架。

2013-9-29

进城前，珞妮蹲在椅子上很耐心地把石榴果粒一颗一颗抠下来放进一只小碗，实在忍不住就吃一颗。后来她站在椅子上看老奶奶把果粒装进一只塑料袋，然后拎着来到天桥上。妈妈出来了，她忙着跟爸爸告别，然后跑着追赶妈妈。下了天桥，她回过头招手，喊："爸爸，再见啊！"

进　山

2013-12-1

昨天凌晨下了阵雨，早晨院子里还湿湿的。这样的天气蜂蜜是过滤不成了：温度太低，蜂蜜会凝结。珞妮妈妈带着珞妮进城，回来时拿了很多取暖用具。珞妮很吃力地拎着两只小炉子，看见我就说："爸爸，我的手太累了，抱抱我吧。"晚上，我们一家人都聚集在书房里间，眼巴巴地看着蜂蜜一滴一滴滴进桶里。

2013-12-2

气温下降，两昼夜总算滤出可以装瓶的，松了一口气：可以寄出了。珞妮比我们还要兴奋，忙前忙后还不停地喊：卖蜂蜜啦，两块一斤！妈妈说：啊？这么便宜？珞妮：5块一斤。妈妈：这么贵？珞妮：8块一斤。妈妈：好便宜啊。珞妮：200块一斤。妈妈：再便宜点吧。珞妮：8块8斤。妈妈终于把珞妮绕糊涂了。

2013-12-4

折腾了十多天，蜂蜜的事终于可以放下了。珞妮这些天一直跟着大人，瞎忙。她一边玩一边琢磨吃蜂蜜。"妈妈，我就吃一点。”妈妈不同意。珞妮就递瓶子拧盖子，“珞妮帮妈妈干活了。”妈妈说那也不能吃。珞妮：妈妈你真漂亮呀。妈妈你真像一个白雪公主呀。妈妈我真爱你呀。于是，马屁精吃到了蜂蜜。

2013-12-5

珞妮又跟着妈妈进山了：去实地看看山民的天然养鸡场，所以天然，就是数千只鸡都放养在私人承包的小荒山里。这些鸡白天和人马牛羊同在一片蓝天下，晚上才回到大房子睡觉；有一些不回屋，干脆睡在草丛里。养鸡的是儿女远在他乡的老两口儿，他们说不清到底有多少只鸡，只能记住每天能捡回3000多个鸡蛋。

三岁寄语

2013-12-07

珞妮，今天又是一年中的大雪节气，三年前你就是在这一天来到了人间。那一天会泽大雪纷飞，街道上没有几个人行走。爸爸急急忙忙来到了医院，医生告诉我你只能剖宫才可出生，因为脐带缠住了你的脖子。那是很让人难以置信的现象，你出生前一个星期的时候你的妈妈刚刚做了一次检查：你像个倒立的小佛像一样，安安稳稳地入盆，四周没有可以供你转动的空间，但这个早晨你偏偏让脐带缠了脖子。医生没能解释得了原因，别的人也没能解释清楚原因，我想只有上帝知道为什么会这样……

今天爸爸不想说这些了，爸爸想跟你说，爸爸年纪已经很大了，正常情况下很难陪你走更远的路。今天想跟你说的话都是关于你妈妈的，我相信你是会有耐心听下去并且可以记住——因为我确信我的女儿是一个从小就在一个充满人性关怀的环境中生长的人。

在你的妈妈年纪比爸爸现在还要老的时候，她会行路蹒跚东倒西歪，甚至随时会摔跤。这时候你要小心地帮助她，带着她过马路，扶着她上下台阶，不要呵斥她……你小的时候，她就是这样呵护着你的。她会为你的每一次摔跤心疼，但她会让你爬起来。年老的妈妈如果摔一跤，很有可能就爬不起来了。珞妮，一定要防止她摔跤——这就是你和妈妈的不同，你的每一跤都宣告着生长，她的每一跤都暗示着衰老。

在你的妈妈年纪比爸爸现在还要老的时候，她会歪着嘴流口水，会在吃饭的时候弄得满衣襟都是饭粒和菜汤。你要耐心地帮助她擦拭干净，不要呵斥她……你小的时候，她就是这样不厌其烦地为你做这些事，要洗净你的衣服，洗净那几个好看的小围裙——这就是你和妈妈的不同，你的每一次弄脏衣服都宣告着生长，她的每一次弄脏衣服都暗示着衰老。

在你的妈妈年纪比爸爸现在还要老的时候，她说话时会口齿不清语焉不详。你要凭着女儿对妈妈的了解去推测和判断她在说什么，一定要弄清楚她究竟在说什么，不要嫌麻烦，不要呵斥她……你小的时候，经常会说一些妈妈和爸爸都听不懂的话。妈妈会为你的这些话感到惊奇，甚至会显出喜悦，她赞美你真聪明——这就是你和妈妈的不同，你的每一次呓语般的声音都宣告着生长，她的每一次口齿不清都暗示着衰老。

人的生命就是这样一个首尾相接的圆。

在你的妈妈年纪比爸爸现在还要老的时候，她会耍脾气（你妈妈是一个话很少但很倔强的人。在这一点上你似乎遗传了妈妈的性情）。在对人对事方面，她永远不会做恶事不会伤害别人，当然更不会去伤害你。她发脾气的时候你要好好跟她说，不要跟她怄气，一时间说不清就顺着她（你自己心里清楚就行了），不要呵斥她……你会说话以后，经常会讲歪理，她都是忍着气跟你讲道理。她也会打你，但从来不会用力，她只是要你知道她真的气坏了，她只是希望你成长为一个健康快乐和善良的人——这就是你和妈妈的不同，你的每一次发脾气都宣告着生长，她的每一次发脾气都暗示着衰老。

人的生命就是这样一个首尾相接的圆。

将来你有了自己的孩子，也要这样告诉她。爸爸希望美好的感情在你这里会传承和延续下去。

珞妮，这就是今天爸爸要跟你说的话。

让我们父女和前两次一样，祝你的妈妈健康和快乐。

珞妮四岁

你一天天长大了，
喜欢听爸爸说话。
爸爸在哪一边说话，
你就像一只小海豚一样游到哪一侧，
然后静静地听爸爸说话。

双黄蛋

2013-12-9

珞妮跟妈妈进山捡鸡蛋很晚才回到家，脸被山风吹得红红的。我一直担心她会高原红，要想办法才行。珞妮从口袋里拿出一只鸡蛋，又拿出一只。说：爸爸给你，奶奶的双黄蛋。我笑了。成年人也会这样表达的。她问爸爸你笑什么？我说爸爸高兴啊。她说你爱珞妮吗？我说是的爱珞妮。她说爸爸抱抱我。我说好。

2013-12-11

再一次进山捡鸡蛋，珞妮的兴趣转移了。她追鸭子撵鸡赶大鹅喂牛，忙得不亦乐乎。后来坐上了一辆山民的马车，马车拉着她在村子里来回走了好几趟。下车时很真心地谢谢叔叔，叔叔很高兴地把自家的魔芋豆腐拿出来给婆婆招待客人。午后的太阳把草地晒得暖暖的软软的，珞妮说我要睡觉，说完就真的躺下了。

2013-12-13

昨天赶上了好天气，为了让群里有特殊需要的人得到蜂蜜，珞妮跟着妈妈和一位远道而来的群友一起进山了。山风很强悍，珞妮被吹得受了凉。晚上回来时听见她说话声音很哑，还有些咳嗽。睡前没吃止咳药，只是给她喝了一杯浓蜂蜜水。半夜时咳了几声，叫醒她又喝了一点儿，再没咳。几十年来，我最害怕咳嗽。

2013-12-15

群友来山庄帮了珞妮妈妈大忙，早晨起来后把一塌糊涂的客厅和厨房收拾干净，然后一起进山割蜂蜜，回来填邮单邮寄鸡蛋。照顾珞妮是庄主最高兴的，这样珞妮妈妈就可以放心地忙乎：以往珞妮是不能离开视线的，担心被人拐走。我猜测飞马气球一定是珞妮表现出很喜欢阿姨就买了，珞妮这两天走到哪都带着。

2013-12-16

天气预报会泽有大雪，就等这场大雪。雪如期而至，天地良心，真的不是大雪。只能说东北大雪和云南大雪是完全不同的概念，我看到的就是一场普通的雪。把獒们从楼上放到雪地上，它们很高兴，发疯似的奔跑了一阵。带珞妮顶着飘雪清理了一下平台，那种心情还是很惬意的。祈望明年不再干旱：瑞雪兆丰年！

2013-12-17

昨天，大雪纷飞之后一片洁白。珞妮跑到平台上玩雪，她的手冻得通红。看着她忙忙碌碌头不抬眼不睁的，我想喊她回来但没喊。我知道这些雪存不住，太阳出来很快就融化了。珞妮一直没能经历东北的冬天，就享受一下这云南的冬天吧。今天上午，平台上的雪大部分已经化掉了。昨日下雪今日融，云南的冬天。

云雾弥漫

2013-12-23

珞妮很喜欢她的戴叔叔，戴叔叔走了珞妮哭了。此前很多客人来往山庄，珞妮还是头一次哭。这两天会经常自言自语：戴叔叔去哪里了？另外的表现是跟爸爸非常亲近，我猜测那是小孩子的心思：这几天只顾了跟戴叔叔玩，冷落了爸爸，爸爸会不高兴的。今天，她留在家里没有随妈妈进城。有补偿的意思。

2013-12-25

昨天的天气很特别，珞妮用上了我半年前教给她的：云雾弥漫。的确，大雾从早上一直弥漫到晚上，有一段时间雾气簇拥到了窗前，它们在平台上飘游，如同影视中所展示的神话情境。一上海网友问云南也雾霾了？我说雾霾是啥？珞妮山庄这里的雾气清新湿润，吸一口透心凉。

2013-12-26

妈妈进城前珞妮要一个小熊蛋糕，妈妈答应了。珞妮平时很难吃到蛋糕，因为我不主张给孩子吃那些垃圾食品。妈妈回来时珞妮也去迎接，她拎着蛋糕盒子上了楼。妈妈说爸爸妈妈小时候家里穷吃不起蛋糕。珞妮说吃蛋糕要花钱买吗？妈妈说是的。珞妮就叉起一块：给爸爸吃蛋糕。我不喜欢那东西，但还是吃了。

生爸爸的气

2014-1-23

珞妮妈妈4点钟就去了昆明，她要进切肉机绞肉机灌肠机真空机，这样就不必每天进城去监督，在山庄里就可以做了。她不带珞妮一起去，我赞同。珞妮醒得早，我被她叫醒的时候太阳很高了。她已经穿好了衣服袜子和裙子，拿着一碟花生米在吃。我想烤包子，她说不吃包子。庄主赞赏她的拒绝。

2014-1-24

因为生爸爸的气，珞妮拒绝躺在爸妈中间，她到妈妈身外那一侧睡觉。以前早晨醒来之后就爬回来，但这一次起床后没有那样做。我问她：以后也不挨着爸爸睡觉了？她没有直接回答：我挨着妈妈睡。说这些话的时候，她挤在我的椅子里（在我身后）玩平板。我猜她只是不想我看见她玩平板，并没有和好的意思。

2014-1-25

在云南高原很少出汗，洗澡的次数明显减少。但最近一段时间坐得太久，腰酸疼。珞妮妈妈弄了草药命我泡澡，我非常不情愿。珞妮走过来拍拍我的胳膊：爸爸，听话，快脱衣服。我在大桶里坐下，珞妮说：爸爸，我也要洗。珞妮太喜欢洗澡了，进去后再要她出来，百般商量。

2014-1-27

常年久坐，腰、颈椎、肩周都出问题。2000年我腰疼得厉害，大部分时间只能躺着。后来珞妮妈妈给我治好了，一直没犯。但去年几乎在电脑前干坐不动，腰椎和肩周又疼起来。珞妮妈妈弄了草药给我药浴，连泡了三天之后不疼了。珞妮也要跟着泡的，舒筋活血强身健体。珞妮3岁50天。

2014-1-27

距离立春还有些日子，但已经有了春天的气息。园内的玉兰树叶子还没再生，但已是含苞待放。珞妮妈妈的小作坊也放假了，她给几个女工每人发了一箱褚橙。其他妇女们很羡慕，说你们待遇真好。今天大扫除，主要是把积攒下来的衣服洗了。珞妮在园里闲逛，渴了，抱起我的小茶壶就喝。呃噢！我的滇红！

看马戏

2014-1-28

醒来没看见妈妈，珞妮连忙穿衣服下楼去找。看见大人们在干活，她马上参与进去。当然除了碍手碍脚别无他用，但还是让她感觉到自己很能干。后来，后来，不清楚发生了什么，就看见珞妮哭着走过来。她伏在我怀里抽鼻子，我扭头就看见了气势汹汹站在远处的珞妮妈妈。我想，我想，没必要问出了什么事啦。

2014-1-29

昨天风大吹着了，珞妮傍晚开始发烧。她不想吃饭，只要求：爸爸，抱着我睡。我知道她不舒服，抱着会感受好些。我抱着她轻轻摇晃，努力回忆自己是否被这样抱着过。没有过，真的没有过。那个瞬间我竟然有些伤感，但并没什么抱怨，我只是不想珞妮再有这种缺失。早晨她爬起来就找山楂吃，小家伙没事了。

2014-1-30

邻居的老黄狗被主人赶了出来，它每天都在山庄门前转悠。每天，珞妮都给它拿点吃的。今天珞妮看见它躺在门前，妈妈告诉珞妮大黄要死了。珞妮蹲下来不停地摸它，不停地说你起来吧给你肉吃。珞妮还用力推开表哥：你不要碰它，它很疼的。老黄狗抬起嘴碰了珞妮一下，就咽气了。珞妮被拉走的时候，哭了。

2014-1-31

村里的鞭炮声很遥远地传过来，睡眠很难被惊扰。我们一觉睡到中午，吃过饭珞妮就跟着妈妈进城逛街。我扯淡了一阵子微博，又睡。张开眼睛时发现娘俩也睡在床上了，吃完饭已经是22点钟了。我们计划明天带珞妮进城看一场马戏，说是有猴子老虎，“都关在笼子里的。”珞妮妈妈强调。我说：嗯嗯，我相信。

2014-2-1

写新年第一条微博，庄主想怎么着也要比2013年有所进步。于是焚香沐浴后端坐电脑前等待灵感。等啊等眼瞅着到晌午了，灵感没来肚子饿了。珞妮跑进书房：爸爸，我要吃车厘子。这熊孩子就知道吃，全然不管老爹江郎才尽的痛苦。问题是，我居然很高兴她来要吃的！居然还顺便吃了两个！居然还觉得好吃！

2014-2-1

昨天说要进城看马戏，今天下午两点，成人20、儿童10块钱一张票。珞妮妈妈说这算得上真正的马戏了，以前来的马戏团票价2块钱，进去之后让你围着笼子看动物。我问不演出驯兽和杂技？她说不演，不一会儿就往外撵人。我说咱们赚啦！不散场不回家！她说好！不回家！珞妮看了一会儿就困了，但硬挺着没睡。

穿喜欢的衣服

2014-2-2

獒野惯了，关两天就造反，生生把它们宿舍的铁门弄坏了。早晨起来珞妮在床上和妈妈疯了一会儿就自己待在屋里：我和她妈妈去修理那扇门。这是她头一次这么长时间一个人待着，我很担心她会闹。半个小时后我回到卧室，珞妮举着一袋糖山楂：爸爸，你吃一个吧。我说喂爸爸吃一个。她说好吧。你要乖啊！

2014-2-3

看见蓝天如洗就想到了干旱，被连年大旱吓着了。园内的花草树木正在复苏，温暖的春天让人通体舒服。珞妮起床后就拉着我们进园子，她跑了一阵子，然后嗅菜花和玉兰花，很夸张地喊：妈妈，好香呀。又看见一小群野蜜蜂，她小心翼翼地靠近：爸爸，快来拍呀。我视力不行，走到跟前的时候把它们都惊飞了。

2014-2-4

除了獒偶尔叫几声，山庄和山野安静如水。看到微博上对鞭炮的抱怨，我突然想：要一个人能满足他拥有的生活是多么困难。比如都市人可以满身臭汗地挤出人群赞美山间的宁静安谧，但只要在美丽的山间待上最多一个月，他就会抱怨生活了无生气，开始怀念都市的喧嚣和拥挤，甚至渴望地沟油、饲料肉和农药菜。

2014-2-4

城里城外跑太麻烦，珞妮民族手工终于搬回了珞妮山庄。张奶奶也一同搬来了，珞妮当然是最高兴的，早晨起来头一次没有进书房而是跑到了楼下找奶奶。奶奶收拾整理搬回来的东西，珞妮身前身后地跟着。在奶奶那里她经常有不合理要求，为这个我们颇费了一点儿心思。现在看好多了，很少哼哼唧唧地整事儿了。

2014-2-5

珞妮如今穿衣服只选她认为好看的，你给她选的她要么说不好看，要么就说冷、热、扎死了、脏了……理由繁多。我注意到珞妮对颜色的挑剔还处于特殊喜欢鲜艳的阶段，对黑、灰色比较拒绝。对靴子和绣花鞋更加喜欢，反感运动鞋。高跟鞋很喜欢了一阵子，每天都偷着穿，但摔了无数跤之后，敬而远之了。

2014-2-5

每次吃完饭，珞妮妈妈就说：不要吃完饭就坐到电脑前！我偶尔服从大部分时候不服从：受不了她命令的口气。现在，吃完饭珞妮妈妈刚开口，珞妮就说：爸爸，你要喝一点儿水吗？爸爸，看我吃饭多香呀。爸爸，想不想跟我聊天？我感动极了，就一边跟她说话一边走动。我恨恨地对某人说：我女儿情商比你高。

妈妈生病了

2014-2-9

妈妈药物中毒住进了医院，珞妮头一次跟爸爸在一起度过整晚。很担心她会哭闹，但她一直很乖。不停地跟爸爸聊天：爸爸，妈妈会不会死啊？我说不会。爸爸，医生把妈妈肚子拉开，珞妮就出来了。我说是的。妈妈很疼是吗？我说是的很疼。爸爸，我抱着你的胳膊睡。我说好，珞妮抱着爸爸的胳膊睡……

2014-2-10

凌晨3点多珞妮突然坐起来。我说快躺下。她说我口干。妈妈把水递给她，喝完水她还坐着，突然说：妈妈你不能吃药了。妈妈说不吃了。珞妮：你会死的。你死了珞妮就没有妈妈了。妈妈：……珞妮：你知道吗？妈妈说我知道了。珞妮：好吧。你要乖。我拍着你睡。妈妈说好。珞妮就一下一下拍着妈妈……

情人节

2014-2-13

我说：珞妮，你昨晚上把凳子都搬到台阶上了，怎么不收拾呢？她答应着就开始收拾，大概是太投入了，把裤子尿了。她发现自己尿了裤子，站起来看着我，眼神里满是不解和无辜。我问怎么了？她指着尿迹。我眼睛看不清，她又下了台阶指给我看。带她上楼换了裤子鞋子袜子，她下来之后继续收拾，直到完成。

2014-2-14

看到默默的微博，才记起元宵节，同时也想到今天是西方的情人节。阴冷数日之后刚好晴空，珞妮跟着妈妈到园子里晒太阳。珞妮摘了一些菜花，又折了一枝迎春花，然后走到妈妈面前。她磕磕绊绊说爸爸教给她的话：妈妈，今天情人节。珞妮和爸爸献给你的花。后来，珞妮妈妈把两种花插到缝纫机的线轴上。

2014-2-15

珞妮要换衣服：爸爸，衣服脏了。的确，因为妈妈行动困难，珞妮一件衣服已经穿了三天。不是庄主懒，是找不到珞妮的衣服。珞妮妈妈说话就呼吸急促，能不问就不问了。今天珞妮妈妈的状况也好了很多，于是我也找到了珞妮的衣服。吃完饭，按惯例和珞妮到园子里玩一会儿。又是一个好天气，就是风有些大。

2014-2-17

珞妮想玩表哥的小玩具，但表哥不肯给她玩。她没抢到，就来妈妈身边哭。妈妈说你为什么要抢别人的东西？抢不到还哭？罚你靠墙站着！我下楼时她还站在墙边，看见我，还没干的眼睛又流泪了。我本想抱起她，但忍住了，我说你该受到惩罚。她点点头。罚站结束了，给她擦干眼泪，表哥也把玩具借给她玩了。

儿 歌

2014-2-19

时雨时雪闹腾一整天，水管也冻住了。好在货物包装可以在山庄进行，只等天晴物流来取了。有妈妈阿姨姐姐们在，珞妮似乎并不介意不能出去玩。她用小平板学了一会儿里边的儿歌，然后让姐姐给她放音乐拉着老爸跳舞。音乐响了，她抬起头：爸爸，这不是音乐。我问不是音乐是什么？她肯定地说：是儿歌。

2014-2-20

珞妮对妈妈抱表妹非常不满，也不允许表妹坐她的婴儿车。以往我跟她商量她会听，今天不听，她找理由说车坏了坐不成了。我觉得没必要勉强她接受一个陌生孩子和她分享爸爸妈妈、分享属于她的婴儿车，她愿意分享食物和玩具就行了。学会容忍和宽容的适度，学会划定人之间的关系限度（底线），是必要的。

2014-2-23

忙忙碌碌挺好，每个参与“双赢邮购”者都有成就感。最有成就感的我猜是珞妮，如今姐姐哥哥阿姨一小群，她再不必发愁没人玩了。珞妮总想帮着阿姨做事，总是不得要领，但被夸奖得兴高采烈的。昨晚她们泡了一回温泉，居然三个人（包括珞妮）泡拉肚子了。珞妮妈妈解惑：体内寒气太重，再泡两回就好了。

2014-2-24

小孩子的生活总是比大人充实，充实是因为简单，换个说法就是单纯。珞妮的单纯表现在每天都是最简单的游戏却乐此不疲，实在困得不行了就睡一觉。照片中的珞妮先是学着阿姨往鸡蛋箱里塞松针，被我叫回来之后拿出一本书装模作样地读名著。其实她安静下来就困了，眼睛都睁不开了：几分钟之后进入梦乡。

2014-2-25

虽然是在家里，但人多且杂，这种时候小孩儿最容易出事：每个人都觉得孩子有人管，于是每个人都不会在意孩子。我只好放下手里的事情，陪着她在院子里玩了一会儿——小晒阳光，然后就说服她跟着我上楼。她提出的条件是我要背着她上楼，这不是问题。在书房里是她陪我了，一会儿就困了。背着她睡觉了！

打电话

2014-3-12

人多的时候大人们认为小孩子捣乱，珞妮就成为不受欢迎的人，经常被驱离现场。其实参与大人的劳动是孩子的一种乐趣，相当于游戏，无形中也会使孩子体验到被认同的心理感受，进而产生成就感。我们不能指挥别人这样去对待珞妮，但可以有另外的机会：人少的时候妈妈会鼓励珞妮干活，珞妮很快乐也很认真。

2014-3-15

珞妮昨天给我初中的老师打电话，师母接的。她中风之后耳朵也不好使，珞妮大声说我是珞妮，喊了好几遍师母还是听不明白。老太太放下电话前说了一句：哎呀妈呀！这都是啥呀！珞妮瞪着眼睛看着手机，突然大声说："哎呀妈呀！这是啥呀！"今天中午，她终于和爷爷通上了话。看珞妮打电话，那是真心累。

2014-3-17

会泽的春天和夏天唯一的区别是春天雨水少，所以容易干旱。珞妮在冬天被山风吹破的脸也逐渐好转，到了夏天，就会是本来的样子了。她自己也很担心，每次帮她洗脸的时候，她都会说：爸爸，我的脸皴了。我说是。她说那就不是好姑娘了。我说这个爸爸不知道。她说我知道。

骑大马

2014-3-18

夏天要到了，一次买100个鸡蛋不好保存也难新鲜，庄主决定采用小包装。昨天珞妮随妈妈去昆明采购小包装箱，一路上要经过9条隧道。每次进入隧道，她就说：妈妈，我们进耗子洞了。妈妈你怕不怕？妈妈你不怕，我保护你。她紧张地抓着妈妈的胳膊，汽车出了隧道，珞妮马上大喊：妈妈，我们钻出老鼠洞啦！

2014-3-19

吃饭时人多，小孩的注意力就被分散了。她看这个瞧那个东一句西一句，大人们都吃完了，她的那碗饭还剩半碗呢。这种情况持续了好多日子，每次大人们已经下楼工作了，珞妮还没有吃完。前天中午庄主狠下心，大人吃完之后就不管她甚至收回她的饭碗，下午也不给零食吃。一个这样的下午之后，情况好多了。

2014-3-20

珞妮和叶兆言聊天，珞妮告诉叶伯伯：爸爸妈妈一条腿坏了。兆言着急了：怎么搞得腿都坏了？珞妮说我安不上爸爸妈妈的腿。叶伯伯不停安慰，还叮嘱：爸妈腿坏了你更要乖。一老一小各说各的，但说的是两码事：兆言的女儿给珞妮买了玩具房子，有娃娃和娃娃的爸爸妈妈玩偶，珞妮把爸妈玩偶的腿弄坏了。

2014-3-22

珞妮妈妈问：不知道她长大后会不会记得骑爸爸脖颈的事。我说未必能记得，你们去昆明回来她说进城了。妈妈问：珞妮，你幸福吗？珞妮说幸福，我骑大马。我说好吧，那就骑大马。路有点远，脖子有点酸。我说珞妮，爸爸累了，还是背着吧。她说好。到家的时候我跟珞妮妈妈说：她或许不记得，照片会帮她。

2014-3-23

昨天小萝卜头阿姨从北京飞过来帮珞妮妈妈的网店拍服装照，今天差不多忙了一整天。珞妮也跟着去了会泽西北郊的梨园，各种模仿，比阿姨还忙乎。回到家时我看见她的脸又被山风吹红了，但看她余兴未尽的样子，就没说什么。最担心珞妮的脸会因为高原紫外线和山风形成高原红，必须带她回平原住些日子了。

2014-3-24

珞妮的小姨深夜从深圳到山庄时，小萝卜头已经睡了。庄主看球直到早晨，醒来时珞妮已经跟着她们去山边拍照片了。下午将近4点才回来，珞妮一点儿睡意也没有。我背着她上楼她很不情愿，我唱催眠曲嗓子快哑了还不睡。后来，我把她放到床上训了几句，她闭上眼睛，我坐在床边跟她熬。后来，后来，我赢了。

2014-3-25

第一天拍照的时候，珞妮跟小姨抢镜头，大声说：拍我呀。还经常自己摆个奇怪的造型，喊摄影师：快过来拍我呀。第二天就没兴致了，小姨们拍照的时候她就自己玩去了。梨园来了一对拍婚纱照的青年，姑娘说：珞妮，珞妮，跟姐姐合个影吧。珞妮就走过去，人家拍照，她不停地摸那束花：她喜欢姑娘手里的花。

2014-3-25

昨晚停电，今天早晨8点多才来。海燕和张奶奶赶制今天要拍的服装，珞妮午觉也不睡等着出发。这个下午大概是珞妮最开心的时候了，她在草地上滚来滚去，试图自己也能倒立起来。回到山庄后倒头就睡了，吃饭时喊她起来有些烦躁，但没有哭闹，给她喝了几口汤，有了一些胃口，很快就把碗里的饭吃完了。

2014-3-27

来山庄的人都习惯了不做看客，安顿下来就和大家一起包装鸡蛋啊肉肠啊。珞妮也习惯了人多势众的场面，忙来忙去无用功做了很多，但成就感还是有的。每天下午睡觉是个难题，但只要按照她点的歌曲唱十几遍，也能睡。只是难为了庄主，背着几十斤的珞妮，歌唱得不好也还要硬唱，很有哪天登台摇滚的趋势啊。

2014-3-28

每天忙到24时是很普通的状态，我的科研能力体现在如何安排珞妮的睡眠。小孩子每天睡前都要洗脸洗屁股，但按照我们的工作时间就会造成发现她困了你连忙做卫生，结果把她折腾精神了。想到了一招：在她困之前洗了，然后再按照她的要求背着唱歌，唱睡了之后直接放到床上，就不必担心再度兴奋的事了。

民族服装

2014-3-29

这几天一直停水，山村的水电就这样：后娘的孩子没人疼，说停就停。中午吃过饭之后大家一直忙，眼瞅着8点了，才想起该吃晚饭。连忙叫了两辆出租车，8个人一起进城到我们最喜欢的“蓝月谷”中餐厅聚餐。珞妮老老实实地等着上菜，菜一上来，珞妮就喊：爸爸，你最喜欢吃的鱼！爸爸，你最喜欢吃的辣椒！

2014-3-30

不知道谁买了辣鸭脖，珞妮看见了就要吃。她吃了一块，小玲问好吃吗？珞妮回答好吃，又吃了第二块。小玲问不辣吗？珞妮说不辣，又吃第三块。她突然哇一声哭叫起来：“美玲姐姐！我要喝水！辣！”一直不怀好意等着看珞妮笑话的女人们哈哈大笑起来。我下楼时珞妮正坐在地上，看见我，就起身跑过来。

2014-3-31

珞妮昨天去了盐水沟，看见财神庙小姨说拜财神你会有很多钱。珞妮就很认真地给财神上香，但不肯拜。盐水石榴，因主产于会泽娜姑镇金沙江的小支流盐水沟而得名，中国地理标志产品。开花早、成熟早，有十多个品种，籽大、肉质厚、籽核软、液汁纯甜、清香宜人。畅销港澳台市场，被誉为“神石榴”。

2014-4-1

珞妮跟着妈妈和阿姨去了昆明：定制一批超厚型泡沫箱用来装鲜货。晚上听见她的声音，我就开始后悔不该让她跟着去。我嘱咐她上街时要拉着妈妈的手，不能跑开。我说你离开妈妈就会丢了。她说那就看不见妈妈和爸爸了。我说是的，你要拉着妈妈的手。她说知道了。我拉着妈妈的手。

2014-4-2

珞妮在昆明住了一宿，第二天早晨吃了肯德基，但回家之后问起来，忘记了。庄主倾向于肯德基并没有给她留下深刻的印象，否则不能解释她怎么就能记得住冰激凌呢？晚上她们又吃了一顿米线，珞妮和海燕阿姨的民族装扮引起了食客们的注目。在昆明也很少见到着民族服装的姑娘，她们更愿意穿汉服。

受到称赞

2014-4-3

“服装新理念贴”可能各位不会很喜欢，但珞妮真心喜欢。她昨天晚上就设计了一款，但似乎不太满意。刚刚又设计了一套，美玲按照她的意思帮她缠好。她很矜持地坐了一会儿，看见爸爸下楼，就站起身走过来。后来，后来绊了一跤，索性坐在那里玩上了。

2014-4-4

每天都包装，珞妮的参与热情经常受到打击：大人们嫌她碍事。这一天是珞妮最有成就感的日子，她的每一项参与都受到了叔叔的称赞。小丫头简直快乐得不知如何是好了，一直到完工，她还有些恋恋不舍地坐在场地边上。庄主的体会是，男人更愿意把夸奖真诚无保留地给孩子，女人的夸奖常常很假且流于应付。

2014-4-5

六六给珞妮寄来了一箱书，其中有偶得更小的时候看过的书。珞妮似乎更喜欢那本《偶得日记》，她指着封面上的大肚子孕妇：他跟着妈妈上街了。珞妮认为封面上的孕妇就是六六，大肚子里装着偶得，妈妈走哪儿他就跟哪儿，包括上街。后来小玲拿过一本书，给我的吗？我头都大了。

2014-4-5

每到傍晚中通的货车离开，忙碌基本结束，这是一天中安静的开始。珞妮已经睡了一觉醒来，就等着吃晚饭了。她很想找姐姐玩，但姐姐在忙客服，根本没可能满足她的要求，说清楚了她不会纠缠不休。如今大部分家庭都是一个孩子，这种时候也只能自己找乐子。看上去她也紧忙乎，任何一件东西都能玩一阵子。

2014-4-6

我翻看准备上架的服装照片，珞妮爬上椅子趴在我的后背上跟着看。一边看一边咋呼：哇！真漂亮！我是公主！我说这些衣服都要卖掉。她说跟妈妈说不要卖。我问为什么？她说我就没有穿的了。我告诉她你再长高一些才能穿，我说你要睡觉才能长高。她说好吧，爸爸你背着我睡。我说好。爸爸你唱月亮。我说好。

2014-4-7

大周末网店不是很忙，珞妮就跟着妈妈阿姨姐姐到以礼河边去摘草莓。那种叫作大地草莓的草莓和市场上的草莓很不相同：个头不大，但甜酸可口。我确信吃了这种草莓的都市人很难会再花钱去买那种市场里的草莓：个大饱满、鲜艳美丽但入口乏味的。晚上，她们又去远郊“热水塘”泡温泉，回来时已经深夜了。

2014-4-9

美玲把西瓜切成一个一个小片，几个人围在一起吃。珞妮突然说：海燕阿姨，你吃西瓜会过敏的。海燕说：我不过敏。珞妮说：噢，你吃多了会过敏的。美玲说姐姐吃会不会过敏？珞妮说吃多了会过敏的。她说话的时候，眼睛一直盯着她们手里的西瓜，目光中强掩焦急。露露问：爸爸呢？珞妮：爸爸你吃，不过敏。

2014-4-9

推广一首新改编童谣：大海航行靠舵手，万物生长靠太阳，雨露滋润禾苗壮，要长个靠的是闭着眼睛睡大觉。鱼儿离不开水呀，花儿离不开秧，珞妮山庄离不开爹和娘，要长个靠的是闭着眼睛睡大觉。

2014-4-10

晚饭后珞妮说：爸爸我们散步吧。我说好，就拉着她手出了大门。珞妮说爸爸不要带我走太远。我问为什么？她说我们会丢的。我说好。回到院子，她说天黑了月亮出来了，真亮啊。月亮里有个嫦娥，她长得太丑了，白天不敢出来。她喝橙汁，喝西瓜汁，喝苹果汁，喝樱桃汁，吃米线，吃土豆，吃白菜和萝卜……

2014-4-10

早晨7点多，珞妮妈妈就叫珞妮起床，珞妮一定是不想起来。妈妈说你不想去昆明了？珞妮嘟哝了一句什么。妈妈又说：你不去妈妈就走了。珞妮很清晰地说我要去，然后闭着眼就爬起来。下午，照片传了回来，珞妮看上去很开心。以往去昆明都是紧赶慢赶大人孩子都累，看来这一次她妈妈给了珞妮玩耍的时间。

2014-4-11

脚趾骨裂本来已经好了，但一觉醒来复发了。这对追着珞妮拍照片影响很大：根本撵不上。拖到下午，下楼后看见她背着一个玩具水枪滋滋往门前的树上喷水。刚刚换上的衣服弄上了不少水，脸上也是。太阳很热，不能晒得太久，就喊她回来。回到大厅，又开始朝一个泡沫盒子里喷水。我脚疼得厉害，由她喷去吧！

2014-4-13

珞妮手垫后脑躺着：我不想爸爸！妈妈说：那妈妈挨着爸爸睡。珞妮：不可以！突然翻身对着我很嗲地：爸爸，我爱你。妈妈问：有了小妹妹，小妹妹就睡在中间。珞妮：不可以。她睡外边。妈妈：睡外边她会掉下床摔伤。珞妮沉默一会儿：睡爸爸的大枕头上。我松了一口气，对珞妮妈妈说：不要激发孩子的恶念。

风

2014-4-17

连续两天后半夜看西甲和英超，都是天快亮了才睡（云南天亮得晚些）。于是这两天下午带珞妮睡觉时都出现了这种情况：等不到她睡着就把她放在床上，把她唱睡了我也迷迷瞪瞪睁不开眼了。睁开眼睛发现珞妮没了，她的衣服裤子也没了。不用说，她醒来之后自己穿好了衣服下楼了。我干脆接着睡，直到傍晚。

2014-4-18

看势头今年又要干旱，刚刚打的那眼井只有两三米的水。这些水顶多能满足几只獒的饮用，连洗衣服都不够用。园内的土地踩一脚直冒烟，但果树还是很顽强地开花并结果了。珞妮看见树上结的那些小桃子小李子高兴极了，她问可不可以摘下来，我说不能摘也不能摸，一摸就会死掉。她说不摸，我们要等它熟了。

2014-4-20

吃午饭的时候说起版纳的岩蜂蜜，珞妮妈妈说马原夫妇在周边的寨子找到了一些，割完了会寄来。我说那就不必兴师动众去版纳了，等他们的小城堡建好之后再去才有意思。珞妮问我：爸爸，你知道马格吗？我说不知道。她说就是马格呀。我问马格是谁？她筷子停在半空，想一会儿，说："就是马伯伯的马格。"

2014-4-21

早晨醒来，看到珞妮坐在我的枕边打盹。我拍拍她，她睁开眼睛：爸爸，床湿了。我说噢，又尿床了？她说嗯。我把被子拉过来垫上，她就躺下来。我说别忘了晒被子。她说好。她摸摸我的眉毛：爸爸不要睡了。我说好吧。她说："小兔子跑得快，老鹰抓不到的！"昨晚临睡前她问我老鹰吃什么？我说：吃兔子。

2014-4-23

昨天晚上我先躺下了，半睡半醒中听见珞妮一边喊爸爸一边上了楼再到床边。她问：爸爸你睡了吗？我闭着眼睛说还没。她说我要洗脸洗屁屁。我说好。然后听见她叽叽呱呱绕到床的另一边，折腾了一会儿，叽叽呱呱去卫生间。我闭着眼睛，眼前是她刚冒话时的样子：一个字两个字三个字往外蹦……我起身去卫生间。

2014-4-24

下午睡醒之后我对珞妮说下楼给爸爸拿草莓，爸爸口苦。她答应着下楼，几分钟后端着草莓上楼进了书房。她拉过了小板凳放到书桌边，把草莓筐放上去：爸爸，给你吃草莓。我问你想吃吗？珞妮看着草莓犹豫了一下，说："不吃了，要开饭了，我吃晚饭。"我猜她是吃草莓吃多了，否则凡爸爸吃的东西都是好的。

2014-4-25

因为增加了时蔬和蜂蜜，又忙得一塌糊涂。珞妮基本上没人管了：她总想跟人搭讪，但大家都应付。她就画一会儿画，这里站站那里坐坐背手转悠转悠。我下楼背她上楼，我说下边太吵了。她说装完车就不吵了。我说那时候就安静了。她说我睡醒了他们就走了。我说是的。她说爸爸唱月亮。我唱，她很快就睡了。

2014-4-26

为了看球，我早早睡了。被珞妮电话叫醒：爸爸快来开门呀。我问你在哪儿？她说我洗澡了回来了，爸爸你来抱我。我开了大门，她跑过来我抱起她。她说爸爸我在城里看见了风。我问她你能看见风？她说看见了。我问风什么样的？她说是白色的。珞妮在路上看见了扬起的灰尘，就问那是什么，妈妈告诉她：是风。

三个女人一台戏

2014-4-27

14点50分下楼，看见珞妮正在跟着两个哥哥玩。我把她抱起来放到凳子上，她蜷着腿不站上去：爸爸，你要干什么？我说你该睡觉了。她哦了一声趴到我背上，问：睡完觉再跟哥哥玩吗？我说是的。到了楼上背着她一边唱歌一边走动，然后把她放到床上。16点40分，卧室传来喊声：爸爸，我醒啦！哥哥在楼下吗？

2014-4-29

昨晚正在刷微博，感觉听见了雨声。起身开了窗子，果然下了雨。虽然下得不多，但山庄里瞬间欢腾。三个女人一台戏，加上从沈阳赶来的小萝卜头，再加上尖叫不断的珞妮，已经跟马戏差不多了。她们跟这小萝卜头玩一种半脑残游戏，如果把每个人的特写贴上来，你们看到的将是一堆“智障人”的笑靥。

2014-4-30

到云南后最不喜欢的词组是：晴空万里，还有万里无云天高云淡艳阳高照……都意味着不会下雨。会泽乃至滇东什么都好，就是缺雨水。据说很多年前不这样，曲靖的潇湘水库、会泽的毛家村水库都是满满的清水。如今水位都下降了三分之二。这两天终于下了雨，心情很好。珞妮也到园子里察看她的桃李梨，等吃。

2014年5月

2014年6月

2014年7月

2014年8月

发 烧

2014-5-1

珞妮感冒发烧，我一整夜未睡。给她用冷毛巾敷头，擦胸口，凉得她直咧嘴。我说是不是很舒服？她说是。我希望能快些退烧，路上就少遭罪。她要随妈妈去西双版纳：马原夫妇帮我们找到了岩蜂蜜，这种蜂蜜稀缺，用来做药引子最好了。很心疼珞妮生病，但还是决定让她去。珞妮娘俩，一路顺风！还有其他人！

2014-5-1

感冒加上高原反应，小萝卜头看上去无精打采。加之摄影师抓拍不力，要求她固定造型，这使得照片了无生趣。最郁闷的还是这个：她20点30分到达机场时，飞机已经起飞了半小时。半小时的意思是飞机已经飞过了金沙江——她把航班起飞时间看错了整整一小时。幸好还可以改签，否则她一定赶不上第二天上课了。

2014-5-2

早晨5点多钟，珞妮终于在景洪住下了。我关注着她们的行程，直到珞妮在QQ上说：“爸爸，我没事啦！爸爸，我要睡觉啦。爸爸，晚安。”悬了一天的心才放下来。中午传回来了一些照片，高烧后珞妮脸上的肉肉丢了不少，但看上去还算精神。小家伙不错，这么快就挺过来了。下午，她们就可以到达南糯山了。

2014-5-2

下午睡了一觉，醒来看见珞妮妈妈的QQ显示有图片。打开，是她们到达南糯山马原家之后传来的。珞妮似乎受到了热情的欢迎，她看上去很开心。从照片看，马家的古堡似乎还要一段时间才会完工。自然景观比会泽要好得多，热带阔叶植物遍布，木本鲜花盛开。看样子是被允许摘下一朵，珞妮一直拿在手里。

2014-5-3

去年马格来会泽时，还跟珞妮抢饼干吃；今年珞妮到勐海，马格就有了哥哥模样：对珞妮照顾得很，走到哪里都拉着珞妮不让她摔跤。孩子们一天天在长大，大人们一天天在变老。希望孩子长大和永不长大，是每个父母必然的纠结。和一些家长在孩子身上寄托很多希望不同，我只希望珞妮有健康自由快乐的童年。

2014-5-3

珞妮回来了，下车后急着招呼同行的哥哥们进屋。我说拍照吧。她说不拍了。妈妈问她你不是想爸爸吗？她回答不想，然后爬上台阶给我看她手腕上的一个小贴图。妈妈说你去给爸爸抠点蜂蜜。她就来到那些瓶瓶罐罐跟前，手指在瓶身上抹了半天，把手指递给我。我尝了一下，没甜味儿。她问：甜吗？我说：甜。

2014-5-4

珞妮变了，小脾气一夜之间就多起来。我推测都是这一次生病带来的问题，如何让她回归日常还真是个技术活儿。今天就因为时时刻刻要求妈妈抱、做饭时居然也要求抱，被妈妈揍了。她哭着站在楼下喊爸爸吃饭了，我问她怎么了？她说妈妈打我了。我说为什么？她不回答。我也没有追问。我相信都会正常起来的。

2014-5-5

珞妮妈妈很早就下楼了，模糊中我听见珞妮窸窸窣窣穿衣服、下床、出卧室。我突然想到她衣服很薄，爬起来给她送衣服。还好，她妈妈已经找了厚外套。我回到书房，中午时听见珞妮喊：爸爸！给你吃杨梅！我到楼梯口，看见她端着一盘杨梅上来。我迎下去，她说：爸爸，你吃吧。她仰着脸："杨梅很贵的！"

2014-5-6

一整天给博友们讲解关于黑枸杞和肉肠特点、用法，几乎把珞妮睡觉的事情忘记了。想起来时已经是15点30分了，连忙下楼。珞妮穿着自己胡乱搭配的衣服在一颗接一颗吃杨梅，看见我就拿了一颗：爸爸，你张开嘴。我张开嘴，她把杨梅塞进我的嘴里。我说睡觉了。我背起她，她习惯地把头伏在我的背上听歌睡觉。

2014-5-7

今天，珞妮满3岁5个月了。我每天最少在网上贴一组珞妮的照片，其实是担心拍下的照片哪一天被丢了。网络是有记忆的，会留下这些照片和这些文字。它们就如同一种岁月的化石，会随着时间越发变得清晰。物质的近看清楚，精神和情感的远看饱满。我们活着，都愿意自己能丰富和饱满。

按　摩

2014-5-9

珞妮最近臆想着做饭烧菜，喊我吃饭时说：爸爸，我跟李阿姨做饭了。我说太厉害了。她说西红柿汤我做的。吃饭时夹一片儿茭白放我碗里：爸爸，这是我炒的。我说太厉害啦！晚上睡觉前我们都要聊一阵子，昨天晚上她畅想她要做的菜：把土豆和肉，还有辣椒白菜胡萝卜茄子……我的天！东北乱炖！名菜啊！

2014-5-10

培育孩子无论哪一种方式，你心里都没底，否则你就不会买儿童教育的书了。其实那些写书的人自己还不知道啥样呢，他们是写书养家，而你是按图索骥。我的想法是把你经历过的那些坏东西不在孩子身上重现就行了，至于孩子将来成为什么样的人，看造化。人生最终都是自己去完成，父母要完成的是自己。

2014-5-13

吃中饭时珞妮把头伸过来伏到我的饭碗上，抬起头时，我碗里多了一小块被她咬得乱七八糟的肉。我把肉夹起来让她吃掉，她说：爸爸，你喜欢吃的瘦肉啊！我说那也不能咬成这样才给爸爸啊。她就吃了。我问在座的人：为啥父母不嫌弃儿女嚼过的食物，但儿女长大之后一定会嫌弃父母嚼过的食物呢？无人应答。

2014-5-13

珞妮说爸爸你开电脑啊。我说停电了。她说充电吧。我说充电也需要电。她说充电呀。我想了半天，拿了张馕掰成三块：小中大。我说这个（小块）是电脑。这个（中块）是充电器。这个是电。大块没电，中块也就没电，也就不能给电脑充电了。珞妮说：那，爸爸，我吃小块，你吃大块，好吗？我：好……

2014-5-14

今天下午跟珞妮熬了将近一个小时，以为她睡了就起来回复博友跟帖。再回到卧室发现窗帘被拉开了，床上的小人儿没了！本想追到楼下揪上来，想想算了：她或许是真的不困。快到18点的时候，听见她在楼梯口喊：爸爸，吃桑葚呀！我过去，看见她端着桑葚，脸上手上都被桑葚弄黑了。看我的时候，满眼小心。

2014-5-15

李子每天都掉下来一些，大致两种情况：生虫的和结疤的。生虫的是被鸟啄下来的，结疤的是自己掉下来的。说来最好的果实人很难吃到，往往是鸟们最先发现就吃了。村民建议在园里竖稻草人，我没接受。果实成熟时我们吃不完的，与其烂了还不如给鸟们吃了。还有，我喜欢看到园中有飞鸟起落。这个我没说。

2014-5-16

珞妮妈妈太劳累了，腰酸背疼，洗澡时就做了个按摩。珞妮跟搓澡工说：阿姨，给我也按摩吧。妈妈说按摩要付钱，你有吗？珞妮摊开双手表示她没有。妈妈说那就不能按了。珞妮看了一会儿去找美玲：美玲姐姐，你帮我按摩吧，你不要钱。美玲说好，就帮她按摩。珞妮说：回家我要给爸爸按摩。

2014-5-17

有朋友要茶叶要草药要好多干山货，会泽市场里的都比较贵，质量也一般。珞妮就跟着妈妈去昆明了，那里有可以信任的朋友。其实珞妮妈妈是不放心进货，她从小就跟着爷爷上山采药，对真假好坏一眼便知。珞妮很高兴又能出去玩了，到昆明都凌晨1点多了她还是没有睡意。跟我视频，显摆了一下她的小蛋糕。

做噩梦

2014-5-18

早起看传回来的照片，珞妮在昆明玩得很开心。我打算自己带着珞妮由近及远到处走走，比如昆明、重庆、成都、海南……我以为这比她去幼儿园圈养起来好，见识和阅历比上学读书宝贵得多。其实很多家长希望孩子这样，但不会来真的。甚者，拿教育法告诉你剥夺了孩子受教育的权利。

2014-5-20

珞妮在昆明的那天中午，山庄的合作伙伴看她妈妈太忙，就主动要帮着照看一会儿珞妮。珞妮很不情愿但经过劝说还是同意了。阿姨抱着她回到自己的商铺，大人和孩子相互看了几秒钟，珞妮突然说："你把我卖了我也不怕！我妈妈能找到你！"阿姨和旁边的人都笑起来，阿姨说：我正要开口问她把你卖了行不行?

2014-5-21

突然腹泻，推测是夏天到来肠道的一次大扫除，把我折腾得够呛。下午迷迷糊糊听见珞妮从楼梯那里喊我："爸爸，来抱我。”我说：自己上来吧。她没动静，我坐起来，看见她已经站在床边。她说：“爸爸，你肚子疼吗？”我说是。她爬上床，拍拍褥子：“你躺下，睡一觉就好了。”

2014-5-22

园内自然生长了根茎植物酸浆草，把它和红糖一起煮了，打进俩荷包蛋，就是一碗治腹泻的中药。挺好喝也挺好吃，喝两次就能把很严重的泻肚止住。珞妮已经记住了酸浆草，她一定要自己挖出来，然后和大姐姐一起摘掉叶子，洗净根茎，傍晚我喝这个当晚饭了。入夜后到今天上午症状减弱，逐渐恢复正常状态。

2014-5-23

滇东北又干旱了。村里原本有一条天然泉水，但被挖山取土截断了。剩下的水主要是供给城郊的一家大型企业，村里人的生活用水四五天都难得供应一次。一些人家自己挖井，山庄也挖了，都是十几米还不见水。年年旱年年抗旱年年旱，怎么看不见成效呢?

2014-5-23

珞妮不愿意睡下午觉，我站在二楼叫她上来，她哼哼唧唧要求妈妈抱她上楼。被妈妈拒绝了，屁股还挨了一巴掌。她带着哭腔一路上来，想让我抱，大概想起来我没力气，就改成拉着手。我要她自己上床躺下，她皱着眉头看着我，想告状的神情。我说别叽歪了，睡吧。她没吭声，翻身背对着我。几分钟后，睡了。

2014-5-24

有阳光的地方一直是我喜欢的，云南满足了我这个愿望。虽然滇东北多旱，但我还是产生不了离开它的理由。我希望珞妮能在阳光饱满的山边长大，除了阳光，最值得留恋的是每日清新的呼吸。还有，还有很多蔬菜和水果。每天看珞妮在阳光下玩耍，感觉这世界还是有希望的。祈祷，滇东北人能守护住自己的家园。

2014-5-25

下楼时看见珞妮站在一张凳子跟妈妈脸对脸对峙，我问这是怎么了？原来珞妮要妈妈给她涂面膜，说自己的脸晒破了。但因为给珞妮涂面膜被方方训了一顿的妈妈说啥也不给涂了，说我要是再给你涂面膜，非成公敌不可。珞妮转过脸：爸爸，你涂吗？我说爸爸不涂。但她端着小碗就过来了，一定要给爸爸涂——

2014-5-26

最近一直说带着珞妮出去，今天晚饭时她突然问：去德宏能坐飞机吗？我说能。她突然笑嘻嘻说：我就回不来了。她妈妈问为什么回不来了？她低头吃饭不回答，被追问之后说：我不回来了呀。妈妈说那你不见妈妈了？珞妮点点头。妈妈问：永远不见了？珞妮笑了，摇摇头。我不清楚她脸上的笑容为何有些尴尬。

2014-5-27

早晨珞妮突然哭着坐起来，眼泪一串一串的。妈妈问是不是做梦了？她点点头，继续抽泣。妈妈说过来妈妈抱。她挨过去把脸贴在妈妈胳膊上，情绪稳定了一些。妈妈问，梦见伤心事了？她嗯了一声。妈妈问梦见什么了？她说美玲姐姐抢我的东西吃。妈妈问什么东西呢？珞妮说：“土豆。”爸爸妈妈谁都没敢笑。

礼 物

2014-5-28

我下楼，珞妮看见我就从桌上抓起个什么东西。她凑到我面前：爸爸，我要给你按摩。我说睡觉前按摩吧。她说不好。我说爸爸趴地板上肚子会疼。她说我给你按头。说着就给我按头。“爸爸，舒服吗？”她问。我说很舒服。“爸爸，我要给你化妆。”她拿起化妆盒，就是那个我没看清的东西。我知道自己上当了。

2014-5-28

儿童节，我没打算给珞妮庆祝和纪念。她的出生是她不能选择的，还有很多事也不是她能选择的。这就是人生。但我的朋友们还是会给珞妮寄来礼物，今天珞妮得到了我非常喜欢的电视剧《中国地》《赵氏孤儿案》的导演阎建钢夫人寄来的裙子和一箱子书还有光碟。珞妮高兴极了，近日来头一回配合我给她拍照。

2014-5-29

昨天有博友问黑枸杞是否对眼干燥管用，庄主自己喝了觉得还可以，但这属于个体情况比较特殊，未必对所有人都适合：肝火盛的人黑枸杞就帮不上你缓解眼干燥。黑枸杞消除眼疲劳的效果好，对眼干燥效果最佳的是土蜂蜜+雪菊。具体方法是先用开水冲泡雪菊，待水温下降到60度以下时加入蜂蜜饮用。

2014-5-29

珞妮喊：“爸爸快下楼呀！六六阿姨，还有，还有，偶偶给我寄来了玩具。”我说是偶得哥哥。“偶得哥哥是谁呀？”是六六阿姨的儿子。“儿子？”马格是马伯伯的儿子，偶得是六六阿姨的儿子，你是爸爸的女儿。珞妮似懂非懂地点点头。打开盒子，她问：这是什么玩具？我说不知道。珞妮摆下手：“没关系。”

2014-5-30

珞妮收到了杨叔叔寄来的礼物，她在地板上爬来爬去地欣赏。我发现小杨选的这些书有些特别：没有儿童故事，只是一些人和自然界的常识性介绍。我喜欢小杨给珞妮的这些书！

2014-5-31

珞妮的确被昨晚那一家大呼小叫的人吓着了，一泡屎憋到今天中午才拉。明显有些干燥，这泡屎很费劲。但我悬着的心总算放了下来，下午给她喝一杯浓蜂蜜水就可以缓解了。我很惊奇地发现，经过这个晚上珞妮似乎又长大了：我说爸爸拍照了。她没有像以往那样拒绝，而是主动配合爸爸摆造型。看上去很开心。

2014-5-31

珞妮现在每天都喊饭：爸爸妈妈！美玲姐姐！吃饭喽！然后站在楼梯下等着我背她去餐厅。今天晚饭前她等在楼下，看着我下来，突然说：爸爸，不能在外边拉屎！我没回答，这的确很难解说。她又说："大怪物很吓人的，不让我拉屎！"我什么都没说，我是不知道该说什么。

她会把那个嘶吼的老太太叫作怪物，这是我没想到的。但看她那认真的样子，她的确不是骂人——她还不会骂人——大概她想象中的怪物就那个样子的。我本该告诉她那不是怪物，是人。但潜意识里我就没把那种人当作人去看待，我知道我不可能是对的，因为对和错的裁判权根本就不在我们自己手里。

2014-6-1

回想起来，我能在云南待得住离不开饮食上的偏好。比如喜欢紫米黑米，但我吃了它们胃酸，只能偶尔解馋；苦菜和辣椒是最爱，那种感受不能描述；主食就是苦荞了，我对苦荞的热爱到了偏执的程度，几天不吃就没胃口。当地农民早年间一辈子吃苞谷和苦荞，已经避之不及。于是，种植苦荞的人家越来越少。

2014-6-1

太阳射在身上针扎一般疼，几分钟就能把皮肤扎伤。但不论外边怎么热，只要待在屋子里就凉爽得很。这就是云南！珞妮知道太阳的厉害，要她到园里拍照片，她就说，太阳会把我晒破的。在屋子里珞妮也是闲不住的，跟阿姨一起包装那些已经拍出去的桃花、玫瑰花、黑枸杞、面膜粉……再给爸爸跳个自编舞。

2014-6-1

每天晚饭后珞妮都盛情邀请爸爸跟她一起在天桥上躺一会儿。最初我担心会受凉，一摸才发现瓷砖热乎乎的。云南的阳光杀菌第一流，我想这傍晚的地面比饭碗还要干净。小孩子就像小动物一样冷暖自知，跟着她没错儿。珞妮会指点着天上的云说一些她自己才听得懂的故事，然后趴在地上细心找图案，兴致盎然。

2014-6-2

从一岁半用筷子到昨天出浴后用电吹风吹干头发，你指导可以，替她做都会遭遇反感。记得最开始用筷子时夹东西就掉下去，但她宁可手抓起来吃掉，也不用你给的勺子。穿衣服除非自己穿不上，否则你帮她穿她会很恼火。也有例外，那就是她撒娇的时候，啥都不会做了，全都要爸爸帮忙才行。这个可以有吧？

2014-6-2

夏日里酷热难耐，饮茶消暑寻常事。自从博友要各种花卉泡茶，庄主也跟着品尝各种花茶的细微不同：玫瑰香、桃花粉、金银花爽、雪菊甘酸、绿萝花清新。但从中医学的角度就没浪漫和抒怀了，它明确告诉你：这些花是用来治病的。

2014-6-3

树下面落满了熟透的果实，油桃的好日子就要结束了。果园的李子比山庄的李子成熟得早，原因是以礼河边不缺水。以礼河是会泽的母亲河，但这个母亲有偏心：她只给城西的人带去乳汁，城东的人只能眼巴巴地馋着。唯一能自我安慰的是果园的李子是那种大家常见的品种，其甜酸可口远不如珞妮山庄的珍珠黄。

2014-6-3

珞妮敲门，我连忙开门。她说：爸爸，你不要关门呀！我说不关门进苍蝇。她说噢。然后说王茜阿姨给我寄来了裙子和很多礼物。我说裙子也是礼物。她说好吧，很多礼物和裙子。我说好吧。她说给我拍照吧。我说转个圈。她试了一下，摊开手："裙子飘不起来，怎么转圈？"

2014-6-4

珞妮："美玲姐姐，你听我说。"美玲："好的，你说。"珞妮："你不要看妈妈的手机，你的眼睛会瞎的，就看不见我了。"近来，珞妮经常用这种很关心的方式来阻止美玲和妈妈近距离说话。她努力用有限的智慧达到这个目的：不能让美玲姐姐取代自己在妈妈心里唯一的位置。我赞赏她组织语言的能力。

2014-6-6

昨天晚上电话突然响了，一看号码是珞妮妈妈的，接起来是珞妮："爸爸，你为什么要锁门呀？是不想让我和妈妈上楼睡觉了吗？"我连忙下到二楼，发现通向一楼的门果然锁上了。我有随手锁门的习惯，上楼时又是一个随手。我开了门，看见珞妮和妈妈坐在楼梯上，大家都在笑：她电话还举在耳边，一脸愠怒。

2014-6-7

我跟珞妮说你今天三岁半了，爸爸给你拍照片。她说我不想拍。商量了半天也不同意，说还要干活呢。我说你干你的我拍我的。她说我就是不想拍，你上楼去吧。我说上楼可以，但一定要拍完。她不再说话，绷着脸提小纸箱。

美人鱼

2014-6-8

珞妮昨天跟爸爸冷战一直持续到晚上：美玲说你不要爸爸，把爸爸借给我两天吧。珞妮反对：不可以！不可以！美玲表示很伤心。珞妮安慰说，你的爸爸妈妈在你自己家呢。上楼睡觉的时候，她说：爸爸还在生气呢。妈妈说喊爸爸来抱你。她大喊：爸爸，快来抱我呀。我下楼抱起她，她搂着我的脖子，各种撒娇。

2014-6-8

我说桃子有熟的了，可以吃了。于是珞妮跟着妈妈进园看桃子，但珞妮似乎对李子更有兴趣。听见妈妈说李子也可以吃了，就冲上去摘了一个。但她摘下来的是一颗还没熟的，各种酸。她还是坚持吃完了，站起来又摘下来一个，没有吃，笑嘻嘻地跑向我："爸爸，你尝尝，很甜的。"看那个李子的颜色，你会信吗？

2014-6-9

黄昏时分进园子摘一些熟了的桃李，以后一段时间内都会这样。因为不打农药，桃子上落了一些小飞虫。珞妮拿根小棍子试图打掉小飞虫，妈妈说你会把桃子一起都打掉。扔了棍子就去摘李子，她特喜欢李子。每次珞妮吃李子都要受到限制，或许这正是她钟情李子的心理原因。李子吃多了不好，涩李子还有毒性。

2014-6-10

珞妮躺在床上，双手枕在脑后，跷着二郎腿摇着脚丫，突然说：妈妈，你在我心目中就是美人鱼。妈妈高兴极了，在女儿脸上亲了一下。珞妮又问我：妈妈就是美人鱼吧？我说是的，美人鱼有很多品种，妈妈是胖头鱼变的。爸爸呢？我问。珞妮说爸爸就是爸爸。我问：珞妮呢？她摸一下我的鼻子：珞妮小公主呀！

2014-6-11

昨天晚上我收到珞妮妈妈发来的语音，珞妮说：爸爸，我们要晚一点儿回去，妈妈在打针。她们回来后我问她：你怕不怕？珞妮说我不怕，我没有生病，医生不给我打针。凌晨珞妮哭醒了，非要妈妈抱。折腾了好一阵才重新睡下。我猜测是她梦中的妈妈一动不动了，要妈妈抱不是撒娇，是确认妈妈还能不能动……

2014-6-13

昨天傍晚珞妮自己摔了一跤。哼哼唧唧哭起来，根本没有停止的意思。我说你站到墙角去，什么时候不哭了再过来。她就站在墙角拿着一张面巾纸摆弄，就是不服。晚上睡觉前要去撒尿，妈妈说请爸爸给你开灯。她甜甜地叫：爸爸，帮我开一下灯吧。我说不较劲了？她说：不了。我以这种不太光彩的方式赢了一把。

2014-6-14

睡午觉是珞妮最不愿意的，每次都站在楼梯上等着我背她上楼。昨天我说不背了，自己上楼。她说爸爸我真累啊。我说好办，你可以爬上去。没想到她真的就一阶一阶往上爬，爬了几下觉得手机碍事，就用牙齿咬着继续爬。她一边爬一边很夸张地喘气，我一直跟着她但不去管她。一直到三楼，才背起她唱睡眠曲。

2014-6-15

我很注意珞妮的安全，剪子刀子之类的不许碰。一旦看见了就很严厉，还揍过她的屁股。大概我管得她忒烦，珞妮连做梦也在和妈妈商量孤立老爸：妈妈，我们不和爸爸说话！妈妈问为什么啊？她嘟哝了一句什么，翻了一个身面对我，伸出一只胳膊搭在我的脖子上，把头顶住我的下巴。“不和爸爸说话。”她说。

2014-6-16

一白天都在睡觉，才得以晚饭后拍到这个场面：耍赖不含糊的珞妮。妈妈给她梳头梳疼了，抗议了两声咧嘴开哭。妈妈说了几句没效果，转身就离开了。她很想跟着但大概自尊心不允许，就留下来。我问你不下楼吗？她说我从这边下。也就是她不直接从楼梯下去，而是绕路天桥。这大概是她对赌气得胜的一种理解。

2014-6-17

给珞妮拍照，她反对。我说你穿的是严蕾阿姨给寄来的衣服，爸爸拍照片给阿姨看看，也是你表示感谢的方式。她就答应了，主动要求到外面拍，还不停摆各种姿势：这样子好吗？中间还换了一次鞋。拍完了，她说：爸爸，我们去摘桃子吧。我说晚上摘，爸爸要去整理照片。她说好吧，我要跟妈妈去河边看土地！

呼啦圈

2014-6-19

要想记录珞妮每天都说了什么真心很难了，只要醒着，只要在人前，她的嘴巴就说个没完。昨天晚上跟着我去平台接水，开了门就紧紧扯着我的衣襟，不停地喊："不许亲我！不许亲我！"卢克被她喊得缩着脖子一动不动，煤球不知好歹凑上来，结果被珞妮踢了一脚。她太害怕獒们亲她了，每次都一脸口水。

2014-6-20

珞妮跟着妈妈去看土地，回来后我问看见河没有。珞妮：没有。我看见水了。我说那就是河，叫以礼河。珞妮：我看见鸭子，头扎进水里去。她比画着说。我说那是野鸭。珞妮：野鸭不会淹死吗？我说鸭子生下来就淹不死。珞妮：野鸭抓鱼吃吗？我说是的。我马上想到了危险，我说人不行，掉进河里就会淹死了。

2014-6-21

珞妮敲门要进来，开门就看见她拎着塑料袋，里面装着两条烟。"爸爸，这是我给你的。"她说，"我口干，想喝一个这个。”那是朋友拿过来的盒装牛奶，偶尔喝还是允许的。我想笑是因为珞妮两岁多就开始这么干：拿个老爸需要的东西，换到她想要的。

2014-6-22

果子进入成熟期，突然就感觉吃不过来了。每株树都结满了，摇下来的当天根本吃不完。原本我就不反对鸟们啄食果子，如今更盼着它们多吃点儿。珞妮吃果子的热情也下降了许多，但她还是每天进园子，她喜欢背着小筐的感觉。看着她在树下绕来绕去，我会想起果子还没成熟时她的样子：仰着脸看啊看流口水。

2014-6-23

周六了，大家都双休了，珞妮没周末的。大概是因为小白狗的身上有太多珞妮的气味，狗妈妈现在总躲开小白狗，甚至不给小白狗奶吃。我说狗妈妈不要小白狗了，它会饿死的。珞妮说我给它吃饭。于是珞妮每天要喂那只小白狗，虽然她在几天前就说我不喜欢白的了。的确，珞妮最近几天开始亲近褐色的。

2014-6-23

我不认为珞妮有能力把那个呼啦圈转得起来，那个东西对她来说太大太重了，而且需要些技巧。她不停地转，不停地摔跤，但都没有成功。她累得呼呼喘气，说：我累了。我说是的，它太重了。她把呼啦圈靠在墙上，突然问我：爸爸，我长大了是不是就能转了？我说你已经转得很好了，不用长太大，你就能转了。

2014-6-24

昨天很凉，珞妮有些发烧，她穿得太少了。我很生气，雇工是你每个月给十两黄金也不会关心珞妮的，让我失望的是珞妮妈妈和小玲，她们倒是知道冷暖，穿得很厚。早晨，珞妮醒来，说：爸爸，你转过来。我面对她，她躺到我的枕头上，说：“爸爸，你拍着我睡。”我说好。“爸爸，我可以穿裙子吗？”她问。

2014-6-26

珞妮：海燕阿姨给我寄礼物啦！我说好啊。珞妮：是鞋子，澳洲买来的。我说这么香。珞妮：这是香香鞋。我说大了点。珞妮说：爸爸，可以穿，我的脚太大了。

2014-6-26

72小时最危险时段已经过去，煤球活下来的可能性越来越大了。珞妮妈妈干脆认定可以治愈，我心里愿意相信她的判断，但不敢那么乐观。随着煤球体力的恢复，要它不加反抗地治疗也越发困难。我担心的是炎热的天气可能会导致伤口反复感染，并发症的可能性依然存在。

盯着一个菜吃

2014-6-28

凌晨开始下雨，中午又开始下雨，给煤球做治疗时还在下雨。要珞妮回到屋里去，她却一定和我们待在一起。煤球的食量和力气都在增加，反抗起来也比前两天努力：藏獒就是这样，身体稍好一点儿就拒绝你碰了。好在如今只有耳朵眼儿里还很严重，处理起来相对要快一些。蒙蒙细雨中，不知不觉又是一个多小时。

2014-6-30

昨天傍晚上街时珞妮涂彩了兔子和小熊，她很兴奋，睡觉前突然说：“爸爸，我给你看看小熊。”我说好，在哪里？“在一楼呢。”说着就要下床。我说：“明早吧，现在睡觉。”记忆中珞妮总共在街边小摊上玩过两次给石膏像涂彩，第一次是在她两岁多时涂了一个大头娃娃，那个娃娃后来被她掉在地上摔烂了。

2014-6-30

珞妮吃饭时有个很奇怪的习惯，这顿饭盯着一个菜吃，下顿再换一个盯。她会好多天拒绝吃鸡蛋，突然又上顿下顿吃好几天。刚采回的牛肝菌她也只盯着吃了一顿，下一顿就不吃了。我不赞成大人逼着她吃这个吃那个，各种东西都吃就不会有营养单一的问题。小孩子就像是动物，缺啥就找啥吃，真用不着瞎操心。

2014-7-1

断断续续下雨并夹杂闪电雷声，山庄的电闸还跳了一次。我下楼时看见珞妮站在门口扶着门框看雨，就呵斥她回来。她很不解，低着头慢慢往回来。我说："你会被雷电击中的，那时候你就会被烧成一个火球。"不是故意吓唬她，今年云南山区被雷击的被报道的就不下于两起。一整天珞妮都只能在屋里玩，搞怪。

2014-7-2

我下楼打算给珞妮拍照片，我说我们去外面吧。她说地上有很多水，不能去外边。我说我们去摘李子？她说我拉肚子了，不能吃李子。我说我们看煤球好没好？她说妈妈一会儿就给煤球治病啦。我一直没有说拍照的事，她也看到了我手里的相机，但也没说不去拍照。我说好吧，我上楼了。珞妮说："爸爸再见。"

2014-7-3

雨后更凉爽，带着珞妮到外面转转也不错。隔壁的木材厂正在破木头，电锯声吸引了珞妮。她试试探探进了场地，一个女工说珞妮来了？还会有村民认识珞妮！珞妮很快就看腻了，她在铺满碎木屑的地上来回走，我猜她是被那种软绵绵还有弹性的地面吸引了。果然，她蹲下身用木棍去挖：爸爸，木头下面是什么？

2014-7-4

每天都跟中通的员工在一起，珞妮跟他们混得很熟。昨天下午，珞妮拿着一把尺子找到姐姐：姐姐，让我来量量你的头。姐姐：量我的头？珞妮：量你的头有多重呀。姐姐：你要做什么？珞妮：卖呀。姐姐：卖给谁？珞妮：卖给，卖给那个，那个哥哥呀。

2014-7-5

我喜欢吃辣，珞妮也吃辣。昨天晚上她跟妈妈进城买辣鸭脖：庄主抱怨看球没有可口的下酒菜。珞妮要了一截儿就啃，辣得咧嘴哭起来。妈妈说知道辣你还吃？珞妮泪眼看鸭脖，再吃；再哭一声，又吃……回到家里，她说：爸爸，给你辣鸭脖。我接过来吃了一截儿。她问很辣吗？我说很辣。她说：爸爸，你快哭呀！

2014-7-6

珞妮的头发细软纠缠，妈妈每次给她梳头都要连哄带骂加威胁。但几天前母女的对话改变了一切，妈妈再给女儿梳头时就耐心多了。那一天和以往一样，珞妮梳头时不停地乱动、不停地抗议。妈妈说，你再动我就揍你了！珞妮说：你是我的亲妈妈吗？妈妈：你说什么？珞妮："我说，我说，你是我的亲亲妈妈呀。"

2014-7-7

珞妮两岁之后我是以背为主：越来越重，背着比抱着省力。

昨天她在楼下喊我吃饭，然后坐在楼梯下边等我。我背起她，她说爸爸你很想背我吧？我说是你在这里等我背嘛。她说爸爸我很重吧？我说越来越重了。她说我长大了吗？我说长大了。她说那我背你吧。我说等爸爸背不动你的时候。今天，珞妮3岁7个月。

2014-7-8

珞妮吃辣要追溯到一岁，有一天她看见爸爸饺子蘸蒜泥，等爸爸离开她拿起勺子舀了一勺子塞进嘴里，两秒钟后号啕大哭。那之后她不吃蒜了，但配了辣椒的食物还是喜欢吃。她和爸爸一样喜欢吃东北大酱，还和爸爸一样喜欢吃生的蔬菜。昨天晚上，她突然问：爸爸，你回沈阳带我吗？我说带！爸爸带你回故乡！

2014-7-9

昨天晚上我端着小澡盆进卧室，珞妮满脸惊喜甚至有些错愕。她对妈妈说：妈妈，我不好意思跟爸爸说谢谢了。妈妈问那怎么办？她说我要亲爸爸。然后过来搂着我的脖子亲我的脸。珞妮太喜欢洗澡了，但供水不好只能每隔三天进城去洗。以往我用小澡盆给她洗澡都提前通知，昨天发现她出了很多汗，临时决定。

2014-7-10

天亮之前有一只杜鹃“布谷布谷”地叫，一直叫到天亮。6点47分比赛结束，这一宿熬得有点亏。珞妮一定是因为我不陪她一起睡闹别扭才到床另一边睡了，两条小腿儿冰凉，给她盖被子也不踢了。睡不着了，就去看看煤球。它听见我的脚步声就已经等在门口，我确信它完全可以康复。写微博时，那两只喜鹊又来了。

第一次看海

2014-7-10

10日去昆明的路上一直下雨，到达机场时天晴了。准时起飞。珞妮妈妈说我们从来没有遇上过晚点航班。我也没有晚点记忆，人品好真心没有办法。这是珞妮第三次搭乘飞机旅行，第一次时才5个半月，第二次记忆中大概只有那个小桌板：她坐下来就放下了小桌板。小桌板放下来就意味着有得吃，她记住了。

2014-7-11

傍晚的海口西海岸很凉爽，据说这种日子并不多见。珞妮对大海既好奇又有些畏惧，试试探探面对涌来的潮水，随时准备逃跑。但晚饭吃得差不多时，她开始要求去海边。于是小陈就带她去看海，回来时满脸兴奋。再吃，再看海……

2014-7-11

还是云南适合我活着，不冷不热，呼吸凉爽畅快，最主要的是不必每天洗澡。在湿热的地方居住，洗澡和文明教养无关，只是让自己活得舒服点儿。谁再跟我说洗澡讲文明讲卫生，我不再给面子了，我会说那和你没关系，你来云南，保你有更干爽的教养和文明和卫生。

2014-7-12

晚上的海边比较凉爽，大多年轻人在游泳。珞妮求情去看海，“还有海鲜。”她说。昨天晚上吃饭的地方玻璃柜子里都是活的海洋动物，她记住了。一天中，这是海口最好的时候吧。

2014-7-13

珞妮妈妈怕水没商量，珞妮喜欢水又怕水。有爸爸和叔叔在身边，珞妮还是套着救生圈下水了。看得出来她已经很困了，但为了在水里多玩一会儿硬挺着。出水之后在去吃饭的路上就睡了，勉强醒来吃了一点儿东西，又要求去看海：真是战士啊！

2014-7-14

没有想过盛夏时节来海南，更不会在游人如织的七八月间玩挤香油。但还是来了，目的是看一眼香樟树提炼出来的天然精油。这东西如今市面上都是人工合成的产品，各种弊端不用说人们也明白。珞妮的任务一如既往：吃了玩玩了睡，主要是记住大海。

2014-7-14

在海南岛能吃到纯正东北口味的油饼和韭菜盒子，是万万没想到的。还有更多的惊喜：酸菜粉、小鸡炖蘑菇、尖椒干豆腐、汆白肉、大拉皮……应有尽有。什么螃蟹海鲜，都一边儿待着去。庄主身为云南的东北野人，只要家乡菜！珞妮随爸爸，猛啃红烧猪蹄！

2014年11月

2014-7-15

昨天是我同学的生日，我私下里想在他60岁的那一天一起过个生日：我们几个同年。珞妮有些认生，但心里一定明白了什么，回住处的路上一直唱生日歌。戴叔叔跟着一起唱，珞妮说：你不要唱，太难听啦。后来，戴叔叔给她买了冰淇淋，珞妮大声说：你唱歌真好听。

2014-7-16

带珞妮去动物园，开始兴趣盎然，但很快就要吃的喝的还要坐电动。大便的时候下小雨，她说爸爸你蹲在这里我拉不出来。我说爸爸给你用伞遮雨，要么你就淋湿了。然后突然就困了，又无处可去，我有些钦佩自己了：怀抱熟睡的珞妮，撑着伞，听伞顶啪啪的雨点，写微博。

2014-7-18

珞妮是头一次见到大海，她对海由恐惧到喜欢。每天都问：天黑了吗？因为每天傍晚我们都到海边去吃饭，她就可以饭前饭后去看海。她最想有一只海螺，她说可以听见大海的声音。小胡叔叔给她买了一堆小海螺，她把海螺贴在耳朵上听，然后又把海螺贴在我们每个人的耳朵上：你听见大海的声音了吗？

2014-7-18

单独和爸爸在一起时，要么问妈妈要么说回家。对孩子来说，妈妈在哪哪就是家。第一天住进酒店时她吃了一颗巧克力，此后就再没吃过房间小酒吧里的东西。妈妈告诉她酒店的东西太贵了，珞妮就主动要求从外边买水喝。虽然酒店里的水可以免费饮用，但还是按她的要求做了。我以为这样就好，没必要说太多。

2014-7-20

珞妮妈妈去洽谈装精油的小瓶、外包装铁盒还有“珞妮山庄”商标的设计，我带着珞妮去昆明动物园。刚看了几种动物就开始下雨，无处藏身就只能把她抱在怀里撑着伞躲雨，她睡得倒是很香。醒来之后她就不想看动物了，一心要找妈妈。带着她出了动物园，买了一个小蜜蜂玩具：她就玩这个，一直到妈妈出现。

2014-7-20

妈妈爸爸不上桌，任何人都不能端碗吃饭，谁要吃就会被她大声制止。这是珞妮从小养成的一种习惯，特别饿或者馋的时候她会忘记，但提醒一下就能忍住。庄主是老保守，讲究家庭要体现长幼尊卑。现在执行得还不错，珞妮长大了能否遵循就不敢说了。

2014年9月

2015年2月

2015年8月

炸洋芋

2014-7-21

珞妮收到了上德若谷616寄来的两条裙子，她不认识这位阿姨，一直问阿姨是谁。我告诉她以后见面了你就会认识的。她拿着裙子纠结了半天，最后问爸爸我穿哪件像公主？我帮她选了，她去照镜子，然后催着妈妈帮她梳头，午饭后拉着我给她拍照。刚拍了几张，小狗就来了，她的热情又转移到小狗身上去了。

2014-7-22

姐姐给珞妮寄来了裙子，她迫不及待穿上要拍照。换装的时候是个小光膀子，她不停地提醒爸爸：不要拍！后来，她跟我上楼要我找姐姐的照片。百度，海量照片就出来了。珞妮：姐姐漂亮。我说是的。珞妮：姐姐是东北人吗？我说是云南人，叫童瑶。珞妮：童瑶想妈妈吗？我说和你一样，在妈妈身边也会想。

2014-7-23

16日晚离开海口，珞妮似乎并不关心是回家还是继续旅行，只要爸爸妈妈在就行。飞机依然正点，机上的旅客出奇少，珞妮终于可以在机舱里有一些活动自由。下飞机后珞妮跑前跑后找行李车，出了机场才上车就睡了。和戴雄联系，本该先我们10分钟飞往杭州的他还坐在机场苦候：那架杭州来的飞机还在杭州呢。

2014-7-24

因为每周都有几天跟大小朋友一起玩，现在玩得很开心时也可以叫回来睡下午觉了。最初不行，让她睡觉就各种表示不满。今天睡得时间比较久，我进卧室时她正趴在床边看着我笑。我说醒了就起来吧。她说我起来了。我说这不还趴着呢吗？她说：我听见你的声音，又上床了。我问为什么啊？她说：要你抱我呀。

2014-7-26

珞妮的表达越来越准确。妈妈：你脚上的伤已经好了。珞妮：是好了一些，还没有好。妈妈：噢，腿上的快好了吧？珞妮：是完全好了，不是快好了。她妈妈抱怨总是被纠正。我说这怪不得珞妮，是你表达不准确。她纳闷珞妮这都是怎么学的，因为我们从来没刻意教她。我说切！我说话，她听，慢慢就领悟了呗。

2014-7-26

从海南回来后我没有看望煤球，它听见我的声音就拉长了声音嚎叫：我是不敢看它背上的那些伤痕和没了毛的尾巴。珞妮妈妈说你不去看它，它不好好吃东西。看见我，煤球小心翼翼地走过来，把头伸过来让我摸摸拍拍。珞妮躲着煤球，说：它太脏了。我说给它治伤的时候比现在脏多了。珞妮就凑过去表示关切。

2014-7-28

逛街时妈妈和姐姐说起儿时最害怕放羊。珞妮突然问：妈妈，你喜欢放羊吗？妈妈：不喜欢。珞妮：妈妈，你喜欢放牛吗？妈妈：不喜欢。珞妮：妈妈，你喜欢放猪吗？妈妈：不喜欢。珞妮：那，你喜欢珞妮吗？妈妈：喜欢。珞妮：你喜欢炸洋芋吗？妈妈：喜欢。珞妮：噢！妈妈，我们买炸洋芋吧。妈妈：……好吧。

尿 床

2014-8-26

昨晚躺下得比较早，和珞妮妈妈讨论一些关于经营理念的事情。聊起来就忽略了珞妮，她不停地捣乱，被训了几句。她躺下去一声不响，以为她睡了。她妈妈无意间发现床被尿湿了，妈妈说你醒着还尿床？转过屁股！于是珞妮被打了屁股又被赶到床下。她委屈地站在床头柜半开的抽屉里，眼睛里充满不服但慑于可能来到的男女双打，只能忍着。

我也知道她是故意尿的，也知道她为什么要这么干。但既然妈妈已经教训了就不能反其道而行之，于是我带着她去撒尿。回来后她又站到抽屉里，我说上床吧。她马上爬上来躺下。

早晨醒来我发现她紧紧地挨着我，我拍拍她的屁股，呃！又是潮乎乎的。尿了！我真的很生气但没说什么，她睁开眼睛看着我，有询问的意思。我没理她，下床去了书房。过了一会儿听见门锁在响：她按照我教给她的方法在开门锁。她进来了，说：爸爸，我那样一拧，门就开了。

我说好啊，你真厉害。

她趴在我膝盖上抬头看着我。我知道她在等我说话。

我说你又是故意尿的床吧？

她点点头。

我说这样不太好，小猫小狗都不会尿床。

她说小狗尿在外面。

我说是的。我说人一定比小狗要好才是。我说你比小狗还差吗?

她摇摇头。

我说你躺在尿过的床上很舒服吗?

她摇摇头。

我说以后不要故意尿床了。

她点点头。

我说我得去晒晒你尿湿的被褥。

她说我跟你一起，我拉着一个角。

我说好。

然后我把被褥拿到阳台，她抓着被角跟在我后边。我回到屋里取枕头晒的时候，无意间瞥见她正扒着围栏看她尿湿的褥子。

我原本想跟她讲很多道理，但话到嘴边全咽回去了。珞妮叛逆也不是始于昨天，很久了。压制不是办法，讲大道理也不是办法，纵容当然更不是办法。我注意到经过这个早晨她看上去一下子放松下来，我猜测她无非是想确认爸爸妈妈是不是还爱她。骂也骂了打也打了，接下来只需要让她知道一切都没有改变就行了。

我也相信她下一次遇到昨晚那种情况或许会用其他的方式。

头挤到门框上

2014-8-18

我们的煤球终于没事儿了，它每天都要求庄主去看它，否则就伸着脖子嚎叫。这时候珞妮就会趴在阳台围栏大声喊：你闭嘴！煤球很委屈地吱吱几声，不叫了。每次给煤球拿肉或添水，珞妮都很小心地不靠近煤球。她说煤球太脏了。煤球伤好后毛还没有长出来，的确很难看。煤球似乎也知道这个，尽量躲着珞妮。

2014-8-20

美玲感冒歇了一天，中饭也没吃。珞妮时不时去她的房间问：姐姐你感冒了？姐姐：是的。珞妮：你很快就能起来吗？姐姐：是。珞妮：你躺着，就不能工作了。姐姐：是。妈妈身体不舒服的时候，珞妮也这样问。在她眼里，大家都在一楼工作山庄才是正常的。能否工作，成了珞妮判断生活是否正常的根本前提。

2014-8-21

中通员工放暑假的小孩没人管，就跟着大人一起来山庄。他们的到来打乱了珞妮下午睡觉的规律，只想玩不想睡。要她睡觉就是耗！第一次是把我耗睡了，第二次是给了她一巴掌，今天我背着她跟她理论：不愿意也得睡，没得商量。不睡觉会变丑！想漂亮，就好好睡！她的手不动了，放下看时，已经睡了。艾玛！

2014-8-22

我正在上楼，听见珞妮哇一声哭了。回头看时，妈妈正在给她换衣服。不用说，又是在脱套头衫时蒙住脸了。我连忙返身下来帮她套上这款秋装裙，小孩子最怕脱穿衣服时蒙脸，撑开领口，动作轻快些，减少蒙脸的时间，会把孩子的恐惧降低到最小程度。

2014-8-23

山庄的一楼变成工作间之后，我格外盼望夜晚：一楼人声稀了，更没有撕开包装带时的悠长巨响；坐在桌前，只闻窗外苞谷的飒飒声和林间啄木鸟敲树干的声音：咯咯咯……空间也大了，珞妮能在大厅里很放肆地骑脚踏车。白天她被限制到外面骑车，阳光短时间内就能把孩子的皮肤灼伤。每天都有夜晚，很好。

2014-8-24

滇东北的山风大，加上高原的太阳，弄得人都比较黑。但营养正常的人皮肤有独特美：黑亮。山风和阳光还有好处，前者凉爽后者杀菌。最大的优点是十天半月不搞室内清洁各种家居用品也没灰尘，干净。因为有客人要来山庄，珞妮很积极地收拾客厅。其实她哪里会收拾，就是拿拿这个摸摸那个，看上去还挺忙。

2014-8-25

小孩到了充满幻想的年龄，每一个念头都让人动容。珞妮喊我吃饭，我背起她，她突然说：爸爸，我要是飞起来，你一定要拉着我的手啊。我说爸爸一定拉着，不会让你飞没了。她摸摸我的后脑勺，我知道她是在谢谢爸爸。我小时候曾经幻想挖宝藏，还跑到城郊挖过。收获是一脚踩进了坟窟窿：伟大梦想破灭了。

2014-8-26

珞妮妈妈方位感一直混乱，天然路盲。我的朋友来会泽都招待一顿虹鳟鱼，她带路没有一次走对过。可怕的是她不会看地图，真不知道初中是咋念的。这里不是说路，话说她离开一楼大厅，珞妮乐呵呵走在妈妈身边。然后，然后通过拉门，咣！妈妈就把女儿的头挤到门框上了。

2014-8-27

我喜欢园里的野草，珞妮也喜欢，其他人都不喜欢。因为生了太多的毛毛虫，现在这些草被锄掉了。村民把野草背回去喂猪，又带来杀虫剂把毛毛虫杀光了。看着显得光秃秃的土地，有些失落；但想到可以不必担心珞妮被毛毛虫蜇着，也就释然了。日子过得真快，8月27日是珞妮3岁8个月20天，这有些不可思议。

2014-8-27

珞妮跟着妈妈再去盐水沟看石榴，晚归时给我带回一个特大的石榴。她不认识那些山民，但身处其中很放松。她对大石榴不感冒，找到了一个鸡蛋大的当宝贝。人们窃笑孩子就是孩子，但他们不知道好吃与否并不是珞妮的首选，最特殊的那个才值得高兴。回家时沿路都是放空的外省车，盐水石榴种植面积有限啊。

2014-8-27

被称赞和信任一旦形成习惯，人也会沿着它一直走。其实谁都一样：你被包裹在一种友好信任的氛围里，你内心冷漠的部分也会为温暖所浸润。你会发现你自己越来越好，越来越不能容忍自己不好，于是你会尽力越好。这就是我们经常忽略的美好习惯，习惯的形成是珍贵的，保护好的习惯就成为本能。

白雪公主

2014-8-28

珞妮：喂！白雪公主吗……我是珞妮啊……你一个人害怕吗……不要怕噢，我给你的王子打电话，让他来保护你……你等着……喂！是王子吗……我是珞妮呀……白雪公主一个人，她很害怕……是的，你快点去哦……喂！白雪公主吗……是我。王子马上就来……他会保护你的……再见。

2014-8-29

陌生人来珞妮都不会问好也不说话，过一会儿之后才会开始和客人接触。她妈妈认为这显得珞妮没礼貌。我不这么看，珞妮属于心理类型问题，和她是否有教养无关。她老爸在这方面还不如女儿，见了生人更紧张。珞妮可以很平静面对已经很不容易了，不可强迫她一定要问好，养孩子不是为了满足父母虚荣心的。

2014-8-30

珞妮第一次比我们先吃完饭，她在餐厅外一边跳随心所欲的舞蹈一边唱歌。对我们的指指点点哈哈大笑她充耳不闻，当我们是空气。我说从舞蹈到歌词到曲调清一色原创，要是电视里来这么一下子，火爆中国啊！能听清的几句歌词是这样的：公主穿着花裙子，飞呀飞起来！王子不穿衣服，光着膀子就去表演。

2014-8-31

紧挨山庄的几家农户想把地换给我们，但要价太高。我们不要，山民采取的方式是找碴儿：不允许山庄厨房的水流进他家地里（那些水对他的庄稼有好处），这不是问题，改道把水流进自家园里。吃饭时大家说起这事，深感有趣。珞妮突然说：哼！让他把我家的水抬上来！庄主高兴啊：终于诞生了一位能吵架的！

2014-9-1

珞妮不吃蒜和葱，一岁多的时候珞妮偷吃了一勺蒜泥，辣得惊天动地号啕，从此再不碰。吃过一口葱，就再没碰过。韭菜是不给她吃，男人菜，女孩没必要喜欢。但这几样都是老爸喜欢吃的，她会把它们从餐桌的转盘上拿下来放到我面前，不许别人吃：爸爸，你喜欢吃的。后来她允许别人吃了，虽然还很不情愿。

2014-9-2

睡午觉的斗争每日进行，珞妮会说我不跟他们玩他们会生气的。我说你不能为了让小朋友高兴不睡觉，然后讲一通睡觉的好处：可以长高可以漂亮之类。昨天我背着她上楼，她又说：我睡醒了小朋友就走了。我说那就明天再玩嘛。她把头搁在我的背上，小声说：一定要睡觉吗？我说必须睡，又讲一遍睡觉的好处。

2014-9-3

两位叔叔来了山庄，珞妮连小朋友都不要了。早晨8点钟就醒了，爬起来直接到楼下找叔叔。昨晚在城里吃饭是自己点自己的，妈妈给她点一盘牛肉炒饭，她说我不喜欢，我点三鲜炒饭。饭上来了，她又说不好吃。我说你自己点的，不好吃也得吃。她说好吧。吃了大半盘，然后吃冰淇淋喝水果茶。胡吃乱喝一顿！

2014-9-3

下午要珞妮睡觉，她说：我们有客人。我说有客人你也得睡觉。她在我背上把自己蜷曲起来，我说直起腰。她说我有点累。我说你这样缩着，会从背上摔下去。她把身体直起来，说：那好吧。很快睡着了，我也睡了一会儿。晚饭后给她拍照，她反对。见反对无效就跑过来直接撞进我怀里，这招很管用：拍不成了。

2014-9-4

珞妮睡前爬到我怀里坐着，然后兜圈子跟我说桌上的巧克力。我假装没听见，跟她妈妈说可以做一些饼干，苦荞的。珞妮说做饼干？太夸张了！我说不夸张，我们做苦荞饼干。她问为什么做苦荞饼干呀？我说可以治病。“治病？太夸张了！”她说。我说不夸张，它能治糖尿病。“噢！巧克力也能治病吗？”她问。

2014-9-6

中午珞妮给我送赶黄草，在二楼就开始喊：爸爸！赶黄草！

我说送上来吧！过了几秒钟她又喊：爸爸！来接我呀！我说你送上来！半分钟后她嘟着嘴上来了，还眼泪汪汪的。我假装没看见：给爸爸送东西就直接送上来，还要爸爸接，那可算不上孝顺女儿。她似乎有点尴尬，指着瓶里的草药问：爸爸，像不像茶叶?

2014-9-7

最讨厌别人动自己的脑壳，所以理发成为最纠结的事。珞妮妈妈有个亲戚开了一个理发店，去那里别扭劲弱一些。每次都带着珞妮，来回大约4公里。昨天傍晚理发时珞妮一路骑着小车，山路她自己能骑行的路段不多，上下坡都要帮她。看她骑车时的样子，不敢相信长这么大了。2014年9月7日，珞妮3岁9个月整。

西湖行

2014-9-18

去年初夏去九龙河瀑布时，水势很一般：罗平冬旱。每年一度的菜花节后游人少了，没有了熙熙攘攘，只闻瀑布隆隆和林间蝉鸣阵阵，最美丽最适宜休闲的九龙河就在这个时候。珞妮并不害怕河水，站在河流中间的脚踏石上神情自若。大家都过了河，只有她一个人坐在岸边等妈妈。这时候，瀑布对她是不存在的。

2014-9-19

珞妮平时更愿意和妈妈在一起，但去昆明那天她和妈妈挤一张小床一夜没睡好：生怕掉到地上。这一次在罗平和师宗，珞妮早早就爬到爸爸床上。妈妈问要不要和妈妈睡？珞妮靠在床头上看电视不说要也不说不要，妈妈每次问，她就马上躺下去。珞妮跟爸爸睡觉时没有坐起来过，一觉睡到大天亮。

2014-9-20

2014年珞妮出行的计划超额完成：云南境内是昆明、版纳、曲靖、罗平、师宗；出云南是海南，马上就去杭州。上海、南京的朋友希望我们顺路去那里，但珞妮还小，出行日程不好太久。

更主要的是上海、南京停留一两天等于没去，改时间专程去比较合适。三日杭州行就是西湖，对珞妮来说，认识一下那个传说就很好。

2014-9-25

上了飞机珞妮就等着吃东西，那些她在家不吃的东西。吃喝完毕，妈妈就跟珞妮玩锤子剪子布。于是大家都看到了：很显然，妈妈都赢了。需要说明的是：妈妈出石头，就让珞妮出剪子；妈妈出布，就让珞妮出石头。我不知道世上还有几个这样的妈妈，用超越出老千的卑鄙赢了女儿还乐不可支。

2014-9-26

萧山机场安检的女警扯着珞妮的胳膊拉过去扫描，一拨拉把孩子弄个转身，再扫。好在珞妮已经开始习惯这种粗野举止，她虽然紧张，但看见爸爸高举双手还要脱掉外套更担心，不错眼睛地看着爸爸。我笑着说转个身让阿姨看看。

2014-9-26

杭州的老字号，排了老长的队。杭州人教养好，没人咋呼，很安静地等待。珞妮也安静地等着，轮到我们开吃时人很少了。珞妮吃高兴了，要求妈妈拍照。此时饭店里空旷得很，最后一张她摊开手，一直拿在手里的鸭腿已经啃光了。

2014-9-26

珞妮一路很疲乏，在进市区的路上就睡了。吃过晚饭去西湖边，很快就跟一个小朋友玩上了。小男孩的妈妈看儿子好不容易和小孩子玩上了，还主动分享零食，倍感惊奇，于是决定留下来。告别时小男孩亲了珞妮嘴巴一下，珞妮懵懂地回到妈妈身边。妈妈问，同意他亲你吗？珞妮说：还可以。

2014-9-27

老天眷顾，虽然有台风但杭州雾大雨小游船照样航行。珞妮妈妈晕水，脸色铁青地坐在船舱里一动不动。这是珞妮生平第一次坐船，而且是她想要的那种大船。因为有雨，船尾很宽敞，她一直待在外面看螺旋桨卷起的水花。吃饭的时候晓红阿姨问杭州好玩吗？珞妮说坐船好玩。我还想坐大的船！

2014-9-27

雾西湖梅雨季节多见，秋高气爽时节不多见。所谓浓妆淡抹总相宜，更适合描述雾西湖。小桥流水荷塘对珞妮的吸引力总是不大，但似乎能体谅老爸的心思，这里那里都停一会儿很欣赏美景的样子。珞妮早晨穿的新装被一件外套罩住不能展示，对她妈妈来说是个损失：那是她最近才设计的新款。

2014-9-28

能在9月末的几天里遇到雨西湖，是意外收获。细雨蒙蒙中珞妮撑着叔叔刚买回的小雨伞，在庄主眼里也是一道风景。后来雨越下越大，我们就到边上的一家茶楼喝茶。珞妮一直和她的戴叔叔进行着蚕豆归属的战争，戴叔叔已经说出花来了，但珞妮坚持实用主义立场：拿冰淇淋来才给你蚕豆！

2014-9-29

晚上和多年未见的老友相聚，珞妮低着头不打招呼。妈妈训了她几句，珞妮各种反抗。被打了一巴掌，很伤心地哭了。珞妮曾经对一个初次见面的阿姨说：我不认识你呀。没说出来大概是我不知道你好不好。礼貌是一种和内心感受经常背离的教养，对内向的和防卫心理重的珞妮来说，并不容易。

2014-9-29

读者见面会遇到了一位从外地赶来的男青年，他几乎有我全部作品。这让一个写小说的人十分感动。给他签名时珞妮也挤过来，有人递过一本书说珞妮给我签个名吧。珞妮正儿八经地拿起笔，在扉页上画了一条鱼，还解说：这是飞鱼气球。晚上我们去了义乌的外贸公司，看得出珞妮喜欢那些东西，但她始终没说要。

2014-9-30

带珞妮去看看鲁迅的老家。鲁迅是中国最了不起的文人之一，骨头是否最硬不好说，但永不宽恕的性格让人感叹。再看看沈园，那里边曾经产生的爱情故事凄婉悲绝。坐一坐乌篷船，体验一下小桥流水。珞妮不喜欢鲁迅祖宅和故居的狭窄房间，也不喜欢乌篷船，她喜欢小桥、水中的鱼，还有老式冰棒。

2014-9-30

小丁知道我们到了绍兴，从开发区赶回来相聚。先是茶楼喝茶，戴雄提前埋单了。小丁受不了，一定要晚餐。我们只好兵分两路：宁华去机场订酒店，顺便接老外去义乌；其他人随小丁去小运河边晚餐。进了饭店小丁直接预付款，然后才安心等着上菜。珞妮吃得很给力，话说回来，她很少不给力。

还 家

2014-10-1

在萧山机场的候机厅，珞妮看了一会儿窗外停机坪上的飞机，突然旁若无人地摆起了各种姿势。后来她突然笑了，我不知道她笑什么，大概是笑自己吧。笑完了又像什么都没有发生一样走回候机区站到妈妈身边，一脸心事的样子。就要跟叔叔们分别了，她正在为这个难过。但她不会说，每次都这样。

2014-10-1

连续两天，小戴叔叔一直跟珞妮要冰淇淋吃，珞妮想尽各种借口就是不给。我们准备登机时珞妮突然对栅栏外的叔叔喊：我给你吃冰淇淋。飞机起飞后她开始跟爸爸各种顽皮，她是在拉近她数日来疏远的关系：叔叔们一到，她就不搭理老爸了。现在叔叔们离开了，改善和老爸的关系就很必要。

2014-10-2

飞机下降高度的时候珞妮醒了，她自己扣上安全带，问：我是不是很厉害？我说是。她说巴拉巴拉小魔仙比飞机飞得高。我说你就是小魔仙。她说我不是我没有魔法棒。我说你有但你弄坏了。她说再买一个吧。我说不能买，你自己修好它才能成小魔仙。她说好吧。下了飞机，她看上去终于放松了。

2014-10-2

取了行李箱，珞妮一路推着经过长水机场漫长的通道，脸上是一副很见过世面的样子。那是什么一种样子呢？就是随意、放松，再加上一点儿警觉。我的感受是每一次远行之后，珞妮都似乎成长了一点儿，除了内向依旧。这不是问题，性格是与生俱来的，各种性格都会有适合自己的生存空间。

2014-10-3

妈妈设计了一件新衣服，我喜欢她穿这类宽松些的衣服，小孩子喜动不喜静，宽松的服装适合淘气。园里除完草，保留下野花，又新种了蔬菜。看着珞妮，我想起前些天带她去参观鲁迅故居。我告诉珞妮这是鲁迅的百草园。珞妮：鲁迅是谁呀？我说鲁迅是个写字的老爷爷。珞妮：我没见过他呀。我说爸爸也没有。

2014-10-4

珞妮跟着妈妈和外公进山去收购野生板栗、苹果、猕猴桃，这几种产品长途运输时不易腐烂。都市人比较之后开始认同山里的比超市的好，珞妮山庄的吃喝因此是庄主的骄傲。她们回来时拉了一株银杏树，连夜栽了。珞妮也找了一把小锄头，跟着大人一起忙。按照银杏树的特性，山庄的土地没问题。希望它能活。

2014-10-5

昨天晚上大概是珞妮最欢乐的时候，她从没见过这样一个大家庭。回家已近午夜，珞妮还是不愿意让送我们回来的阿姨离开。睡觉时非要我陪着，我有些事必须要做。她跟妈妈说：爸爸不来睡觉我觉得有点孤单。妈妈：什么是孤单啊？珞妮：孤单就是孤单呗。妈妈：孤单是什么感觉呢？珞妮：就是有点不开心呗。

2014-10-6

珞妮想要那个大虫子的毛绒玩具，我说不要虫子吧。珞妮：我喜欢啊。我说爸爸看见大虫子会恶心。珞妮：它很好看的。我说爸爸看见它害怕。珞妮：你不害怕老虎吗？我说不怕。珞妮：猴子呢？我说不怕。珞妮：那，小蚂蚁呢？我说除了虫子，爸爸都不怕。珞妮：我喜欢坐着的兔子。我说买兔子。珞妮：好吧。

2014-10-7

中午我先吃完饭，转一圈回来发现只有珞妮一个人在吃饭。我问她怎么还没吃完？她眼泪就下来了。我近前一看，碗里黑乎乎的。马上知道一定是因为她自己倒了很多酱油，妈妈生气就离开了。她坚持吃那碗米线。我问她咸不咸？她小声说咸。我一边给她把汤换掉，一边告诉她酱油不能多吃。她含泪点头。

两条辫子

2014-10-14

连续几天早晨5点才睡，但上午10点多一点儿就很难继续睡了。珞妮不停地说：爸爸，太阳出来了。我说你下楼吧，爸爸再睡一会儿。她就重新钻进被子里，我于是再睡一会儿。她又挠我的头：爸爸，要吃饭了。我说爸爸太困啦，你心疼爸爸吗？她马上说你睡吧。然后抱着我的胳膊贴着我躺下，但我已经睡不着了。

2014-10-15

小波阿姨给珞妮扎了两条奇怪的辫子。我说这个不好看。珞妮说好看。我说请妈妈给你扎新辫子。她说我就喜欢这个。我说好吧。晚上睡觉时我说应该把辫子解开，这样睡觉不硌头。她说不怕，我喜欢这样睡。这两条辫子她连续两天都不让人动，第三天我帮她拆开时很花了一些时间：辫子纠结得如同两条小棍子。

2014-10-16

珞妮不愿意宋叔叔离开，小宋说过几天还来。珞妮把小宋的拖鞋截留下来放好，然后拖着小宋的箱子朝门外走。晚上我下楼，她说：爸爸你要拍照吗？你拍吧。拍完了她把一直攥在手里的50块钱给我：爸爸，这个钱给你坐车。妈妈说拍马屁！珞妮又往回要：爸爸，把钱给妈妈吧。我还给她，她连忙把钱递给妈妈。

2014-10-17

15点整，珞妮自己上楼了。我说来睡觉了？她说我不想睡觉。我蹲下，她很不情愿地爬到我的背上：我很饿。我说睡完觉再吃。然后我背着她里里外外走，我开始老调重弹：睡觉会长个儿睡觉会更漂亮。她就把头伏在我的背上，我知道她这是认同了。我开始哼歌，她说：爸爸，你还是唱月亮吧？我说好，就月亮。

孩子和老人还有一只小石狮

2014-10-20

会泽电视台的小朱姑娘说，她在一个山村看见了那种旧窗子，就是我们在电视里经常见到的古老样式的木窗。珞妮妈妈一直想把山庄的一楼改造成一个复古风格的私人聚会酒吧，她认为只有那些旧东西才适合。

于是她们约好了一起进山。

在那个山村，她们和曲靖电视台一个采访组不期而遇。电视台的小青年在网上看见过珞妮，珞妮很快就和他们熟了。下午的时候珞妮饿了，电视台的姑娘就给她一个面包。

珞妮拿到面包并没有马上吃，她掰下一小块儿，直接走到坐在墙边晒太阳的婆婆面前，她把面包递给婆婆，婆婆用方言说吃不动。珞妮听不懂方言，坚持着要婆婆吃。看婆婆执意不吃，珞妮就转回来，拉着小朱姑娘过去，她是要小朱把面包给婆婆。后来小朱跟珞妮解释说婆婆不喜欢吃面包，珞妮才作罢。看得出婆婆很感动，她拿着那小块面包，让珞妮坐在自己的腿上。

孩子是凭直觉选择自己的朋友的，她们可以从对方的笑脸上看透你是真诚或者虚假。在那个农家，年老年少七八个人，珞妮拒绝和农家的女主人打招呼，离开时也不肯和她说声再见。在大人们看来，女主人对珞妮非常亲热，一边夸珞妮长得真白真好看，一边试图抱抱珞妮。但珞妮不允许她靠近，脸上带着非常反感的神情。相反珞妮对老婆婆就十分亲近，除了要把自己的面包和婆婆分享，还靠在婆婆的怀里。婆婆的脸上并没有洋溢着其他人洋溢着的那种笑意，但这丝毫不影响珞妮对婆婆的亲近。我不清楚这是否来自遗传：我小的时候就只喜欢和老年人亲近，我喜欢听他们讲故事，也觉得和他们在一起非常安心。或许，这是一种对成人世界不信任的心理导致的。

珞妮很喜欢一只小小的石雕狮子，那家主人说好了要送给珞妮，但因为一个旧碗橱没成交，就反悔不给了。

珞妮妈妈就跟珞妮说，狮子太沉了，我们抱不动。

珞妮就自己去抱，她当然不可能抱得动。

回到家里，我问她狮子呢?

“抱不动。”她说，然后靠进我的怀里。

我摸着她的头顶，心里想，一定要给她弄一个小石头狮子。

（本篇最初创作于2013年8月30日）

螃　蟹

2014-11-9

珞妮喜欢叔叔给她的米奇，也因此很呵护叔叔。中午吃饭的时候我先吃了一口，她马上制止：叔叔还没来呢，你怎么吃上啦？我说在这个家里只有爸爸可以先吃。她鼻子哼了一声没再说什么。我问不服吗？她没回答，转动桌上的圆盘，然后夹起一块湖南熏腊鱼送到我面前："爸爸，这是你喜欢吃的鱼。你尝尝。"

2014-11-11

铁峰带回来一群阳澄湖闸蟹。珞妮是头一次见到活的，开始的时候被蟹子张牙舞爪的样子吓得转身就跑。后来敢和蟹子玩了，各种提问随之而来：螃蟹为什么冒泡？眼睛为什么长在外面？为什么要那样走路……情致盎然，在天桥和蟹子共处了一个多小时。蒸蟹子的时候珞妮强烈反对，最后双方妥协：留下两只。

2014-11-12

人多热闹，要珞妮白天睡觉成为难题。各种说辞都没啥作用，不得已只能下命令。新的问题又来了：经常是我先困了，突然醒来看时，她那边还没睡呢。晚上睡觉也是各种说服，基本上都被顶回来，最后还是命令。和铁峰商量换一家施工者，从没有见过这种干活的，一个平台弄了快一个月，连个眉目还看不清呢！

2014-11-13

珞妮今天表现得非常乖巧，吃饭时说话也特温存。大家对这个突然变化有些好奇，齐整整地看着她。珞妮看看众人，板着脸说：你们不要看我！大家喔了一声笑起来，她大喊：你们不要笑！大家都低下头去吃饭。她挨个看了一遍，自言自语：再笑，我就放屁了！她不会骂人，认为自己放屁就是对别人严厉的惩罚！

2014-11-14

珞妮每次喊爸爸下来吃饭的时候，妈妈如果跟着喊，她就会非常生气。如果妈妈继续喊，珞妮就哭了。她一边哭一边喊爸爸快来吃饭！我下去时她迎上来伏在我肩膀上哭得非常伤心。我问为什么要哭？她回答妈妈也喊你吃饭。其实大人应该明白：她想要爸爸知道她对爸爸的关心，不容忍别人来破坏这个证明。

2014-11-15

上午至中午：跟着小张哥哥视察三楼平台改建；下午至傍晚：跟着哥哥姐姐叔叔筹备晚上的老洪石板烧；晚上：吃饱喝得，看众人围着炭火闲话，然后跟着一群大人进城洗浴。山庄里静悄悄的，下楼巡视，有人从电脑桌前站起，是小章姑娘。我想起来了，她们说小章从不跟大家一起洗澡。

2014-11-16

珞妮妈妈突然问：你说珞妮说话像谁呢？我问此话怎讲？她说珞妮说话逻辑性很强的。我说嗯嗯，像我。她若有所思：珞妮是不是比我的智商高？我说嗯嗯，这必须滴。她说珞妮今天把我绕进去了。我说是嘛。美玲在旁边小声说：她差不多回回把你绕进去。大家哄笑。珞妮妈妈：你说什么！美玲：我啥都没说啊。

2014-11-17

女工带来一些蜂蛹，这两天就炸蜂蛹吃。珞妮最开始不吃，我也没再动员。看着我吃，她忍不住也吃了。我问好吃不？她说好吃。但今天说什么也不吃了，我问为什么？珞妮：我把蜜蜂的爸爸妈妈哥哥姐姐都吃了，蜜蜂会来蜇我的。我：好吧，那就不吃了。珞妮：爸爸，你不害怕吗？我：害……不害……怕。

我想吃糖

2014-11-18

昨天晚上珞妮跟妈妈姐姐进城吃烧烤，回来给我带了一条烤鱼。我拿着烤鱼进卧室，珞妮探出头来问：爸爸，你拿的是什么？我：鱼。珞妮：好吃吗？我：你不是不吃鱼吗？珞妮：我喜欢吃。我：很辣。珞妮：我喜欢吃辣的。我就一块一块把鱼肉给她吃。我突然想起自己小时候，某个深夜，看老爹吃东西，馋死了！

2014-11-19

珞妮把妈妈几年前买的一只翡翠手镯掉地上摔断了，她愣了一会儿把手镯捡起来，认真地对好，然后抬起头看着我：爸爸，接上了。我用手推了一下，手镯又分开了。我说已经接不上了，摔断了就接不上了。她点点头。我说你手太小，拿不住的。她点点头。我把手镯摆了一个造型，拉过珞妮：看，这就是香奈儿！

2014-11-19

很多父母都挠头小孩子不好好吃饭，最初庄主还会帮出一些主意。后来发现他们并不需要任何方法，甚至对孩子此举带有奇特的批判式炫耀。就如同在医院的重症病房，患者在一起比赛病更重，似乎谁死得快才是一种成就。你如果告诉他很快就会出院了，非跟你翻脸不可：极度恐惧的确可以导致正常人心态失常。

2014-11-20

有脚步声，我听得出是珞妮。我问是谁啊？脚步声大起来，她是在往外跑。我一边叫珞妮一边站起身，没有回答也没人。我到书房外看见她正在下楼，我叫她，她不情愿地站住。我说你要做什么？珞妮：我想吃糖。我说你上来爸爸给你拿，不必偷偷摸摸的。她返身上楼拉着我的手，说：好吧。

2014-11-22

我们的朋友的男朋友请大家鳟鱼馆晚餐。我上了车就开始晕车，半小时车程让人吃饭欲望全无。但绝不能辜负了人家的心意，就硬挺着。芥末加辣椒红醋调料刺激猛，好受多了：谁让我喜欢虹鳟鱼呢？珞妮正熟睡就被叫醒，情绪不高，只盯着土豆吃。散席后，她拎着打包食物：带回家给美玲姐姐和秀梅姐姐。

2014-11-22

看妈妈卖翡翠，珞妮就每天捡鹅卵石：妈妈，这是我的石头，你不要卖啊。后来要求妈妈拍照片：要网上的阿姨买我的石头。问她卖石头做什么？她说：买巧克力吃呀。这决心！已经是司马昭之心了！今天遇到了卖玛瑙石料的老婆婆，珞妮守着地摊长时间看呀摸呀，妈妈于是买了三块个头大、质地好的玛瑙。

2014-11-23

早晨习惯性地伸手摸珞妮褥子，湿的。我睁开眼：珞妮躺在那里若无其事。我：你醒了？她点点头。我：醒了怎么还尿床呢？她不吭气，若无其事。我给了她一巴掌。她坐起来瘪着嘴。她妈妈说：跟我出门憋尿都会喊我，回到家你是守夜抱她撒尿，她有恃无恐。我：司马昭才这样。珞妮：也尿床吗？我：呃……

2014-11-24

已经把美玲当成自家人，就说珞妮吧，平时总跟美玲争吵，但有人要“欺负”姐姐，她就不会答应。小朱本来一直是珞妮的好阿姨，但昨晚和美玲打闹时美玲喊救命，正看动画片的珞妮就冲过去帮忙。几天来我时不时会想美玲年后就要离开，珞妮一定会非常伤心。面对生命中的各种丧失，除了接受别无他想……

2014-11-26

看大人们都忙着弄房子，珞妮上午就到我的书房收拾卫生。先是在里间折腾了一阵子，更乱了。然后她到外间收拾，看见了半箱饮料，很吃力地搬下来。我说不能喝。珞妮：为什么呀？我：过期的。珞妮：什么是过期的呀？我：就是臭了的。她噢了一声，再抱起来放回到桌子上。她离开之后，里间和外间全乱了。

2014-11-27

没人明确说过美玲离开的事，但珞妮似乎知道。她现在每天都盯着美玲。美玲到哪儿她都跟着，也不和美玲吵架了，我说不动的事美玲一说她就同意。今天早晨她突然哭醒了，我拍着她的后背问怎么了？她说我找不到美玲姐姐了。我说姐姐在楼下工作呢。她说我醒了。我说那就起来吧。她说我要下楼。我说好……

2014-11-28

我背着珞妮出来晒太阳，她说：我和哥哥在房间里画画，听见了小鸟叫。我：你看到小鸟了？珞妮：没有看到。小鸟嘴一动一动的，身体还一弯一弯的。我：你不是说没看到吗？珞妮：你看，就是那只小鸟。它是真的小鸟，也是玩具。我顺着她手指的方向看过去，一张桌子上站着一只小鸟，一只会叫的小鸟玩具。

2014-11-29

现在珞妮已经开始管事了：她妈妈大声跟她说话，她就很温和地说：妈妈，你可以小点声音吗？我说话声音大了，她说：爸爸，你不要大声说话，这很不好。她妈妈一般是不认错的，顶多就是闭嘴一会儿。我要谦逊得多，我说抱歉，爸爸忘记了。然后我小声说：我可以小声说话，你可以认真吃饭，吃完了再玩吗？

2014-11-30

昨天有点儿凉，但为了展示阿姨给她的裙子，珞妮不穿外套。一位阿姨要给她拍照，她答应了。但在阿姨要她伸出手摆个V形手的时候，她拒绝了：不可以的。阿姨说很好看呀。珞妮：爸爸不允许的。我曾经告诉她我们不摆那个手形。珞妮问为什么？我说：最蠢的姿态!

2014-12-2

珞妮的外公带着她的表哥来山庄，玩是玩，但她对那些珠子看管得很严：她的表哥想碰一下都很难，戴一下想都别想。她的外公跟她商量拿一串，她说不行。再商量，珞妮就愤怒地大喊：不可以！你不可以拿走！玩也不玩了，跳下台阶把几串珠子拿过来套在自己的胳膊上：这是妈妈卖给网上阿姨的！你不许拿走！

2014-12-3

吃完晚饭去洗浴中心，大概是因为我头一次参与，珞妮显得非常兴奋，沐浴出来后她在大厅里跑来跑去还尖叫。我说这样尖叫会影响别人的。她不叫了，说：爸爸，我来给你擦汗吧。先是站在沙发上擦，后来发现这样擦很累，就爬到沙发靠背上坐着擦。回家的路上，她说：爸爸，怎么看不见月亮？我有点想她了。

2014-12-4

随着珞妮一天天长大，她的行动越来越敏捷，能做的事越来越多，说话的内容也越来越丰富。每天都有让你忍俊不禁的小故事，于是你能记录的就无形中反倒少了。我们每天睡觉前依旧还能唠一会儿，但已经不是我说她听而是她说我听。她唯一不吭气的时候是半夜，我问：尿尿吗？她闭着眼睛摇摇头或者点点头。

2014-12-5

沙子马上就要运走了，这恐怕是珞妮最后一次铲沙：把沙子铲下沙堆，再重新铲回去。她还一边铲一边说：能帮爸爸妈妈干活的珞妮真是好孩子，跟公主一样。我终于让她相信，公主是干活的，白雪公主就给小矮人做饭吃。曾经，她每穿上新裙子就严肃起来，绷着脸不允许任何人碰她。要她干活，她说：公主不干活的！

2014-12-6

珞妮妈妈一直想把蒙古族服装设计得可以日常穿着，前后设计了三款，珞妮穿上之后我以为那就是个蒙古小孩。珞妮没有民族概念，只知道鹦鹉学舌：民族风好看。昨天吃午饭的时候我说你要是穿一双绣花鞋就更好看了。她没听清，很认真地指着棉袍的图案：爸爸，这是一条龙！我说我知道。她说：这是龙袍呀！

四岁寄语

2014-12-07

珞妮，今天是爸爸跟你单独说话的日子。我希望这样的日子如期来临，多一些最好。

今天又是大雪节气，昨夜刮了一夜的风，但没有下雪。我喜欢大雪这一天能下雪，它可以让我以最清晰的记忆回到四年前的这一天。就在这一天，你以自己的方式和妈妈和爸爸，和人世相见。

今天爸爸不讲人生和那些哲理，讲你来到人间之前。那是一段故事，一段和人生哲理一样需要感受和领悟的故事。

在你还是一个小史努比的时候，你妈妈去了医院。她呕吐得厉害，吃什么吐什么。她怀你并不是我们以欢乐的方式开始的：医生担心她的激素不平衡会导致癌症的复发或者转移。中国医科大学的赵教授是爸爸妈妈的朋友，她建议怀孕。她认为只有这样激素才可能快速平衡，否则靠服用激素可能会导致其他激素的激增引发癌变。在怀上你之前你妈妈几次自然流产，医生说她可以生孩子的概率很低。这一次当然也没有任何信心，爸爸和妈妈都是。

你妈妈那一天去了医院，她被呕吐折磨得走路的力气都没有了。医生手术前先给她做B超，在那个小小的显示屏上，她看见了一个小小的史努比。

这个小史努比就是你。

“看见她，我觉得她是那样孤独，可怜。”你妈妈说。她决定不做流产了，她决定让这个小史努比活下去，尽可能长久地活下去。她下了手术台就回家了，她说：“我们努努力！”我说：“好。”

那时候，我和你妈妈的确不敢保证你可以活下去。

医生认为即便没有前几次的自然流产，癌症患者放化疗之后也很难怀孕；即便怀孕了，孩子也不太可能活着生下来；即便活着生下来，也未必是个健康的孩子。我们并不想生下一个天生就残疾的你，我们不想让自己的孩子生下来就必须遭受苦难的折磨。但有一个现象让我们下了决心让你生长：医生发现那个受精卵非常圆润非常饱满，她们认为这是一个十分健康的受精卵！

接下来的日子你妈妈每周都要去医院检查，每项数据都表明你是一个健康的小东西。

你一天天长大了，喜欢听爸爸说话。爸爸在哪一边说话，你就像一只小海豚一样游到哪一侧，然后静静地听爸爸说话。我们都知道你听不懂什么，但你习惯了爸爸的声音。只要爸爸一说话，即便是夜里，你也要蹬蹬腿，然后继续安静地睡觉。

有一次，你妈妈馋辣的了，她吃了一点儿辣椒。这下把你辣着了，你上下左右乱窜，蹬腿挥拳头。我说你看，把孩子给辣着了。听见我的声音，你游过来，动了几下就安静下来了。

夏天，我们一起回沈阳给你做全面检查。所有数据都显示你不仅健康地生长，而且比起大多数胎儿还要出色。要补钙，你妈妈就拼命般吃海鲜：医生告诉她这是最佳的补钙途径。这种狂吃让你的妈妈在以后相当长的时间里听见“海鲜”两个字，就恶心。

从这个时候起，爸爸妈妈有信心你可以活下来。

于是，爸爸给你起了这样一个名字：珞妮。

这是彝族语言的汉译音，它的意思是：山间（林间）平地。

这个名字在爸爸妈妈这里的含义是：珞妮是一个平凡的孩子但又是一个非凡的孩子。平凡是之于人类，非凡是之于她的父亲母亲。

我们还把没有建成的住处命名为珞妮山庄。

爸爸妈妈的决心和信心都包含在这个名字之中了。

在爸爸写这些话之前，我下楼，你兴奋地跑过来跟爸爸说买了蛋糕。

我问你为什么要买蛋糕呢?

你坐在一个纸箱子上想了一会儿，我真担心你会说是我的生日啊。

你没有说，你说：妈妈想吃，就买了呀。

我说好。爸爸心里也是这样说的：好。爸爸希望你在这一天说：妈妈想吃，就买了。

对了，女儿，在明年这一天来到之前，我们一起祝福妈妈健康快乐，别再继续发胖!

珞妮五岁

你是一个善良的、愿意妥协的孩子。

这对你的未来很难说好或者坏，但生活总是讲究平衡的，它会给任何一种性格的人一片天空和一片适合这个人生存的土地。

两只小兔子

2014-12-9

对新来的陆姐姐既好奇又戒备，珞妮表现得很乖顺。姐姐说蹲下来，这样不会脏衣服。她就蹲下来。让她漱口时不要把水弄到衣襟上，她就探出身体吐水。但她也坚持自己的要求：要用毛巾擦嘴，姐姐给她拿了白毛巾。她说自己的毛巾是黄色的，看姐姐很茫然的样子，她转身对屋内喊：美玲姐姐！我要我的毛巾！

2014-12-10

近山已经没有蜂蜜了，珞妮又跟着妈妈去远山。一天下来只收到几十斤，天色已晚就拿回来自己过滤。珞妮和一个山里留守儿童在一起玩，男孩大概猜到了珞妮想要那两只兔子，寸步不离地守着。离别时她们买了一只母鸡，然后爷爷要孙子把兔子给珞妮带走。男孩不给，他对珞妮说：你在我家吃饭，就给你兔子！

2014-12-11

珞妮如愿以偿从山里带回两只小兔子，大家突然发现轻松多了：珞妮和兔子在一起的时间更多，还把盐水石榴给它们吃。让QQ群里的阿姨们好一顿羡慕，小兔子瞬间成为土豪兔，表示要交个朋友的人很多。睡觉前她要求讲故事，我问你的兔子呢？她说在一楼呢，住在箱子里，我放了大白菜，还有石榴……

2014-12-14

珞妮喜欢穿莫伯伯给她的淡粉色的太空服，她问：伯伯为什么给我太空服？我：他是你的伯伯嘛。珞妮：我喜欢伯伯给我写字。我：爸爸也给你写字。珞妮：你只会画画。我：那就等我们去北京再请伯伯给你写。珞妮：我们什么时候去呀？我：这个嘛，很快也很慢。珞妮：爸爸，到底是快还是慢呀？我：呃……

2014-12-15

每次看到珞妮笑得跟个小傻瓜似的，我总是会想起自己的童年：最大的奢望是和妈妈在一起。但她要上班，见到她都是天色发黑的时刻。至于爸爸，一年中也见不到他几次。我记得学校组织跳大刀舞，爸爸帮我做了一把木刀。刀很难看，但一直是我的宝贝。大学毕业前搬家时，我不在，被同学一把火烧了……

2014-12-22

在桃仙机场吃了兰州拉面：半点兰州拉面味道都没有。珞妮没啥挑剔，稀里呼噜吃完。上了飞机她系好安全带，端坐假装看书。吃完机上快餐之后跟妈妈玩了一会儿，又翻出椅背口袋里的耳机，假装音乐爱好者。

守株待兔

2014-12-30

本来是姑娘们自己挖园里的枯草，但懒姑娘们招呼园里干活的小伙子帮忙。珞妮插不上手就担负起止獒狂叫的任务，但獒根本不听她的，她挥着竹筒比画了一阵就放弃了。她举着一枝菜花跑过来：爸爸，我来给你戴。又举着一枝过来：爸爸，你给我戴上。然后又忙着给姐姐们的头上插花，大家满脑袋都是菜花。

2014-12-31

珞妮要给我讲故事。我：讲个守株待兔吧。珞妮：有个懒汉不愿意干活。我：嗯。珞妮：有一只兔子撞到了树上，撞死了。我：嗯嗯。珞妮：他就把兔子拿回家，剥皮炖肉吃了。我：嗯。珞妮：他想啊每天都有兔子撞树，就不用干活了。他就每天躺在树下睡觉，等兔子撞树。但是呢，没有兔子来撞树，他就饿死了。

2015-1-2

听见珞妮大声喊爸爸，我从书房赶过去。她妈妈不在卧室，她站在床上一脸恼怒。我用不满的目光看她，她脸色平复下来，说：我拉屎了，没有纸巾。我说，爸爸帮你去找，但不要这样急赤白脸的。后来，她跟我聊天：这件衣服是妈妈给我买的，我谢谢妈妈了。我昨天没让妈妈生气，她对我就好点，我就很漂亮。

2015-1-3

每次要出远门之前，珞妮就变了一个人：举止乖巧、说话温和，还特喜欢干活。最大的变化是有事没事都要跟我聊几句，比如她梦见了兔子，梦见了自己是小魔仙。今天带她睡下午觉时我睡着了，醒来看见她坐在我身边。她把眼镜给我：爸爸，给你眼镜。我说你没有睡吗？她说我睡不着，我等你一起下楼找妈妈。

2015-1-5

新做了一款裙子给珞妮去广州穿，但她等不及了：我穿一下看漂亮不。大家都说漂亮，结果不脱下来了，里里外外忙乎就是要大家看到。我下楼接水，她跑过来，拎着裙子问：爸爸，漂亮吗？我说漂亮极了。后来她把裙子弄湿了，还沾上了泥。小熊姐姐说你看看，裙子弄脏了。珞妮一边往回走一边说：我洗洗嘛。

2015-1-6

一个人如果和一个城市没有什么特殊瓜葛，可能一辈子也不去那儿。一别广州算起来居然是20年，这中间有无数次机会去一趟，但回忆中的汽车尾气味让我断了念头。因为珞妮，20年后再到广州，首件事：吃海鲜。

2015-1-9

早晨起床后和群友小朱、小陈一起吃了早饭，广东人不说早饭早餐说早茶，但的确不是喝茶，是吃饭。然后马不停蹄进行两项内容：白天看野生动物和晚上看马戏表演。中间时段又和深圳赶来的群友相聚，四个小时之间连吃了两顿饭。我问珞妮：马戏看到了什么？珞妮：小猴子骑脚踏车，那个拿鞭子的人没有打它。

2015-1-9

在长隆野生动物园，珞妮有些害怕人造恐龙。我得说我也有点害怕，明知道是假的还是心里不舒服。珞妮被一只恐龙喷了水，她很不高兴，拉着我说：爸爸，我们走吧。它太烦人了！她更喜欢那些飞来飞去的鸟，一看就是半天。看见红鹦鹉，她不愿离开了。饲养员给了她几个瓜子让她喂鹦鹉，她高兴极了……

我们这里也下雪吗？

2015-1-12

珞妮跟妈妈去茶园主的铺子去看茶，我不想去了。珞妮就从妈妈的钱包里拿出钱来给爸爸去吃饭，她拿起一张闻了闻：爸爸，这是钱的味。然后她数1、2、3、4、5，递给我：爸爸，你和叔叔去吃早餐吧，我要去市场啦。我接过她给我的钱，其实是3张。珞妮还不识数，3和5和8一回事。

2015-1-13

小柳阿姨给珞妮买了四只兔子，四个品种。这种兔子属于宠物，不吃草吃兔粮。后来，后来饿了它们一夜。早晨起来看时，它们正在从笼子孔洞伸出三瓣嘴努力叼笼子外面的菜叶子。珞妮看见兔子开始吃东西，就把白菜塞满笼子。下午又进了园子，很费劲地拔出萝卜抱回去。她说：要它们生很多很多小兔子！

2015-1-16

天性中的一些东西后天怕是难改的，本想培养珞妮能霸道一些，别像她妈妈那样烂好人。但慢慢发现她只要遇到比她小的孩子，马上就呵护备至，面对无理要求也能容忍和接受，作为老爹我又不知道该咋说。我一直认为生活中要懂得说“不”，也就是要对方知道你有底线。老好人往往对什么都说是，最后毁的是自己。

2015-1-18

昨夜下雪，拉开窗帘，玻璃上被雾气蒙住了。一时兴起，懒觉不睡了，到阳台上拍了几张照片。放眼望去，说不上银装素裹，但也是四望皆白。雪花空中徜徉落地就开始融化成水，这也是滇东北的独特雪景。索性再下楼到外面拍几张，珞妮在楼上喊：爸爸，我们这里也下雪吗？她居然不记得这已经是第三场雪了。

2015-1-18

我从三楼看下去，发现珞妮正纠缠李阿姨。我喊她：珞妮珞妮！她抬起头来看到了我：爸爸，你下来。我说我在楼上给你拍照，好不好？她说好呀。然后她就开始摆各种她认为很美的造型，我就一张张拍。她突然仰着头说：爸爸，我好累呀。我说那你歇着吧。她大概真的累了，忘记了纠缠李阿姨玩水，进屋去了。

2015-1-20

不知道原因，珞妮昨天差不多一整天都跟我待在楼上，没要求下楼也没要求找妈妈，中午吃饭时就跟着我在电脑前吃馒头喝小米粥。她舀起一勺小米粥喂我：爸爸，我为什么这样孝顺呢？我：你小时候就孝顺。珞妮：我就是孝顺姑娘，这是为什么呢？我：因为，因为，你是爸爸的女儿啊。珞妮：嘻嘻！你说得对。

2015-1-22

珞妮哭哭咧咧上楼来，她娘问哭啥呀？珞妮说我喊你你不等我。我说就这点儿事也值得哭啊？她看了我一眼，很愤怒。她说：我一直撵，妈妈就是不等我。她娘说撬地板的声音太大，没听见你喊。我说这样啊，可以哭。珞妮点点头，不哭了。

2015-1-24

终于知道珞妮为什么找理由不带这只长得像狗一样的兔子出来了：它并不好好吃草，贼能跑。珞妮要抓住它经常是跟头把式的，好不容易抓到了，抱在怀里还没走几步，噌一下子就挣出来跳到地上。因为乱跑差一点儿被黄狗咬死：黄狗追上它一口咬住叼起来，我大喝一声黄狗才放下它溜走了。再看那兔子，照跑！

2015-1-24

去热水汤温泉汽车要行驶40分钟，路上有人要珞妮唱歌：珞妮的歌唱得好听极了。珞妮很无奈的样子：唉，那唱一个吧。然后她就唱歌，唱得很投入，唱了一会儿她突然大声说：你们太过分了！怎么都睡觉了！昏昏欲睡的大人们打起精神：哇！唱得真好！然后就鼓掌。珞妮：鼓什么掌！不要鼓掌了！你们全都骗人！

羊妈妈不担心

2015-2-1

我的獒中只有煤球是从小跟着我们天南海北的，它用掉的机票钱比我们还多。它的听力也不如其他的獒：在沈阳我们住在火车道边，火车驶过时整幢楼都颤抖，小声说话根本听不见。嗅觉当然也要差一些：城市的空气换谁都会这样。到云南后它的本能恢复了很多，珞妮把小兔子给它嗅，它是唯一表现出不馋的獒。

2015-2-2

人越多，小孩的安全啊、饮食啊就越让人担心。反对珞妮吃那些垃圾小食品，但如今时不时会发现她在吃，她似乎知道只要防住我一个人就行了。我很恼火，但又没理由向其他人发火：你孩子自己的娘就在边上，她不管，我们凭什么要管？昨天，珞妮在干嚼方便面，看见我，就把双臂抱在胸前，表示她啥也没吃！

2015-2-2

乾隆版《东川府志》描述热水塘温泉：“温泉，在城西南二十里云弄山下，水自石罅中仄出，清如鉴，热如汤。”温泉出自小江断裂带上，其成因与这里的地质地貌和地震活动密切相关。最近珞妮妈妈荨麻疹发作，自诊寒气湿气过重。于是每隔一天就带上药草到这里泡温泉，已见成效。珞妮每每跟随，乐此不疲。

2015-2-4

今天打春，年轻人响应庄主的号召包饺子。15点30分开始准备，22点30分吃到嘴里。大家都说好香，香哭了。能不香哭吗？7小时后吃饺子，3毫米的饺子皮还带白茬儿的，搁你也香哭了。珞妮跟我说：爸爸，我觉得我有点饿。给她吃了一块糖。后来，小张先给珞妮煮了几个，问珞妮：香不香？珞妮说：真香！

2015-2-5

春节前是物流高峰期，大家忙得厉害，最惨的那天只睡了3个小时。真是顾不上照看珞妮了，只要看住她别到炭火边上就行了。她现在越来越不愿意上楼了，各种理由留在楼下：除了能偶尔偷吃零食，还可以耍赖要求看电脑。安静的时候也有，就是收到了某件新玩具，没人帮，她会不声不响地自己琢磨怎么装上。

2015-2-6

今天珞妮似乎特别忙：自己搭配了一套穿着，去新生的小狗那里待了一会儿，狗妈妈对珞妮拿它的小狗没意见。然后珞妮跟着我到菜地里喂兔子，兔子吃菜的时候她又朝碟子耍了一会儿威风，接着兴趣转移到一把镢头上，乱刨一气。突然发现兔子没影了，又开始找兔子。一只大耳兔不见了，大家都出来找，没找到。

2015-2-8

背珞妮下楼吃饭，珞妮说爸爸我给你唱歌吧。我说好。珞妮唱：我不知道为什么要装修，因为房子漏水了？可是到处都是乱乱的，我们就等春天吧。我想吃一块蛋糕，妈妈就买了蛋糕。我问妈妈想吃什么？妈妈说她喝药。可是我真不明白，蛋糕才好吃呀。我要吃蛋糕！可是爸爸说不能吃，我们开饭啦啊啊啊——

2015-2-8

珞妮：我有点担心羊爸爸。我：担心什么？珞妮：它每天都去很远的地方。我：去干什么？珞妮：它有很多事要做。我：那有什么好担心的？珞妮：有狼啊。狼会吃掉它的。我：被吃掉了？珞妮：还没有。但我很担心。我：羊妈妈呢？珞妮：它好像不担心。我：为什么这样说？珞妮：因为，因为它只会咩咩地叫。

2015-2-9

狗妈妈把自己的窝搭在天桥下的木材废料中间，珞妮去看小狗崽，进去之后出不来了。大声呼救，被真真抱了出来。后来，她的表姐来了。再后来，我重新评价小黄狗，还反省自己平时对它的歧视。表姐伸手拉珞妮，一直在珞妮身边的小黄狗扑上去就咬：它是认为珞妮要受到伤害。我知道，从此后，它是好狗了！

喝咖啡

2015-2-23

西去会泽城几十公里有个小山村，珞妮跟着妈妈去那里找野竹。竹子找到了，还发现了几株大树。老人说他们的爷爷的爷爷时这些树就这么大了，树名在网上查不到，要请教植物学专家了。村民把储藏的苹果在小溪里洗了给珞妮，果上有泥，珞妮又去洗了才吃，还给老爸带回来一袋。还有，包着几颗松子的松塔。

2015-2-24

吃过晚饭到友人家中，珞妮和新结识的姐姐玩得挺投缘。珞妮不会唱姐姐唱的那些歌，但也看不出她有多窘。看来平时的说教还有作用：我告诉她自己编的歌是最好的。大概是没有即兴的情境，她唱了一节“月亮在白莲花般的云朵里穿行”。接着跟姐姐学跳舞，非常认真投入。后来，姐姐跳完了她还跳：忘我了。

2015-3-25

大海草山在这个季节很寒冷，珞妮回来后流鼻涕还咳嗽。她要求喝咖啡——在她更小的时候，生病喝药很难，我就把药面冲水，然后有滋有味地喝。看见我喝她就要，我说这是咖啡。她喝。我问好喝吗？她点头。我说咖啡就这味道。此后只要生病，她就要喝咖啡——没有给她喝。

2015-3-27

我不适应很多人在一张桌子上吃饭，所以几十年来一直极少参加聚会。如果席间再有几个陌生人，我坐在那儿不动筷子就饱了。医生说珞妮遗传了我的神经类型，我们就有意识经常带她多见人。或许得益于从小混人群，珞妮和爸爸很不同了：她想方设法要和阿姨们挤在一起吃午饭，为了热闹和使用那套自助餐具。

珞珞和妮妮

2015-3-29

珞珞和妮妮经过三个半小时飞行落地昆明，珞妮和妈妈一起去机场接机。这是庄主几年来的愿望：有两个獒和珞妮一起长大，这样的獒才会是她的卫士。头半个月是关键，度过适应期就没事儿了。珞珞和妮妮才4个月，期待它们一路陪伴着珞妮长成大姑娘。

2015-4-2

珞妮现在想赖床也不行了：珞珞早晨进屋的第一件事是爬上床尾，哈赤哈赤地要珞妮跟它玩。白天的时候太阳很毒辣，人和狗都各自躲在自己的空间里。傍晚时分珞妮和小獒开始一阵追逐，珞妮跑累了才算结束。这时候珞珞和妮妮仿佛得到指令一般，跳过花坛就朝二楼的小平台跑过去：那是它们晚上睡觉的地方。

2015-4-3

珞珞、妮妮和珞妮都很享受叫醒和被叫醒的过程：早晨，待在窗外的两只小獒被放进来，珞妮用被子严严实实地把自己蒙上。珞珞和妮妮跑两圈，然后爬上床尾用嘴巴拱珞妮的被子。珞妮露头的时候就可能被舔，她最怕这个。她会翻脸打珞珞和妮妮，两个小家伙很委屈地退回去。珞妮跳下床，三个再度乱成一团。

2015-4-9

女儿伸出手指
躲在屋后的月亮飘来
笑声，引起了狗的欢叫
风吹过父亲的脸
带走了女儿的鼻涕
亲人的身影
重叠成山里的风景
每一次黑暗
都是一次特别的赞美
每一次光明重显
我们都准备好蜡烛
太阳升起的时候
熟睡的女儿
睁开眼睛
我们漫步
回家的路
很宽很远

2015-4-10

珞妮：爸爸，我问你一个问题。我：好，你问。珞妮：你坐到床上来。我：好的。珞妮：为什么你坐到床上的时候我要往里躲呢？我：怕被爸爸坐到。珞妮：不是的。孝顺女儿就这样，爸爸坐到床上，女儿给爸爸让开地方，爸爸就不会坐到地上。我：嗯嗯，珞妮是个孝顺的女儿。珞妮：爸爸，我很想吃小熊糖了。

2015-4-13

珞妮体验了半天学校生活，学生们对这个小孩子很好奇，也很照顾，中午排队领面条的时候有个小姑娘始终护着珞妮：厨师把面条给珞妮，珞妮不敢要，那个小姑娘就把面条接过来给珞妮。珞妮第一次坐在教室里上课，她东张西望一会儿听一会儿又趴一会儿，一半课时的时候，她跟老师说：老师，我要我的妈妈。

2015-4-14

从大海草山的小学回来，珞妮就跟着爸爸寸步不离。姐姐们说明天还要去大海草山。珞妮：你们去吧，我和爸爸在家。姐姐：妈妈也去。珞妮：妈妈早点回来。我：你不是一直想上学吗？珞妮：爸爸，我要在家里玩。

我的鼻子堵了

2015-4-19

上午珞妮被妈妈揍了一顿：她自己跑外面去了。昨天珞妮被庄主揍了一顿：她自己跑外边去了。山庄这几个月人进人出熙攘嘈杂，装修人员的脸你都记不住。山庄的年轻人是不能指望的：都忙，根本无暇管珞妮。我能做的只能是隔一会儿扒着窗子喊珞妮，会有人告诉我她在哪里。路不拾遗夜不闭户的记忆，别了！

2015-4-30

坚持了一个星期：带珞妮20点30分前躺下，如果白天她睡过，就要折腾到21点30分才睡，但22点之前一定会睡着的：新生物钟快开启了。现在早晨都是她先醒，自己开落地窗直出去撒尿拉屎。没经得爸妈同意她不敢下楼，于是她就得叫醒爸妈：她只敢叫醒爸爸，叫妈妈弄不好会被掴一巴掌。

2015-4-30

进城吃饭没带珞妮，珞妮哭了，但还是跟老爸挥手再见。回来后珞妮很有成就感地跟我展示她的脑门：两块创可贴。我问这是怎么了？她笑嘻嘻地说猫挠的。她妈妈给我看照片，心疼、火起。我说你记好了，再和猫玩，我让你变成土驴子！珞妮表情瞬间石化！我开门出去，听见珞妮小声问：妈妈，土驴子是什么？

2015-5-3

珞妮：爸爸，起床吧。我：为什么？珞妮：你肚子叫了。我：为什么叫？珞妮：肚子里没食物了。我：食物呢？珞妮：唉！怎么这么多的问题要回答啊？我：你能回答吗？珞妮：能。人有头，有脖子，有骨头，就能生活，生活在地球上。食物没了，消化了，变成了屎。人用鼻子呼吸，嘴也能，我的鼻子堵了……

2015-5-8

早晨，妈妈：要不要嫁给小帅哥哥。珞妮：不要嫁。妈妈：是邓涛阿姨家的帅帅。珞妮：那也不要嫁。妈妈：邓涛阿姨给你买衣服啊。珞妮：衣服要买的，但是，不要嫁。妈妈：不嫁不买衣服。珞妮：那……爸爸妈妈一起去我就嫁。傍晚，姐姐：珞妮要不要嫁给小帅哥哥？珞妮：太烦啦，怎么还是这个问题？

2015-5-10

珞妮又把我弄醒了，才7点05分。爸爸，外面已经蓝天啦。她说。我说蓝天怎么啦？珞妮：蓝天就要起床了。我说爸爸昨晚没睡觉。她说好吧。然后爬到我的左边往被子里钻。我说你怎么跑这边来了？她说我想挨着爸爸。我说右边不是一样吗？她说不一样。然后抱着我的胳膊躺下来。我摸了一下右边：水淹七军。

摔了一跤

2015-5-28

珞妮这几天显得非常懂事儿：给老爸炒鸡蛋饭，还擦地擦床头柜擦茶几。她妈妈说：我暴揍了她一顿之后，她突然就懂事儿了。我正原地踏步锻炼，停下想反驳她，居然一句话没说出来。我继续踏步，耳边一直是她这句话。我停下来：这怎么可能？你暴揍她还少吗？她问那你说为什么？我无答案，改踏步为转圈。

2015-5-29

这几天珞妮跟妈妈上山摘水果，回家栽蓝莓，喂兔子，躺到床上后她不停蹬腿抻胳膊地挠：胳膊腿上被叮了好多包，全都挠破了。我给她涂了一点儿薰衣草精油，她说：不能把精油蹭到被子上。我说是的。她就举起胳膊和腿：我举着睡，就蹭不到了。我说你睡吧，爸爸帮你看着。她说好。放下胳膊腿，5分钟后，睡了。

2015-5-30

珞妮上楼来跟我说她摔了一跤。怎么摔的？她说我把手伸进水里，不小心就摔了，但我没哭。没哭好，我想知道你是在哪里玩水？她说是脏水。脏水也没关系，我是担心你摔进水里被淹死。她说是园子里的脏水，很少的。嗯，爸爸本来想给你挖游泳池，又怕你摔进去淹死。她说我会小心的。嗯，还挖吗？她说挖！

2015-5-31

我被珞妮挠头挠醒了，我转头看，她在挠自己的头。我闭上眼睛，她又挠我的头。我再看，她在挠自己的头。爸爸还要睡会儿。她说再睡天就黑啦。我说别夸张。她问妈妈呢？我说摘水果去了。我们去找妈妈吧。我说她在山里呢。我吃小熊糖。我说先吃蓝莓，再吃小熊糖。唉，无法睡了，那就去昆明的路上睡吧。

理解爱，不是一门学问

2015-7-25

珞妮妈妈出门不带珞妮的时候很少：去昆明发货时珞妮留在家里，时间不超过24小时。珞妮由不习惯到习惯，没有什么不适应。这一次珞妮妈妈出门的时间会很长，除非我也同去，否则带珞妮诸多不便，最害怕的当然是丢了。几乎不需要很深入的讨论，就决定了珞妮不会同行。我不担心珞妮会闹，这不是她的风格。她会一切如常地和姐姐在一起，会和爸爸按时睡觉。如果说会有些不同，那就是容易发脾气。但她发脾气不会大哭大闹，我倒是希望她大哭大闹一下。

昨天晚上她照常睡下，我没有像往常那样在0点时叫醒她撒尿：我想让她妈妈再睡一会儿。

1点20分的时候我进卧室抱着珞妮去卫生间，把她放在床上后我重回书房。

后来，我听见轻微的声音，回头就看见了珞妮。

她眼泪汪汪地走过来。

我说怎么不睡了？

她嘟哝了一句什么，我没听清。

我把她抱到腿上，她把头靠在我身上，什么也不说。

我知道她为什么会这样，她只是不说。我其实很想跟她说一些话，但又不想把她说精神了。我就那样抱着她轻轻地摇啊摇，她就靠在我身上一动不动。

后来，1点30分了，我抱着她回卧室。

她妈妈还在睡，我喊醒她。

她说3点走也来得及。

我说两点钟出发是我计算好的时间，不要起个大早赶个晚集。

珞妮突然转脸对着妈妈，说：你下去吧！快下去吧！

她是让妈妈下楼。

我感觉她妈妈瞬间有些惊愕：你赶我下楼？

珞妮没有回答，把身体转向我，头拱进我的怀里。

我说那就下去嘛，不必问了。

她妈妈没作声，隔了一会儿，她突然坐起来就出了卧室。

我能感受到她的不解、愤怒、委屈、伤心。

但我顾不得她了。

我很想跟珞妮说清楚妈妈为什么不带她出门，很想告诉她妈妈和她一样不愿意分开。但我没说，我不想让她精神起来，这样她就别想睡了。这些话可以留到后边的几天慢慢说，总是能说清楚的。

我没有像以往那样命令她睡。她把胳膊放在我身上，我一只手轻轻握着她的手，另一只手轻轻抚摸她的后背。我感受到她的身体一点儿一点儿放松下来，终于重新睡了。

我看了一眼手机：3点了。

我没有睡意。

我翻看了一下微信，果然看到了珞妮妈妈新发的一条：第一次被孩子撵着启程。从亦步亦趋到现在无所谓离开不离开。我还觉得要离开她好多天，不舍呢。此刻真不知道什么心情。

其实她的这种心情在她起身走出卧室之前就有了，我很理解她突然的失落和伤感。只是，她一直没有明白珞妮为什么会撵她走。

我只能说珞妮就是珞妮，她有自己表达情感的方式。她的这种方式在成人世界中并不少见，无论是我还是珞妮妈妈还是其他人，也经常有这种方式。

我不想跟珞妮妈妈过多地解释这些，相信她冷静下来之后会慢慢地想清楚。孩子在长大，父母更应该成长。父母不成长，长大的孩子就是你的冤孽。我们的日常生活需要丰富和细腻的内心世界，不能因为烦琐的日常生活就粗糙了我们自己。

5点多的时候，珞妮突然哭了，她喃喃地叫了两声：妈妈，妈妈。

我拍拍她的后背，给她把眼泪擦了。

她睁开眼睛看了看，把头使劲朝我怀里拱了拱，又睡了。

我知道她在想妈妈，她甚至怀疑妈妈这次离开是不爱她了。她的一只手始终抓着我的手，她现在身边只有爸爸。

我会跟她说清楚，但不会特意去说。聊天的时候她会忍不住问的，虽然我知道她永远不会问是不是妈妈不喜欢她了，但我会把这一切，跟她讲清楚。

珞妮妈妈，不要想那么多。想得多不意味着就会开阔，可能会更狭隘。

你知道吗？我们的女儿爱你或许超过你爱她。

五岁寄语

2015-12-7

今年会泽似乎要暖冬，大雪节令还是下雨不下雪，阳光明亮得睁不开眼睛。

珞妮，今天你5岁。

和往天一样给你洗澡。每次给你洗澡，爸爸都想，你得多大才能自己洗澡？

昨天忘记了给你擦点玫瑰膏，其实也不是忘记，给你洗脸的时候我注意到你脸蛋上的疱疹快要没了。

在你睡着之后我本来也能睡一会儿，但心里有事。我惦记着这一天跟你说点什么，每年这一天似乎爸爸都要续写一份长遗嘱，我还想不好今年该续写点什么。

2015年12月7日，你5周岁。

爸爸58岁的生日已经过去，奔60岁了。

能听到你的呼吸声，我支起上身看了看：昏暗中能分辨出你抱着一个毛绒娃娃。你感到被冷落了，只要睡觉前我拒绝和你聊天，你就会这样。真不能聊，聊起来，你东一耙子西一扫帚没完没了，那你就别想睡了。这正是你想要的结果，但爸爸不会给。

给你妈妈打电话请她上楼，这样我才能安心去书房。每天你睡着之后我去了书房，22点到22点10分之间你就一定会醒，然后光着脚就跑

2015年12月

2016年1月

2016年4月

2016年8月

进书房。我只能抱着你重回卧室，你再睡。

坐在电脑前的瞬间，我突然想起前几天你被妈妈打了；然后，爸爸也打了，而且比妈妈打得狠。你知道原因，但一定抱怨这个原因。我知道你不会恨，因为你是珞妮，爸爸和妈妈的女儿。你虽然会抱怨，但同意爸爸妈妈是有理的。这是灌输的结果，每个孩子的父母都要灌输一些他们认为有理的东西给自己的儿女，爸爸妈妈也不例外。

现在，爸爸就告诉你为什么。

本来我打算在你长大之后才说，但这些文字无论何时写出，也只能是你长大才会看得懂。前后次序在这种情形下毫无意义，今天想到了，就说。

我和你妈妈认识的开始很现代主义：网恋。网恋大部分是不靠谱的，女孩子因为网恋被伤害甚至被杀死的都不在少数。只能说你妈妈遇到了爸爸这个靠谱的男人，运气站在她那边。

我们认识之后你妈妈要到沈阳去找爸爸，但你的外公外婆不同意，他们把你妈妈关起来。

这原本算不上错，但问题出在他们并不是为你妈妈的未来幸福着想，他们只是想把你妈妈卖个好价钱。如今山里的很多农民依旧这样对待自己的女儿，你妈妈不幸中的万幸是她读了书上了学，她知道自己要什么，她有抗争的勇气。

后来你外公同意你妈妈出来一趟：你妈妈成功地说服他未来会非常好，你们可能跟着变成有钱人。你妈妈的儿时伙伴借给了她买飞机票的钱，她就到了沈阳。

你妈妈对你外公撒谎了，她对你爸爸几乎一无所知。在她眼里，你的爸爸就是一个会写小说的末流文人，但毕竟是文人。她认定了这个，她小时候的梦想就是自己成不了文化人，就找到一个文化人嫁出去，逃出大山。

爸爸就是那个人。

你妈妈到沈阳后，你外公外婆不停地打电话给你妈妈：要钱。你妈妈没钱，也不跟爸爸要钱，她是一个极其要强的人，而且她并不认同家人的做法。

再后来，你妈妈说服爸爸到她的家乡看看。爸爸也正好不喜欢都市，于是就一起到了会泽，就是你出生的这个地方。

那是2004年的秋天，距离你来到人间还有6年，那是很漫长的一段时间。

我们到了你外公家里就知道不该来，你妈妈因为隔三岔五就要跟你外婆争执，她开始生病，几个月也不见好。我们决定到曲靖去，那里毕竟是一个地级城市。

我们是大年初二离开的会泽，前两天你妈妈还和你外婆吵了一架：他们只知道跟你妈妈要钱，对她生病毫不关心。你外公还逼迫你妈妈跟我要60万块钱。说给了这笔钱，你就跟他走吧。

你妈妈没有答应。

他们还不敢太强硬，因为他们还抱有其他希望，于是我和你妈妈离开了会泽。

在曲靖那段时间我们过得还算好，你妈妈做服装生意，爸爸也陪她去广州和深圳进服装。

然后就发现你妈妈得了癌症，此后的几年我和你妈妈相依为命。

在这几年间，你外公家就不再和你妈妈有任何联系了。我能理解他们，他们担心你妈妈治病需要钱，担心你妈妈跟他们要钱治病。其实爸爸从来就没想过跟他们要钱，爸爸认为治好你妈妈的病是爸爸自己的事情，不需要任何人的资助。

几年后我们治好了你妈妈的病，你外公家不知道从哪里知道了消息，又开始给你妈妈打电话，劝说你妈妈回会泽。理由是他们过不下去了，希望你妈妈能回去带他们一起致富。他们在电话里好话说尽，还痛哭。

你妈妈不敢跟爸爸提这件事，她知道爸爸不会同意。

我发现你妈妈经常发呆，有时会偷偷流眼泪。

我还是能猜出是怎么回事，爸爸可不是寻常人。

我同意再相信他们一回。

这是爸爸生平所犯的最大错误。

那是2008年秋天，又是秋天。

接下去爸爸不打算细讲，等你长大了，爸爸跟你聊天时，讲细节，你当故事听。

这期间你妈妈两次怀孕都流产了，原因是每次他们知道你妈妈怀孕，就会跟你妈妈吵架，甚至动手。爸爸夹在中间跟他们讲道理，你外公还拿着棒子试图打爸爸。你妈妈冲上来挡着，他才作罢：他发现我不是要跟他们吵架，而是劝架。

爸爸告诉你他们为什么不想让你妈妈有自己的孩子，他们一直在劝说你妈妈过继你舅舅的孩子，不要自己生孩子。你姨妈后来告诉你妈妈，他们认为爸爸会死得很早，他们把你舅舅的孩子过继给你妈妈，所有的财产就是他们的了。

他们每月跟你妈妈要一笔钱，给钱了，关系就缓和几天。

你会问那你们为啥不离开？

你外公每次都能说服你妈妈留下来，因为你妈妈认为你外公对她最好，她确信你外公不会害她。

当你妈妈第三次怀孕的时候，对了，怀的就是你。

你妈妈第三次怀孕的时候，爸爸决定到会泽城里去买一套房子住下，于是你终于安全地活了下来。

你出生这一年你妈妈一定要置这口气，一定要在会泽站住脚。但实际上她还是被你的外公给骗了：他成功地说服你妈妈把他们家周边的土地买了下来，房子就盖在那里：就是我们现在的房子，珞妮山庄。

房子盖好之后的一天，那一天你3个半月大了。

你外公全家都冲进了我们的家里，他们质问我们为什么关上了他们园子里的偏门，害得他们绕远。你现在知道了，那扇门是我们的园门。我们的园子和他们的住宅相连，他们一定要走我们的园门，从那里去他们的地里，近。

你舅舅拿着一把砍刀，你外公拎着一根大棒子，你外婆拿着一把镰刀。你外婆冲进屋里直奔你妈妈，她上去一拳就打在你的左额角，你的额角瞬间起了一个大包。

那一天，你3个半月。

你妈妈疯了一般跟你外婆撕打，你外婆一定是被你妈妈的举动吓住了，退了出去。

爸爸从楼上下来还试图劝阻，但发现他们这一次是来真的。爸爸从来不惹事，但不怕事。这时候，爸爸看见了你，看见了哭得几乎没有气息的你，看到了你头上的大包。

爸爸找了一把镢头，直接就照着你外公刨过去。你的姨夫正站在我身边，他抱着我往后一拉，镢头没有刨到你外公。

你外公也跑了出去。

爸爸站在大厅门口，说：你们谁再跨进这个门槛，我就镢头说话。

他们都站在门外，哇啦哇啦地叫喊，爸爸一句听不懂。

你外婆用石头把我们的大厅的门和玻璃都给砸烂了，但爸爸没有办法，她毕竟是你妈妈的妈妈，我们只能看着她撒野。

你妈妈报了警，然而没有什么用！

后来，你姨妈告诉你妈妈，你外公外婆认为我们一家老的老弱的弱小的小，是想把我们打怕了，这样我们就会离开会泽，土地和房产就都是他们的了。只是他们没有想到我们反抗那么坚决，更没有想到爸爸虽然在他们眼里只是个老头，但居然不是轻易就可以被吓住的人。

爸爸在2012年除夕为什么会被人群殴？这都和他们有关系。

经历过这一次，日子平稳下来。如今他们又想拉近关系，每次都这样。这一次你妈妈不再相信他们了。你外公和舅舅现在到我们这里忙这个忙那个，是你舅舅因为旷工被开除了，你外公退休了。你妈妈会给他们干活的钱，但绝不接受这一家人。实际上，我们根本不需要他们帮忙干活，但你妈妈做不到那么绝。

爸爸不想讲太多，一讲就生气。爸爸举一个例子：隔壁木材场养了一条报警的狗，因为你外婆每天凌晨都要到外面去转悠一圈，那只狗就冲着她叫。后来，那只狗死了。你舅舅告诉你妈妈，狗是被你外婆弄死的：她在肉里加了几根大头针，给狗吃了……她的理由只有一个：狗冲她叫！

爸爸看到过很多报道，一些孩子被自己亲戚长辈挖了眼睛、剁了脚，甚至杀了。

爸爸和妈妈不允许你去外公家里玩，就是担心你的安全。

你那天跑到他们家里去，姐姐叫你你不回来，妈妈叫你你不回来，于是你妈妈打了你。爸爸知道了，不仅没有安慰你，还打了你，而且比你妈妈打得还要狠。

你的出生和长大，对你外婆来说，比那只对她叫的狗要可恶得多。

这些话爸爸迟早都要跟你说的，我愿意尽可能早地说给你。爸爸不想给你仇恨，只想给你警惕。珞妮，你必须记住：人性中善和恶之间没有相隔万里长城。

爸爸看得出来你是一个善良的、愿意妥协的孩子。这对你的未来很难说好或者坏，但生活总是讲究平衡的，它会给任何一种性格的人一片天空和一片适合这个人生存的土地。

爸爸只有一个希望：警惕打着亲情和友情招牌掠夺和欺压你的人。

说这些让爸爸的心情很不好，呼吸都有些困难。这些事情爸爸很少跟人说起，因为这些事和正常的人的行为逻辑、价值观是那么背道而驰。正常的人是无法想象和相信的，有人甚至会说一个巴掌拍不响啊你们也一定有错误啊，等等等等。好在，爸爸也只想要你知道，你知道了就行。就此打住。

记住：贪婪和攫取的欲望，真的会把人变成兽。

暂时忘掉它，让我们一起去问候你的妈妈。

我们一起祝福你的妈妈：健康、愉快……

珞妮六岁

你长大以后，
有机会拒绝爸爸给你暗示的人生，
有机会重新创造自己的人生。

珞妮的圣诞节

2015-12-25

昨晚珞妮临睡前跟我说：爸爸，圣诞老人真的会来吗？

我说会，他会赶着驯鹿车从天上飞下来。

爸爸，你跟他谈了吗？我不想要糖果，我有很多很多糖果。

我说谈了，但不知道他是否答应，这要看他当时车上有什么。

珞妮：噢，那好吧。

她双手枕在脑后：爸爸，他会把礼物放到床上吗？

我说通常是这样，但也可能放在其他地方，总是你可以找到的地方。

珞妮：爸爸，你说他是个神仙，他飞下来是吗？

我说是的，但你必须睡觉了：你醒着他就不会来了，神仙是不能被人看见的。

她把手从脑后拿下来，摸着我的胳膊，很快就睡着了。

等她睡熟了，我下床去了书房。我的微博群里有人正在讨论圣诞节的事情。

凌晨3点多的时候，我把珞妮妈妈带上楼来的圣诞礼物拎进卧室，借着手机的光亮给它蒙上两条浴巾。我仔细检查了一下，确定它完全被蒙住了。

有点奇怪，我睡不着。

我希望这个礼物珞妮不会感到太失望，因为珞妮很少得到我们特殊准备的礼物。她的大部分礼物都来自亲朋好友，我们只是不想让她认为自己是世界中心。我是老朽那伙的，对西方的这些节日更无感。这个圣诞节是个例外：山庄的姑娘们早在几天之前就告诉珞妮：圣诞节的那天圣诞老人会给孩子送礼物。

我不想让珞妮的好奇和期待落空，更不愿意让一个单纯的童年幻想破灭。

早晨，珞妮醒来了，我也马上醒了。

我看看她，她对我笑笑：爸爸，你也醒啦？

她转过身去往妈妈的被子里拱。

看她的样子，好像忘记了圣诞礼物的事。

我知道她不可能忘记。惦记了几天的事情怎么可能忘记？她是不敢问，因为她并没有在床上发现任何东西。她一定是认为没有礼物了，她在掩饰自己的失望。

我说：珞妮，你忘记圣诞老人送礼物的事了？

珞妮转过脸来对着我：我已经看了，床上什么没有。

我注意到她差一点儿就哭了，但忍住了。

我说你可以看看别处，圣诞老人或许怕影响你睡觉。

她站起来，四处看了看，然后指着墙边红色浴巾蒙着的东西：这个浴巾昨晚上没有在这里。浴巾下面是什么？

我说你可以去看看啊，圣诞老人把礼物放在那里也是可能的。

她顾不得穿戴整齐，穿着小短裤就下床了。

她慢慢掀开红色浴巾，又很小心地掀开另一条格子浴巾，一辆粉红色脚踏车露了出来。

她看了看，围着车子转着看了看，然后抬起头看看我，又转头看看妈妈，一副很困惑的样子，一句话都不说。

妈妈问：你不喜欢？

珞妮：啊呀！大死了！

我问大死了是什么意思呢？

珞妮：这辆车好大呀！比原来的大好多！

我问喜欢大的还是小的？

珞妮：我喜欢这个大的，粉红色的！

然后她嘻嘻地笑起来：她终于相信这个圣诞老人给了礼物，而且不是糖果。

她开始在卧室里骑，摁车铃：哇！爸爸，这个铃声真好听！

她停住，抬起脸看我：爸爸，我瞬间蒙了！

我说是吗？为什么会蒙了？

她继续嘻嘻地笑：爸爸，我们下楼吧。

我说外面太冷，太阳出来再下楼吧。

她说好吧，我在屋子里骑。

然后就从卧室骑到书房，再从书房骑到卧室。

爸爸，藏獒为什么看我？

我说它们羡慕你的车子。

珞妮：我想也是。

我看着她一圈一圈地骑车，鼻子突然有些酸，眼睛有点儿热。

我应该高兴才是。

我很高兴……

飞走的气球

2015-12-28

珞妮说话比较晚，两岁半之前只偶尔能说出三个字，但还是以重叠一个字词的方式交流。她妈妈有点着急，我不着急。珞妮的理解力一点儿都不差，甚至超过同龄孩子，说话早晚有啥关系？我说别到了她每天喋喋不休的时候你又受不了。

2013年1月31日，这一天有点特别。

珞妮跟妈妈进城的时候看好了一个气球，她很喜欢。妈妈就给她买了那只飞马气球，那是一匹长了翅膀的天蓝色小马。珞妮很高兴，她一只手攥着气球尾端的细绳，另一只手拿着一串糖葫芦。她一边吃糖葫芦一边跟着妈妈逛街。珞妮被行人中的一位撞了一下，她的气球就飞走了。

珞妮看着飞起来的气球，喊："妈妈！球球！飞啊！"

妈妈问："那怎么办啊？"

珞妮盯着在空中慢慢飘远的气球："撵！"就开始追赶那个气球。

妈妈说："我们撵不上了，坐车回家的时候再撵。车快。"

坐上出租车，珞妮对司机说："撵啊！"

司机是个熟人，她一边答应一边就开动了汽车。

一路上珞妮一直看着窗外，看得眼睛酸了，揉揉眼睛继续盯着窗外。

司机说："唉！可怜的娃。"

她们回到山庄，珞妮看见我就说："爸爸，球球，飞啊。"

我问什么球球飞啊。

她指着窗外："球球，飞啊。"

她妈妈讲了这件事。我说，没关系，我们明天进城，再买一个。好不好？

珞妮说好，接着又说："球球！飞啊。"

直到睡觉之前，她隔一会儿就会走到我面前，"球球，飞啊。"

我每次都说，今天不行了，太晚了。明天进城买一个好不好？

她都会说："好。"

她睡着之后我们说起这件事，她妈妈说："这件事对她的刺激会这么大？"

我说这个我说不好。我能记得自己小时候有过一样的经历，好不容易买了一个气球，飞了。看着越飞越远越飞越小最终无影无踪的气球，很绝望，心里似乎一下就空了。很长时间里，眼前总是那只越飞越远越飞越小的气球。

她妈妈说明天一定要进城，再买一个。

我说这是必须的。

珞妮做梦了，她哭醒了，伸着胳膊，嘴里嘟哝："球球！飞啊。"

我猜梦里边她还在追赶那只气球。

我跟她说："睡吧睡吧，明天起来我们就去买一个。"

她似乎听见了，含含糊糊说："好。"继续睡了。

2月1日早晨，我先醒来了。这是我第一次醒在她们娘俩前面，珞妮飞掉气球对我的影响非常大，我几乎没有睡好，一直在注意珞妮的动静。我醒来之后看着她，她翻身对着我，习惯地伸手摸我的胳膊，她的小手划来划去的：她总是能感受到毛衣上的那些毛球儿，睡眠中也要把它们摘掉。

她突然睁开眼睛，坐起来。说："球球，飞啊。"

我摸摸她的脑袋，说："过一会儿咱们就进城，买气球。"

她说："好。"一头倒下去又睡了。

中午，在我们的老地方"蓝月谷"吃完午饭，她妈妈就带着她去买气球。

她很高兴，与往常一样和爸爸亲吻再见，走得急不可耐。

我等来了一个坏消息。

刚刚买的气球又飞走了：她刚刚接过那个气球，拿到手里还没来得及高兴就被谁撞了一下，她手松开了，气球飞走了。珞妮这一次没有跟妈妈报告，她直接去追赶那只飞走的气球。

后来我看到了她妈妈用手机拍下的一分零几秒钟录像，画面里的珞妮一直仰着头追赶，中间揉了一次眼睛：她仰着头盯着气球，眼睛酸了。后来她一定是发现追不上了，她回过头看着妈妈，"妈妈，球球，飞啊。"小脸上的神情很难描述，那段视频我只看了一次，不能再看第二次……

我发短信给珞妮妈妈："别忘记系上一个重物，就不会飞啦。"

她们回到了"蓝月谷"。

我从她妈妈手里拿过气球，我打算在那根细线的尾端拴上一串钥匙。

珞妮哇一声就哭了，她哭得非常突然，一边哭一边伸着手跟我要那只气球。

我连忙说是系上钥匙链，气球就不会飞了。

她看着我系好，看着我把气球松开，看着气球飘呀飘，看着气球只是在头上飘呀飘。她知道气球终于不会再飞走了，她从自己面前的冰淇淋里舀出一勺，伸到我面前："吃。"

我吃了。

一切似乎该完了，似乎还没有完。

她困了，大概是折腾得筋疲力尽了，倒在妈妈怀里就睡了。她已经闭上了眼睛，她闭着眼睛，说："妈妈，球球，飞啊。"

她妈妈说："在呢，这回不会飞了。"连忙把细线绕在珞妮的手腕上。

这一次，珞妮真的睡了。

以珞妮的方式长大

2016-04-05

珞妮妈妈说：你不适应吧？

我说还行，这是迟早的事嘛。

她说我不太适应。

我说要有这个心理准备，必须适应。

说这些话的时候，心里有说不出来的东西，不好描述，否则就可以说得出来了。那是一种感受，隐隐的、轻轻的、丝丝落落的、些微的疼痛。就这感受。

我们上楼的时候，把楼道里的每一盏灯都打开；从二楼到三楼再到起居室卫生间，每一盏灯都打开。最后是我们的卧室：开了电脑，笔记本屏幕的光线让卧室里的一切朦胧可见。

卧室的门是开着的，起居室和卫生间明亮如昼。

我们担心珞妮半夜醒来会找我们，以我对她的了解，她一定会自己跑上楼来。

但她怕黑，开着灯她就不会很害怕。

我们聊了一会儿，再没说珞妮。

珞妮妈妈说睡吧，明天我要早点起。

我说睡吧。

我什么时候睡的没印象了，迷迷糊糊的时候就听见有声响，我坐起来，下床，出卧室。

没有珞妮的小小身影和委屈的小脸儿。

我推测是雅鲁睡觉的时候不小心撞了一下平台的门。

凌晨4点多的时候我又被声音惊醒，我坐起来，下床，出卧室。

我再没有睡意，虽然眼睛很干。

我倾听，二楼没有任何声响。

她们都还睡着，这时候是6点30分了。昨天她们起床的时候才6点钟，海燕说她们平时就这个时间起床，已经习惯了。

今天她们的生物钟失灵了。

昨天傍晚，珞妮跟我说：爸爸，说话要算数的。

我说你等等，爸爸说什么不算数了？

我晚上要和可艾姐姐一起睡。

我说可以的啊，昨天不是说好的吗？

爸爸说话要算数。

我说你伤害爸爸了，爸爸从来没有过说话不算数的时候。

是的，爸爸，你没有过。

妈妈没有力气帮珞妮洗澡，还是爸爸来。

洗澡的时候妈妈在一边说珞妮今天跟可艾发脾气。

我说是吗？这不太好，姐姐是客人啊，跟客人发脾气？

珞妮说我后来是笑着跟可艾姐姐说话的。

妈妈说可艾都跟你和好了，你还板着脸的。

珞妮说我没有。

我说珞妮，你去北京的时候可艾姐姐跟你发过脾气没有？

没有。

我说是啊，可艾姐姐对你很好是吧？

是的。

爸爸跟你说，我们的家里你是宝贝，可艾姐姐的家里她也是宝贝。你们都是家里的宝贝，不能自己是宝贝别人就不是了。

我会对可艾姐姐好的。

我说爸爸不是说你受委屈就是应该的，爸爸是说可艾姐姐是你的和我们家的客人，她从很远很远的地方来找你玩，你是小主人，要让姐姐觉得她就像在自己的家里一样。

我知道了爸爸。

妈妈给她吹干头发，换好睡裙。

珞妮说：爸爸，给我拿一条裤衩吧。

不用穿裤衩了吧？她妈妈说。

还是穿上吧。我说。

她下楼了，此后就再没有照面。中间喊过一次：海燕阿姨，帮我们换一个故事吧。

两个孩子在睡前听手机里的故事。

此刻已经7点钟了，二楼还是一点儿声音也没有。

我没有下楼去看看孩子们是不是还睡着，我很想去看看的。

我曾经担心珞妮一直跟我们睡会长不大，从小到现在她一直睡在我们中间，想要她睡在一边她就会生气，虽然不会闹但无论如何也要找理由回到中间。斜躺着，头在我这边，脚在妈妈那边。或者相反，头在妈妈那边，脚在我这边。

我问她你要什么时候才自己睡呢？

等我长得和爸爸妈妈一样大就一定会自己睡的。

2016年4月4日20点36分的时候，珞妮自己下楼，她离开我们，和可艾姐姐睡在一张床上。

一直到此刻：2016年4月5日7点23分，还睡着。

我抬起脸看看窗外，太阳从山后露出边缘，它总是会在你不经意间突然整个跳出来，天地刹那间就明亮通透了。

7点37分，我听见了珞妮的脚步声，踢踢踏踏踢踢踏踏跑上来的声音。

她直接来到了书房……爸爸！

她说……

第一次离家

2016-05-04

庄主睡不着，因为珞妮今天要去幼儿园了，先体检再进班。需要叮嘱的事情昨天晚上就想起很多，但这个瞬间它们纷至沓来，突然不知从何说起了。你说多了，孩子未必记得住，还可能无所适从蒙了。睡觉前，和珞妮聊天，庄主想到最后把认为最要紧的说了：记住，除了爸爸妈妈，不能允许任何人碰你的屁股。

7点的时候我到卧室看了一眼，娘俩儿还睡着。

我叫醒珞妮妈妈：是不是该起来了？她说医院要8点半才上班呢。

我重新回到书房，珞妮进来了：爸爸，你帮我找一条裤衩吧。

我说对了，昨晚尿床了是吧？

她说是。

我说这不太应该呀，昨晚没喝水。

爸爸，我想我大概是累了。

我说这个有可能，再洗洗屁股吧。

谢谢爸爸。

我们来到卫生间，洗完之后我又想起来一件事：如果要撒尿了或者要拉屎了，就找老师，千万不要等憋不住了再找老师。那样的话你要么尿裤子要么拉裤子，会很难堪的。

她说好的，爸爸。

我想跟珞妮妈妈再说点什么，也是千头万绪无从说起之感。我想说要提醒幼儿园，不能发生校园暴力；我想说孩子们手里不能拿尖锐的东西；我想说珞妮的目的不是学习，是玩；我想说珞妮不一定每天都去，她甚至可能很长时间不去；我想说珞妮反感大声喧哗；我想说珞妮的晚饭不在幼儿园吃，偶尔可以；我想说珞妮最初不一定能适应午睡，老师耐心点；我想说……

我说，要叮嘱珞妮不能让别人碰屁股。

珞妮妈妈说我已经告诉过她了，不能让同学、老师和陌生人碰屁股。

我说不能这样告诉，太复杂。只需要告诉她：除了爸爸妈妈任何人都不可以。

珞妮这时候已经站在楼梯口了，她回头看着我。

珞妮，这件事是爸爸妈妈一起跟你说的，这表示非常严重，要记住！

我记住了，爸爸。

我问珞妮妈妈：我的手机你带了吗？

珞妮妈妈说带了。

这家幼儿园据说是无死角监控，带手机是为了到幼儿园下载一个什么软件。这个软件可以让我通过手机看见珞妮在幼儿园的所有活动，这也是我同意珞妮去这家幼儿园的根本原因。

娘俩走了，珞妮兴高采烈地哼着只有她自己能听懂的歌儿。

我坐下来。

我知道，对于珞妮和她的父母来说，今天是一个非常的日子。

从此以后，每一天都是非常的和平常的日子。我们和所有做父母的一样，从此之后会格外清晰地感受到孩子的成长和逐渐远去。生命这条河流就这样从一个你可以预见的时刻流淌过来，又从一个你无法预知的时刻流淌而去。承受所有好的和不好的，是每一个人都必须面对的现实。

虽然，你依旧会感慨、难过，甚至悲伤……

在这一天

2016-05-06

庄主越来越认为自己是一个最好的父母之友，记录珞妮的成长就像是育儿洋芋汤：质朴好吃有营养。当然也有不愿意喝的甚至喝了会吐的，那只能说他们和庄主不是接近的品种。

继续说珞妮上幼儿园的事情。

如果依着我的理念，珞妮是没可能去幼儿园的。但珞妮自己很想去，她说想跟小朋友玩；她妈妈想让她去，表面理由和珞妮一样，但心里想的和大部分父母一样，都是书本电视广播的那些绝对正确的内容，不说也罢。一说，就该轮到庄主吐了。

我同意珞妮去幼儿园，除了上边的原因，还有一个原因就是：人都这样，拥有的东西再好也会变得平常甚至不好；没有得到的东西即便不好也好。这属于人性的优点也是弱点，除非你是一个已经自我实现了的人，否则谁都会有这个特点（是优点也是弱点）。如果不让珞妮去幼儿园，她会像那些没有机会和大自然和自由相伴的孩子一样感受到缺憾。缺憾的东西不一样，内心的苦楚不会有什么两样。

那就去吧，去尝尝这个梨子的滋味。

第一天回来，睡前一定要跟我讲幼儿园的见闻和经历。

第二天回来，我等着她讲。从洗澡到睡觉前，她没有讲过一句幼儿园的事情。

半夜，她突然哭着站起来，举起一只手臂推拒梦中的什么东西：我不想！

我爬起来抱着她，摸着她的头：做梦了吧？不想就不想，用不着哭。

她慢慢平静下来，嘴里嘟嘟哝哝，搂着我的胳膊睡了。

今天我们夫妇意见一致，珞妮不去幼儿园了。

和她做梦无关，有关的主要是两件事：

一、第一天我和珞妮妈妈一起去接珞妮回家，主管和珞妮妈妈聊天，她们讲方言（珞妮妈妈说主管讲的是普通话，我实在不能认同普通话是那样的）。我一句半句地联系起来听，她是在给珞妮妈妈讲她们的教学计划。我不想重复，只想说那都是我认为打造机器零件的计划。

二、在监控画面里，我看见老师拿出一面五星红旗，她让孩子们围着那面旗帜，不知道她带着孩子大声说什么。我看见珞妮捂着耳朵，她一点点后退，靠在墙上。另外一个老师示意她加入队伍，她不动。老师过来拉着她加进了队伍。她也不被允许捂耳朵，于是她木雕一样站在队伍中间，显得那样孤单和格格不入……

其他的细节就不说了，我的判断是珞妮用不了在这里待很久，就会失去她已经有的所有灵性甚至快乐。她还小，不可能知道这一切都意味着什么。

我是爹，决定现在该如何做不需要别人来教我。

今天下午，珞妮上楼了。她今天连续上楼来书房好几次了，我都没有太在意。这一次我抬起头看她的时候，我的心使劲儿跳了几下，珞妮是有话想跟我说。

我说：珞妮，是不是想跟爸爸聊天?

是的，爸爸。

好啊，爸爸也想呢。但是，我们聊什么呢?

聊聊大海里的鱼吧。

我说好。

爸爸，你说大海里有红色的鱼吗?

有啊。不仅有红色的，还有黄色的、黑色的……

有绿色的和橙色的吗?

有啊。大海里好像有上千种鱼，只是爸爸记不清了。

爸爸，幼儿园为什么要跳当兵的舞呢?

当兵的舞?那是什么样的舞?

就像打架一样，很粗暴。

你学会了吗?

我不想跳，我不喜欢，太粗暴了，很吓人。

你是怎么做的?

我离开了，站到一边去。

老师同意吗?

老师要我跳，我不跳。老师就说那你就站在一边看看吧。

我把珞妮拉到身边，我摸着她的头：你没错，那种舞你可以不跳。

爸爸，我还是喜欢舞蹈班的那种舞，很优雅。我都快要忘记了。

我们明天就去舞蹈班跳舞，然后妈妈还要给你报画画班和唱歌班。

好的，爸爸，谢谢爸爸。

你会想念幼儿园的小朋友吗？

不想，我们还不是朋友。

大半天的纠结和不安瞬间消失了，它是我无比欣慰的瞬间。

陪 挠

2016-05-10

前天晚上给珞妮洗澡时发现她双肩的皮肤像是起了鸡皮疙瘩，按照以往的经验是身体冷了。我有些困惑：这天气很热啊。我连忙冲热水，但还是没有改善。她开始不停地挠，我觉得不对劲，就给珞妮妈妈打电话。她上来后看了一眼说是受寒了，喝碗姜糖水就没事了。我稍安心，以最快速度给珞妮冲洗完毕就抱她回卧室。喝完姜糖水，珞妮说爸爸我的手上也有水疱，痒。我看了半天也没发现有水疱，认为她是在撒娇。我说快睡吧，睡了就不痒了。凌晨的时候珞妮又叫爸爸，我的手很痒。我看了半天还是什么也没发现，我说爸爸帮你揉，快睡吧。

昨天早晨起床后珞妮说爸爸，我发现手指这里有水疱。我看了看没看出来，但认为她这样坚持说一定是真的出了什么问题。我说：珞妮，问问妈妈，爸爸眼睛看不清。

珞妮妈妈看了看，说：是水痘，那个幼儿园里一定有孩子在出水痘，珞妮被传染了。

我说呃！珞妮太倒霉了。你给他们打个电话吧，他们一定还不知道，弄不好还会传染更多的孩子。珞妮妈妈说人家会很反感的，你家孩子总共才来了两天就传染了水痘？一定会认为我们是找麻烦。

我说只是提醒一下，珞妮的水痘他们想管我们都信不着，我们自己治疗才放心。

她说好吧，打完电话珞妮妈妈说：你看看，人家已经不高兴了，冷冷地说了：我们幼儿园没有出现这种情况。

我说心到佛知，我们知道了不提醒，心里过不去。他们那样回答是担心你找事儿，但估计至少会注意一下的。

接下来的一整天，珞妮的脸上、背上、手上都起了密密麻麻的小水痘。昨天晚上，脸上手上的水痘已经消下去，但肚子大腿又开始出现密密麻麻的小水痘。我告诉珞妮妈妈这种新情况，她说别担心，一直在服药呢。今天白天出过水痘的地方已经开始消退，要陆续全部散发出来才行。

小彤把汤药端上来，珞妮坐在床上，双手捧着小碗，慢慢地喝了。

我使劲挠了几下胳膊，说：珞妮，不要挠啊。挠破了就会留下疤瘌，你会变成个丑八怪的。

她就忍着不挠。

我说珞妮，睡着了就不知道痒了。

她真就很快睡着了。

珞妮妈妈上楼之后我问会不会留疤痕啊？她说不会的。我说你确定你可以治好？你可没治过水痘。她说没问题，这是体内的寒气，每个人都有。不出水痘也是通过其他病散出来，发不出来的，就会转化成其他的疾病，那才可怕。

我说我在群里也是这样说的，是我自己想了一天想出来的医理。

对了，从昨天开始，珞妮每次挠，她挠哪我哪就跟着痒，痒得我把胳膊都挠破了。

睡不着的时候我想起2010年春天，为了调整体内激素的平衡，中国医科大学的赵教授建议珞妮妈妈怀孕。珞妮妈妈怀孕了，那个胎儿就是珞妮。珞妮妈妈怀珞妮的时候吐得厉害，吃什么吐什么。后来我也好像是怀孕了，她一吐，我也马上吐。当然了，不是马上就吐，是她吐完我再吐。

赵教授给我解释过这种情况，还有个名词，我忘记了。

我命名为陪孕陪吐，同呼吸共命运，相濡以吐。

现在，妈妈没事了，爸爸又开始给女儿陪痒陪挠了。

这就是命啊。

大蜈蚣

2016-05-15

昨晚我在卫生间放热水，听见珞妮在卧室里大声说什么。我说珞妮！快点脱衣服！水已经热了！等了有一分钟她才光着屁股跑进来：爸爸，有一个大蜈蚣！我说哪来的蜈蚣？快洗澡！

她拉着我的手进了起居室，顺着她手指的方向，果然有一条什么东西沿着墙根一弯一屈地游动。

爸爸你看，好大的蜈蚣！我都吓傻了。

我根本看不清到底是不是蜈蚣，珞妮说是那就是了。我找到一节塑料水管，对着它就打，还担心打烂了珞妮妈妈制药会失效。那东西有十几厘米长，它不停地跳起来。我不停地用管头敲，它终于不动了。

我说珞妮快给妈妈打电话，告诉她有一条大蜈蚣，太可怕了！

珞妮拿起我的手机翻找：珞妮妈妈。就是这个了。她打电话：妈妈！我看见了一个大蜈蚣！太吓人了！我都不会说话了。

我在一边大声说：你快上来看看！

珞妮妈妈上楼来看了一眼：哇！这么大的蜈蚣太少见了，真是宝啊。

我说我可不关心宝不宝的，我关心屋子里怎么会有这东西呢？被它咬一下子可受不了。

珞妮妈妈说我已经让人在山庄四周撒了雄黄，蜈蚣什么的不会来了。然后嘲笑我们：看把你们吓得，蜈蚣脑袋都被你给打没了，还躲那么远干吗？

她说还好还好，居然是完整的，我以为会被你打烂了。我下楼把它冻上，明天就用。其实我看得出来珞妮妈妈也不敢去拿，她找了铲子把蜈蚣拨进铲子里。

珞妮追到楼梯口：妈妈，你要告诉姐姐们，蜈蚣是我发现的！

之后的一段时间里珞妮始终很兴奋，后来是我说必须睡了。

好吧。爸爸你要记着明天早晨起床后继续说蝴蝶的触角。

我说好。

早晨我起床后到书房，后来听见珞妮在喊爸爸。我回到卧室，她正坐在床上朝门口张望。

爸爸，蜜蜂也有触角吗？

有。

蜻蜓也有触角吗？

蜻蜓好像没有吧？

蜻蜓也有。

噢，那就是有了。

它们为什么会长触角？

好像是一种仪器吧，就像雷达或者什么探测器的天线。它们的眼睛都不太好，外边的世界有什么动静啊气息啊，都通过触角传给它们的脑子。它们就决定是逃跑还是攻击，是吃还是喝。

那蚊子呢？

蚊子有一个针尖似的嘴巴，用来刺破皮肤吸血。

白蝴蝶呢？它怎么躲开小鸟呢？

它落在白色的花丛中，鸟就发现不了它。

红蝴蝶就躲在红花里，小鸟也发现不了它是吗?

是的，发现不了。

彩色的蝴蝶就躲在很多种颜色的花丛里，混合在一起，小鸟就找不到它了。

是的，是的，是这么回事。爸爸可以去书房了吗?

好的，爸爸你去书房吧。我也要跟妈妈下楼了，妈妈说今天会有好多病人来，我要去给他们看病了。

果然来了好多人，一楼的工作间几乎满了。

珞妮带着一个患者的小孩抱着四个鞋盒子上楼：爸爸，这是妈妈给你买的鞋，刚刚寄到的。

2016年9月

2016年9月

2016年10月

2016年11月

第二次去幼儿园的第一天

2016-09-02

接珞妮回家时我告诉她明天进山摘石榴：你想去吗？

她说她不进山了：我还是去幼儿园。

晚上睡觉前她说：爸爸，这是我第二次上幼儿园了。

我说是，第一次是另一家幼儿园。

她突然说：爸爸，我不想去幼儿园了。

我问不喜欢？

她说是。

我问有原因吗？

她没吭声。

我说不着急，你想清楚因为什么再告诉爸爸。

她说了两件事。

我确认了一下，的确就两件事。我认为珞妮说的的确是问题，但又觉得这些问题谁都会遇到。

我说你说的事情爸爸也不太好解释，很多事情爸爸都无法解释。生活就是这样的，不会按照我们的愿望进行。所以呢，你还是要坚持一下再做决定，好不好？

珞妮同意了，然后就睡了。

这一夜珞妮睡得不好，梦中哭了好几次。

我问她做梦了?

她嗯一声。

我摸着她的头,她继续睡。

我没想到对大部分人来说很小的事情会对珞妮造成这么大的内心反应。我一直希望女儿能粗糙一点儿,这样的情感模式抗打击能力强不容易受伤。但我又希望女儿是一个情感细腻丰富的人,这样的人活得高贵。后来我想通了,高贵本身就是以经常性受伤为代价的,不值得为这个虚荣的东西丧失最世俗的轻松和快乐。这一切都还没办法跟珞妮讲,她还听不懂。即便是听得懂字面的意思,也领会不了包含着生活本身的那些体验。如今三四十岁的人尚且如此,何况珞妮还不到6岁。

早晨起床后珞妮没有纠结去山里还是去幼儿园的事,她一声不响地准备自己的行头。

珞妮妈妈跟我说:要么珞妮今天就不去幼儿园了?我知道她昨天晚上也没睡好。

我说还是去,要连续去些日子才能判断她愿意还是不愿意。

我没说的是:外部的问题我们不能掌控,但在这个时间里她有可能解决属于自己的问题。既然她去了幼儿园,就不能奢望去改变他人来适应珞妮。没有谁可以证明自己的方式是最好的,我们要么改变自己,要么就离开。对珞妮来说,需要改变的就改变,不需要改变的就坚持。我们要坚持自己认定的方式,就只能选择离开。

有一点是可以肯定的,离开家到一个陌生的群体中,什么知识都可以学不到,但可以看到另外的自己和同类。这不需要教,只需要她自己去感受。

我站在大门口准备关大门，珞妮站在车里：爸爸，你一会儿来接我吗?

我说不是一会儿，是傍晚。

她说就是我放学的时候。

我说是的。

她对我招手：爸爸，你过来。

我走过去。

她抱着我的头在我的脸上亲了一下。

她妈妈说：哎呀哎呀，这也太腻了！

我知道，这一次，珞妮不是撒娇起腻。

突如其来的迷惘

2016-09-04

昨天我有些受寒，不打算进山了。早晨起床后我问珞妮想不想跟爸爸待在家里？我正在琢磨找个能引起她兴趣的事情把她留下来，珞妮说：好呀。

我很意外：你不想进山吗？

她说：我一点儿都不想进山。

我问为什么？

她说没有为什么。

我没再问。我突然意识到出了什么差错，但一下子想不清楚哪里出了差错。想不清楚的事情我习惯于不要急着说，想清楚之后再说，来得及。

这时候她妈妈有些气急败坏，看得出她强压着对我的不满：她进山是要干活的，你去了她可以不干活，可以到处玩。

珞妮同意：是的。

我示意珞妮妈妈不要说了。我不想当着珞妮的面争论，珞妮可能会不知所措。

接近中午，她们又进山了。我看到珞妮并不愿意，嘟着嘴，但没有反抗。我知道早晨的事刺激了珞妮妈妈，她无论如何也要带她进山的。这个人考虑问题直线，强行留下珞妮她只会更恼怒更坚持。其实我是想依从珞妮的意愿让她留在家里，我会安排她把短裤和袜子洗好，从另一个途径减少她对劳动的反感。这叫曲线救国。在这个过程中我们就有充分的回旋余地，慢慢想清楚怎么做最好。

她跟我说再见，爸爸。

我说再见。

我本想跟珞妮妈妈说几句话，她说你发我QQ吧。

回到书房我还是不知道该对珞妮妈妈说什么，就没写什么QQ。

珞妮妈妈想把珞妮培养成一个吃苦耐劳的人，她认为不能把珞妮养成一个窝囊废啃老族。于是日常中珞妮什么活都跟着干，珞妮也没有表现出很抵触。我也一直以为珞妮和其他孩子不太一样，从小就受磨砺长大自然会很坚强很能干。

但这一切只是部分真相，它们之间未必互为因果。她和所有人一样都不喜欢干活，我说和所有人一样，就意味着我并不认为这是什么可怕的事情。这个世界上没人愿意吃苦受累，谁都喜欢清闲优雅没有任何辛苦地生活。她还会和大部分人一样喜欢都市厌恶乡村，这更不是什么不该有的念头。

现在的问题是，做父母的该怎么做?

我还没想好，真的没想好。它突如其来超出了我的经验，我需要慢慢地想一想。

有一点我想清楚了：强扭的瓜不甜。

如何能做到顺其自然，这需要一些方法。

此刻，我担心的是：珞妮今天会被更严厉地要求干活，这意味着珞妮内心的逆反只会增加。但事已至此，担心是没有用的。

还有，要有这个心理准备：珞妮可能拒绝继承妈妈的中医，也可能对经商务农毫无兴趣甚至反感。

好在日子还长，一切都还是未知数。

每个经历过漫长生命过程的人都会有这个体会：你给她的，未必是她想要的；她放弃的，可能是人生中最好的。一个人开始明白这一切的时候，也已经老了，没有重新选择的可能了。

完美的人生，原本就是不存在的。

我长出了一口气，仿佛不那么纠结了。

第二次上幼儿园的第三天

2016-09-05

珞妮从山里回来已经是晚上9点多了，她直接上楼。我带着她洗澡，然后准备睡觉。

我问她今天进山有什么有趣的事情吗？

有，很大很大的雾！我们就像在雾里飘着一样。

我说这很有趣。

我们还差一点儿就掉下山涧。

车开得太快了？

不是。我们给一辆大车让路，都让到路边了，差一点儿就掉下去了。

好危险！

大车还剐了我们车上的镜子，但镜子没有坏。

好危险！

是的。我们的车和别人的车都开着灯，很美的。

我又问有没有干活？

她说干了，装石榴。

你装大的还是小的？

我装小的。

装小的应该不累。

不累，妈妈允许我玩了。

我说嗯嗯，没遇到什么烦心的事吧？

嗯……没有。

嗯嗯，现在可以睡觉了。

爸爸，我明天还要去幼儿园的吧？

我说是的。

我已经去了两天了，五天就可以不去了吧？

这没问题，你随时可以不去。但这是你自己要去幼儿园的，你要对自己负责任，不能一个决定又一个决定很随意就做又随意就变卦。所以呢，你即便不愿意了，也要坚持一下。

那……10天很久吗？

不很久也很久，这要看你自己的感受了。还是这句话，你可以决定去，当然也还可以决定不去。

这是我自己的事情是吧爸爸？

是的，你不是给爸爸和妈妈上幼儿园。

是的，我是给自己上幼儿园。

是的，爸爸妈妈能做的就是帮助你做决定，但以你自己为主。

那……我睡觉了，明天要起床。

我说好。

今天早晨她妈妈问我，珞妮还没睡醒，今天就不要去了吧？

我说还是要去，这个理由是永恒的。

珞妮妈妈拍拍珞妮：珞妮，你要去幼儿园了。

珞妮翻身继续睡。

珞妮妈妈：你继续睡吧，今天就去不成幼儿园了。

珞妮一骨碌爬起来，穿衣服，洗脸。睡眠时间不够，从眼睛能看得出来。这样也好，她或许能午睡一觉。珞妮没有午睡的习惯，这似乎让幼儿园阿姨很心烦。

我送她们到大门口，已经上车的珞妮突然转过身：爸爸，你不去了吗?

我说好，爸爸也去。我也上了车，计划外的。

我们还是迟到了，路上突然堵车。

下车之前她问：爸爸，妈妈去石榴地了，放学的时候你会来接我吗?

我说会的。

珞妮给爷爷打电话

2016-09-10

每年这一天都给初中班主任通一个电话，不会说教师节快乐之类的屁话。快乐啥呀？没见过几个老师在这一天就快乐的。我们闲聊，主要是互相问问身体情况。

珞妮能说完整的句子之后，这个电话就她来打了。

只要可能，这些年里我们一家都回老家看看他。去年算是最后一次当面说服他们跟我们到云南，我们给他们养老送终。老师愿意，老师的妻子不愿意。鬼知道她怎么想的，反正这个师娘我们所有学生都不喜欢。我读大二放暑假时还鼓动我老师跟她离婚来着，我老师真的要离，行李卷都搬出去了。但后来又搬回去了，再后来就是这一辈子。

其实我让珞妮跟我老师通电话是知道隔辈亲，他把珞妮看成是自己的亲孙女。去年告别的时候珞妮喊：爷爷，再见！老师回了一句再见。

我眼神不好没看见，珞妮妈妈看见了：老师哭了。她说。

我什么也没说，也没回头，拉着珞妮快步往前走。

珞妮妈妈总说我心硬，吵架的时候会加码说我冷酷无情。

我知道我不是，但我从不反驳。内心世界这个东西不是说最亲近的人就能知晓，相反，往往是最亲的人最不知晓。这没什么要遗憾和抱怨的，人生中不如意的事情太多，相比较而言，这已经算不得什么了。

老师今年八十一了，我总是担心哪一天就没机会跟他通电话了。

今天通电话的时候珞妮发现爷爷的声音不对劲，就问爷爷你是不是生病了？

果然是病了，病了些日子了。

珞妮说我妈妈能治病，但她只能给你吃中药的。

爷爷说中药好，中药好。

珞妮说那我妈妈就会把你治好的。

珞妮妈妈要过电话细细询问，我在旁边听着，老师啰啰唆唆也说不太清楚。于是通话结束之后马上找当地人去一趟老师家里拍舌苔的照片，这样就能在我们赶回去之前先吃上药。上帝保佑他挺过这个冬天和春天，就会一切如常。

我的老师无儿女。

2016年9月28日，珞妮随爸爸妈妈一起回到通榆。

珞妮说爷爷，你的脉搏跳得很响的。爷爷问这很好吗？珞妮说很好啊，是你开始有力气啦。你的病好了，就可以像我这样了。说着，她把自己的腿举起来架到门把手上。

爸爸和女儿的一次聊天

2016-10-28

从楼下到楼上进到卧室，珞妮爬上床，跷着二郎腿，一只脚晃呀晃。双手枕在脑后，看着天花板。

我说怎么还不快点脱鞋袜衣服洗澡？

她继续看着天花板：爸爸，还是不去了吧？

我的心突突跳了两下：不去哪里？我知道她说的是哪里，但还是想确认一下。

她说不去幼儿园了。

跟爸爸说说原因，原因说清楚了，去不去爸爸都没意见。这个瞬间我想到了很多可能，但我提醒自己不要急，一点儿一点儿问。

她说我想去海边看看。

我的第一反应是这个想法可能是因为她跟小朋友显摆她看过老虎狮子黑熊大象长颈鹿，显摆完了，作为谈话的中心角色没有了，失落了。这不是问题。

我说要去海边也不太可能说去就去啊。你想哈，爸爸妈妈就因为你一个念头，什么都丢下不管带你去海边，这很不现实。

她嗯嗯了两声：爸爸，我没有亲姐姐吗？

没有。

我只有个亲哥哥。

我说哥哥嘛，也有也没有。

她说亲哥哥就是有血缘的啊。

我说血缘确实说明是亲的，但人之间感情比血缘重要。

我推测一定是有小朋友显摆自己有姐姐了，她羡慕了。这不是问题。

我可以去北京吗？我想去看可艾姐姐。

可艾姐姐要上学的啊。

我可以等她放学回家啊。

这个也很难实现，原因和要去海边是一样的。

我招呼她抓紧时间洗澡，洗完澡脸上擦玫瑰膏。身上那些被小白狗带来的跳蚤叮的十几个疙瘩快好了，继续擦拾捌膏。

我说你在幼儿园不是很高兴的吗？

她说有一件事不高兴，很生气。

我心头紧了一下，是问题的终于会来的。

说说看，是什么事情？

某某某（隐去真名）总是偷翻我的衣橱，还偷吃了我的巧克力。

我松了一口气。这不是问题。

我说这个是让人生气，你没有跟老师说吗？

我跟老师说了。

很好，你做得对。老师说什么了？

老师训他了。

后来呢？他还翻过你的东西吗？

没有了。

我说这就好啦。这是那个孩子的家教不好，但并不是他一定就很坏。你可以告诉他这样做不对，他不听你就跟老师说。

爸爸，还有一件事我很烦。

说说看，爸爸想知道怎么很烦。

某某某总打人。

我假装平平淡淡了半个多小时，心里其实一直在想这个：珞妮是不是被同学打了，所以才不想去幼儿园了。这是最难解决的问题，几乎所有家长都没有最佳方案。

我保持平静：她打你了？

她说是的。

我保持平静：你打她了吗？

我也打她了。

我继续保持平静：老师没有看到吗？

老师没看到。

我继续保持平静：她还打别的小朋友吗？

打！她谁都打。

别的小朋友不打她吗？

有的打有的不打。

她打你打得很疼吗？

不太疼，就是太讨厌了。

我不那么紧张了：珞妮，有一类孩子是不知道怎么样跟人打交道。她本是想和你玩，但她不会好好说。她只会用打你一下、捅你一下、挠你一下的方式引起你的注意。这个方式确实让人反感，你可以告诉她：你想和我玩就说，不要这样。你说了我会和你玩，你这样我就不理你。

我试试吧。

我完全放松下来：你的饼干吃了吗？

还没有吃。

饼干的另一边有个小盒子，里面是奶酪，可以直接吃。

爸爸，我可以跟小朋友分享吗？

这个你自己决定。爸爸的建议是你自己不必因为要别人高兴去分享。

她说好的。爸爸，那个奶酪是咸味的。

我无声地笑了一下，她看不见：我们已经躺在床上，都看着屋顶。

对了，你不是吃不饱吗，今天和老师说了吗？

说了。我说老师可以帮帮忙吗？老师说你说吧，要老师帮你什么？我说那个面团子我没有吃饱。老师就给了我一碗米线。

你做得很好。就是要这样，遇到自己解决不了的事情，跟老师说。还有一件事，午睡盖被子的事情跟老师说了吗？

说了。我说老师我在家里晚上睡觉都不盖被子的，冷了我会自己把被子拉上来。昨天午睡我穿着连裤袜，还盖了被子，出了一身汗。老师说好吧，那就不要盖那么严实了。

老师是担心你们受凉，你不说她永远不知道。你说了，老师就不再要求你盖严了是吧？

是的。

珞妮，你想好了吗？是不是真的不去幼儿园了？

我还是去吧，坚持一下。

爸爸赞成，但是现在必须得睡了。

好吧，爸爸我还是要摸着你睡。

我说好吧。

她把一只手放在我的胳膊上，几分钟之后，睡了。等她睡熟了，我先用手机记下今晚的聊天。

我爬起来，到书房……

幼儿园的第十六天发生了一件事

2016-11-17

珞妮妈妈下午进城直接去幼儿园接珞妮回家。

珞妮从幼儿园回来，妈妈提醒她上楼来跟爸爸打招呼。

我说爸爸抱抱。

她手里拿着一杯可乐，我知道妈妈带她去比麦劳了。她把可乐藏在身后，我假装没注意。

我问珞妮今天有什么有趣的事情吗？她说有。

我说给爸爸讲讲。

××不让×××跟我玩。

哦，为什么呢？

我不知道。

×××呢？她不跟你玩了？

是的，她就不跟我玩了。

你很难过吗？

没有，我可以和别的小朋友玩呀。

嗯嗯，是的是的，有很多小朋友。你很生气吗？

没有，不玩就不玩，还有很多小朋友。

你知道××为什么不让×××跟你玩吗？

不知道，他走到我跟前跟我说：×××不会和你玩了。

你怎么跟他说的？

我说不玩就不玩，我会找别的小朋友玩。

他又说了什么？

他就是看着我，什么也没说。

××是男孩吧？

是的，是个男孩。

×××说了什么吗？

×××说我跟你玩，不要让他看见。

你怎么回答的？

我说你不用跟我玩，我去和别人玩。

嗯，你是对的。对这样的朋友也用不着太介意。即便你长大了，也是如此。

是的，她为什么要这样呢？我不喜欢。

后来呢，和其他小朋友在一起玩了？

是的，我还认识L××，D×，还有一个我不知道她的名字。

你问过她的名字吗？

我问过。我们看图画故事的时候我问她叫什么名字，她说等我看完再告诉你。

后来呢？

后来她没有说，我也没有问。

嗯嗯，你是对的。以后也没必要再问。

我不想问了，爱叫什么叫什么吧。

珞妮，今天爸爸非常高兴。你面对这种突然发生的意外，没有惊慌恐惧也没有发怒，处理得很好。

爸爸，你是说我处理得很好？

何止很好，是非常好！以后你还会遇到很多事情，都用不着惊慌，害怕，生气。你不需要谁一定要喜欢你，你也不需要必须喜欢别人。

是的爸爸，我不喜欢的就会拒绝。他们要我玩老鹰捉小鸡，我不喜欢玩这个。但他们硬拉着我玩，我玩了一小会儿就退出了。

嗯嗯，这样处理比爸爸要你做的还要好。

爸爸，今晚讲《哪吒闹海》吧。

好，今晚读上集，明晚读下集。

好的，爸爸。

成长，没有一劳永逸

2016-11-22

昨天晚上带珞妮上楼的时候，她突然说：爸爸，我不想去了。

我心头一紧：不想去了？不想去哪里？

我明知故问，我不希望她说的是幼儿园，虽然我知道她说的只能是幼儿园。

我不想去幼儿园了。

怎么突然又不想去了呢？

我一点儿都不想去。

等等哈，你一直说要去幼儿园，今天又告诉爸爸说一点儿都不想去了。

是的，我不想去了。

总是有原因的，你跟爸爸说清楚原因，爸爸至少要知道发生了什么。

我的东西总是被偷。

嗯嗯，这个爸爸知道。现在你不带吃的去幼儿园了，还有东西被偷吗？

没有了。但是，我睡不了午觉。

这是个老问题，一直没能解决。其实呢，你闭着眼睛躺一会儿也是休息啊，下午玩起来更精神。

我的脚对着一个小朋友的头，她不停地掐我的脚。

你没有换一个方向躺着吗？

那就对着另一个小朋友的头了。

这的确不是你的错，你可以跟老师说。

我大声喊老师就会吵醒其他小朋友。

这是特殊情况，老师离得远，你不喊老师就解决不了这个问题。你被这件事搞得心烦，就不想去幼儿园了？

也不全是，有小朋友总是大喊大叫说话，吵死了。我要跟别人说话，也得大喊大叫才能听见。

这个问题很难解决是吧？

是的，都那样大喊大叫的，我的耳朵都疼。

还有其他原因让你不想去幼儿园吗？

好像没有了。

我们数一下哈，一共是三个问题对吧？

对，三个。

我们看看哈，因为你不再带吃的到幼儿园，第一个问题其实已经不存在了是吧？

嗯，是的。

第二个问题你可以请老师帮助你。你是担心把其他人吵醒，不敢找老师是吧？

是的。

你自己解决就要跟那个小朋友打架，但你不喜欢打架。

是的。

你不找老师，她就会不停地掐你的脚。你会很难受很恼火，还睡不了午觉。这种情况是很特殊的，除了老师没有人能帮你解决是不是?

是的。

在幼儿园，老师就相当于你在家里的爸爸妈妈，你自己做不了的事情在家里你找爸爸妈妈，在幼儿园就得找老师。凡是遇到你自己无法解决的事情，在幼儿园就只有老师可以做到。老师和爸爸妈妈一样有责任也有义务帮助你，你不用担心被拒绝。

好吧，我试试。

一定要试试。如果老师不帮你解决，你再跟爸爸说。爸爸会赞成你不去幼儿园的，因为幼儿园不能帮助孩子解决问题，去不去都没意思了。

好的。

小朋友们大喊大叫的事情，你解决不了，老师也解决不了，爸爸也解决不了。知道为什么吗?

不知道。

是这样的：每个家庭对自己的孩子都有不同的要求，比如爸爸妈妈一直要求你不要大喊大叫，是为了让你成为一个优雅的小姑娘，长大了就是优雅的大姑娘。

是的，我要做一个优雅的人。

优雅的人就不能吵到别人，让别人心烦就不优雅。

是的，不能大吵大叫的。

不是每个家庭都这样培养自己的孩子，这是因为做爸爸妈妈的就不知道什么是优雅。我们只能管好自己，管不了别人怎么做。

那怎么办呢，好烦人的。

珞妮，爸爸跟你说哈，做个优雅的人是很难的，不光是你自己要按照优雅的样子去做，还要忍受很多你讨厌的人和事。如果你不能忍受，最后就只能自己一个人。

我是可以一个人玩的。

这个爸爸知道。但你很快又会感到没意思，又会想找小朋友；你很快又烦他们，然后又剩下自己一个人。这样反反复复，最后你会发现自己这个不喜欢，那个也不喜欢，一会儿喜欢这个，一会儿又喜欢那个。你就会慢慢变成一个只能自己在家里优雅的姑娘，就像我们笼子里的小仓鼠一样了。

爸爸，我们的小仓鼠都死了。

如果一个人只能待在家里，就跟死了差不多。我猜小仓鼠也是太孤独了才死的（我知道这太牵强，但一下子想不出更好的说法。惭愧），人得和人打交道，总会有你喜欢的小朋友。

我又认识了几个新朋友。

是啊，你会认识越来越多的新朋友。你也会讨厌哪个新朋友，你的朋友也会有人讨厌你的，但这都很正常，因为没有人一点儿毛病都没有，更没有人能做到让所有的人喜欢。

那，我明天还是去吧。

嗯嗯，还有其他原因吗？有小朋友打你没有（其实这才是我最担心的）？

没有，但是有小朋友抢我的毛巾。

这个不能让人放松：后来呢？你的毛巾被抢走了？

我又抢回来了。

我松了一口气：嗯，这不是大事。爸爸刚刚说了，有些小朋友家教不好。你抢回来是对的，抢不回来就跟老师说。记着，遇到自己解决不了的事情，老师会帮助你的。老师不管，你回家来跟爸爸说，我们就不去幼儿园了。

好的，我记住了。

早晨，我说珞妮该去幼儿园了。

她醒来，在床上磨蹭了一会儿。

我说要是不想去就不去了。

她坐起来，什么都没说，开始穿衣服。

我想，一定还有什么问题没有解决。

不着急，慢慢来。

直觉和预感的苦恼

2016-11-25

我一直对自己的直觉或者预感很相信的，但直觉和预感经常没有什么有说服力的理由。这也是我的苦恼所在：在做一件事情之前或者正在做之中，我会说不做或者不能做了但没有什么理由。于是在对方说出一些要做的理由或者坚持要做的时候，我也只能同意。但最后总是我直觉和预感的最坏结果产生了，那时候你再证明自己的正确已经没有了意义。

在这一点上珞妮妈妈是认可的，但这无助于生活的改变。因为每次做的事情会有所不同，她坚持的都会有新的理由。我的不幸是依旧找不到理由，所以只能带着焦虑和担忧祈祷千万别出什么事。

昨天下午我们提前进城办事，我预留了足够的时间可以去幼儿园接珞妮。珞妮妈妈突然说我们再买一辆面包车吧，商务车跑山里已经弄得不成样子了。我认为这个主意不错，商务车底盘低，走山路经常伤车。面包车就不一样了，在山路上甚至不输给城市越野车。

看了一下时间还不到四点，去幼儿园还来得及。我们先去看了五菱，车长车宽都不错，但价格有点欺负人。会泽卖车的都不太讲规矩，能忽悠就忽悠。我说我们再看看长安，他们的微面包一直口碑不错。我们又去长安的专卖店，看好了1.5排量的欧诺。虽然车长车宽差了十几厘米，但也够用。最主要的是价格便宜，穷人买个车一百块钱也要算的。

看了一下时间，四点半了。

我说今天不提车了，我们进城去接珞妮。

珞妮妈妈说反正我们也带着钱的，就直接提了吧，明天进山就不用商务车了。

我说提车要办好多手续，接珞妮就晚了。

她说我跟老师联系一下，请她帮着照看一会儿，我们晚一点儿接珞妮。

我无话可说了，就答应了。但接下来的时间里我心绪不宁，说不出担心什么。后来我回忆起我当时是想起了珞妮去幼儿园的第一个星期五。我们不知道星期五是16点30分接孩子，接到电话我匆匆赶去，差13分钟到17点。我看见珞妮跟着她在舞蹈班时的老师往外走：幼儿园老师把珞妮转交给了那位舞蹈老师。我当时产生的疑问是老师难道是和学生一起下班的吗？十几分钟都不能等？但我没有问，每个单位有每个单位的工作时间，我没有资格说三道四，晚的是我不是老师。

让我坐立不安心绪不宁的直接原因只能是那个星期五。

后来我坚持先进城，手续回来再办。珞妮妈妈同意了，我们往城里赶。一路上我还是心绪不宁，催促快点开车。到达幼儿园附近的步行街我和珞妮妈妈下车去幼儿园，距离幼儿园大门还有20米的时候，我看见珞妮的小表姐带着珞妮已经走出了大门，她们没有看见我们。

我感觉自己的大脑瞬间出现了空白。

后来我听见珞妮妈妈在训斥珞妮的小表姐，那孩子没有什么反应：小姑娘比珞妮大两岁多，主意特别正，你根本不知道她在想什么，经常做出让我想想就后怕的事情。她私下里把珞妮带出学校，我后怕得后脊梁冒寒气。前不久曾经看过一篇报道，10岁的姐姐带着6岁的弟弟背着大人出去玩，姐姐回家了，弟弟没了。我特别不赞成小孩子做错了事就被揍一顿，我认为这样只能让孩子戒备、撒谎、怨怒甚至仇恨。我还想这对珞妮更不利，小孩子的报复心理会转嫁到珞妮身上，可能导致她做出非常可怕的事情来。

看见珞妮和她表姐的时候，是17点13分，幼儿园刚刚放学13分钟，还有家长陆续带着自己的孩子出来。幼儿园有明确的规定，除了孩子的父母，任何人不能接走孩子。如果有特殊情况，必须和老师取得联系，指定某个人并且是在老师能够确认的情况下，才可以接走孩子。

珞妮的小表姐能带走珞妮，这中间到底发生了什么？老师在不在？老师是否看见了珞妮被领走？小表姐是偷着把珞妮带出来的？我已经没兴趣去追查了，现在只是庆幸我们赶到的时候珞妮还在。

晚上，我又跟珞妮妈妈说起这件事，我说我们如果当时不是坚持提车，就不会晚了。珞妮妈妈想解释，我说我没有一点点要责怪你的意思，我只希望以后凡是我说能做和不能做的时候，你不要找出各种理由坚持。你知道每次我都是对的，我只是一时间找不出理由，但你要相信我的阅历和人生经验产生的直觉和预感。我说请你保证按我说的做，不要找说服和反对的理由。

她说行。

我说你要保证。

她说我保证。

我知道这个保证的意义不大，但总比不保证强。起码遇到事情我提起这个保证，她还是会想想的。

感谢上帝，什么不好的事情都没有发生。

还是那句话，任何小概率事件，只要你是一个心态正常的人，都不敢确定它不会发生在自己身上。

跟姐姐们吵架了

2016-11-29

昨夜下雨，早晨雨停了雾上来了。直到此刻，迷雾依旧。对珞妮山庄来说，迷雾天还是杀猪天。又杀了两头猪，屠户忙着剔肉，其他人忙着打包装车。

珞妮眼泪汪汪来到书房，跟我说她很伤心。

慢慢说，为什么会伤心？

小柳姐姐不给我想吃的筋饼，还把饭放在外面的厨房，都凉了。

还有吗？

我不想小梅姐姐住在我们家里，她不听，跟我吵架。

还有吗？

姐姐们全都想跟我吵架，我不想她们住在家里。

还有吗？

她说没有了，我很伤心。说这些话的时候，眼泪顺着脸流下来落到衣襟。

我说小柳姐姐给了你饭吃，是有粥和鸡蛋的，但你不想吃是吗？

她说是的。

这是分歧。

什么是分歧?

就是意见不一样。有分歧也就是意见不一样的时候，要想办法去解决。比如你可以跟妈妈说你想吃筋饼（估计她不敢跟妈妈说，她害怕妈妈训斥她跟姐姐吵架），妈妈就会给你找筋饼或者让姐姐去找。我先给妈妈打个电话，如果还有筋饼，你一会儿下去吃。

她说好。

我给珞妮妈妈打电话，说是还有一块筋饼。

现在不那么伤心了是吧?

还有一点儿。

我们说说姐姐们要跟你吵架的事吧?

好。

姐姐们来珞妮山庄是工作不是旅游，她们吃住在我们家是工作合同里约定好的。如果我们不让她们住在这里，还不给她们吃饭，她们就不能来这里工作。如果不让她们在这里住在这里吃饭，我们就没有办法做淘宝。所以说，她们吃住在我们家是应该的和必需的。

她点点头。

既然这样，不让她们住在家里吃在家里，她们是不是会很不高兴会很伤心?

她说是的。

爸爸知道你不是无缘无故不让她们在家里住的，是因为吵架了才那样说的。

她说是的。

吵架很正常，人和人都会吵架，爸爸和妈妈也会吵架。以后再和姐姐们吵架，不说不让她们住在我们家这样的话了。

她说好。爸爸我们还是去散步吧。

你不想下楼找姐姐们了？

不找，我还是有点伤心。

好，把脸上的眼泪擦干，我们去散步。

爸爸，你带钱了吗？

还要买吃的吗？

不买吃的，买个玩具吧。

于是我们出了门去村子里。

这是一个健康的珞妮

2016-12-02

早晨醒来珞妮要求聊天，我说爸爸也想不起聊啥，你起头吧。

她说有一天我们画画，我先画完了，老师让我检查小朋友的画画得好不好。

我想称赞她几句，但是直觉没批准这些称赞：然后呢？

然后我就看小朋友们的画。

看完之后呢？

看完之后就跟老师说，小朋友画得很好。

我笑了：说得好，你如果说哪个小朋友画得不好，他就会很伤心很难过。

是的。可是，后来我的邻座×××说我画得一点儿都不好。

你怎么回答的？

我说不好看就不好看呗。

我松了一口气：嗯嗯，×××说你哪里画得不好？

她说我画得人太大，灯也难看。

是这样吗？

是的，但我就要那样画的。

你被她这样说不难过吗？

2016年12月

2017年2月

2017年6月

2017年10月

不难过，我画得很好。

嗯嗯，爸爸也一直认为你画得很好。你们画的是什么？

是在舞台上跳舞。

×××画得怎么样？

她的人画得太小了。

灯呢？

灯也一般吧。

你没有说她画得不好吗？

我没有说。爸爸你知道为什么吗？

我不知道，要你来告诉爸爸。

我也不知道为什么。

我猜猜，是不是不想让她难受？

是的，我们画得不一样，但都是自己画的呀。

嗯嗯……爸爸想想……是不是这个意思哈：都是自己画的，每个人就会画得不一样。你是特别注意了人，人就画得大；×××特别注意了舞台，人就特别小。你们注意的东西不一样，就没有谁好和谁不好。是这个意思吗？

差不多就是这个意思的，爸爸。

爸爸得说你这个心态很好，这是因为你已经开始知道你就是珞妮，别人说你好或者不好对你的影响不是很大。还有就是你知道不去伤害别人的自尊，这个同样值得称赞。

爸爸，那我们可以聊天了吗？

我们不是一直在聊吗？

我是想聊聊海底世界，我们什么时候再去海边呢？

爸爸没办法给你准确的日子，一旦有机会我们就去。

我很想看看海苔是怎么长大的。要是能看见海底龙就好了，它们在很久以前称霸世界。我还想看看恐龙，它们很小的时候好像也生活在海里……

好，我们找机会去看。现在跟爸爸去书房，姐姐已经把早餐拿上来了。

人参娃娃

2016-12-03

关于人参娃娃是否说话是否看得见，昨天晚饭后和珞妮聊了半个多小时。我一边很费力地替珞妮妈妈圆谎，一边狠狠地瞪珞妮妈妈一眼。她很得意的样子，一点儿不觉得所谓童话有时候未必是美丽的事情。请神容易送神难，她管请不管送。

珞妮等着看人参娃娃，一直问到底什么时候可以看得见。

我跟珞妮说你的愿望不会很容易实现，人参娃娃只有在人类睡觉的时候才会出来。

我跟珞妮说你还记得妈妈讲的故事吧？因为人参娃娃被人类害过，所以它们不相信人类，不会轻易出来和人见面。

我跟珞妮说不能用狗来比较，狗其实也听不懂人类的语言，你让它坐它坐，你让它走它走，那还不是语言的交流，是多次重复之后的条件反射。人参娃娃也是，你跟它们说什么它也不懂。

是的，你说得没错，是这样的：它们会在夜里跳进另一个陶缸里玩游戏。但人参娃娃听力比猫和狗更灵敏，猫和狗远远就听见人的声音，人参娃娃根据空气颤动就知道你来了，它就会钻回土里变回人参。

我知道你对它们好，但要它们相信人类太难了，一个人造成的破坏要很多人花费很久的时间才会修补好，你必须有耐心恒心。

这个不必担心，其实你看不见它，它却能看得见你，你的所有言行举止它都知道，当有一天你需要它帮助时，它就会变成药材给你，这是它们存在的最后目的。

是的，人参娃娃是不会帮坏人的，所以我们要做好人。

我们可能一辈子也见不到人参娃娃出来，但它就像圣诞老人一样，给你意想不到的礼物。

不是，不是在圣诞节，人参娃娃的节日我们还不知道，可能是在它们认为最合适的任何一天。

珞妮说：昨天姐姐和阿姨都要我用红绳把人参娃娃绑上，我没有绑。

为什么不绑？

因为那是坏人干的，绑上人参娃娃，人参娃娃就跑不了了。

好！你是对的！绑上人参娃娃，它就失去了自由，就没办法在晚上跳到另一个陶缸里和别的人参娃娃玩了。

是的，那样人参娃娃就太难受了。

嗯嗯，你好好照顾它们，可以跟它们聊天。当然了，你要给它们唱歌也很好啊，但不要把自己的嗓子唱哑了。其实最主要的是不能让它们渴到饿到，要随时注意它们生长的情况。

昨晚我做了梦，梦见身前身后全是人参。它们在空中飞，在地上跑……

今天上午，珞妮给人参浇水：爸爸，我发现它们长了。

这么快？

关于择业的一次对话

2016-12-05

爸爸，我很想当一个芭蕾舞演员。

不想当中医了？

想，但我还是想当芭蕾舞演员。

你当芭蕾舞演员大概有些困难。

为什么？

每个人都会遗传父母的一些特点，比如爸爸妈妈的身材体型会遗传给你，你很难有芭蕾舞演员的那种身材体型，跳芭蕾舞就不一定适合。

我的体型不好看吗？

不是不好看，你的体型很好看。但跳芭蕾对体型身高体重有特殊的要求，从爸爸妈妈的体型推测，你可能不符合要求。这不是你的错，也不是爸爸妈妈的错，每个人都只能做出生前就规定的一些事。

我很努力也不行吗？

很难。天生的是什么样子就是什么样子，努力对适合你做的事情有帮助。不适合的，努力不一定有用。比如你对中草药有兴趣，这就是天生的，你妈妈对中草药就有天生的爱好；比如你对画画有兴趣，这也是天生的，爸爸就曾经是很好的画家；比如你说话有别于同龄的孩子，这也是天生的，因为你从小就总跟爸爸说话。这些天生的优势，加上你努力，在这些方面，你就有机会比别人做得更好。

爸爸，其实我只是想用脚尖跳舞，芭蕾舞就是用脚尖跳舞。

这不是问题，我们都可以用脚尖跳舞。

那我可以跳芭蕾舞了?

是的是的，完全可以。

我最好有一双舞鞋。

继续学做芭蕾舞演员吗?

我还是跟妈妈学中医吧，我愿意给人看病。我要是不学，妈妈就教别人了。我要跟妈妈一起建一个医院，给好多好多的病人看病。我不怕扎针，要跟妈妈一起去南宁，学针灸。

当不成芭蕾舞演员，是不是很失望?

是的。

爸爸也很失望，但没办法。我们会经历很多很多失望，没有失望就不是人的生活。尽早忘掉让你失望的事情，去想去做自己适合的，失望就会变成希望和开心了。

但我还是可以用脚尖跳舞的。

是的！完全可以！

爸爸，其实我是想穿白雪公主的裙子跳芭蕾舞，用脚尖跳一定会让裙子飘起来。

爸爸知道了，你并不一定要当芭蕾舞演员，你只是想脚尖跳舞让裙子飘起来。

是的，那会很好看。

是的，会非常好看。

爸爸，当中医一样可以跳芭蕾舞。

是的，做任何事情的人都可以跳芭蕾舞。这叫作个人爱好，有个人爱好，生活会更美好。

爸爸，我爱好很多的。

是的，比爸爸多。

六岁寄语

2016-12-07

2016年12月7日上午11时33分，是珞妮来到这个世界的第六年。

这一天的这个时候珞妮和爸爸妈妈一起陪远道而来的友人吃午饭：羊肉火锅。除了我，大家都在说珞妮的生日，大家对我不给珞妮过生日耿耿于怀。珞妮无疑受了一些影响，情绪很低落。

送别朋友之后，珞妮妈妈就吩咐人去给珞妮买蛋糕。然后我们两个人上楼，这两天睡眠太少，必须睡一觉了。

珞妮上楼把我叫醒：爸爸，我们下楼吃蛋糕吧。

我说不是晚上吃吗？爸爸很累很困，要睡一会儿。

她离开了，再度叫醒我的时候大约16点40分。

爸爸，我们下楼吧，我想吃蛋糕。

我试图叫珞妮妈妈一起下楼，但她的后背疼，不想动窝儿。

我带着珞妮下楼，她说爸爸，我抱着蛋糕，给我拍照吧。

我说好的。

然后她打开盒子：爸爸，白雪公主是不是很好看？

我说是的，爸爸好奇你怎么吃呢？

白雪公主埋在蛋糕里面，我先把裙子吃掉，她就出来了。

好，那就吃裙子。

珞妮给自己戴上皇冠：爸爸，要唱生日歌的。

我就给她唱生日歌，她用英文唱。

后来她取出了白雪公主，很失望：爸爸，他们没给白雪公主穿衣服。

我问那怎么办？她说我会给她做一套裙子。

我回到楼上，坐下来，回想这几天发生的事，脑袋有些混乱。

今天又是大雪节气，没有下雪，很暖和。珞妮，你不知道你出生那天大雪纷飞，那是十几年不遇的大雪节气，也是几十年不遇的冬天。爸爸给你起了这个名字：珞妮。它在彝族语言中是群山中的平地或者森林中的平地，与其说是名字好听，不如说是寄托了爸爸对你的人生理解。我是想让你知道，你是一个极其平凡的生命，就像群山和森林中的一小块平地那样普通；也极其珍贵，就像群山和森林中的一小块平地那样珍贵。前者是对这个世界而言，后者是对你的爸爸妈妈而言。

这个判断也决定了你的成长中既受宠又被严格要求，比如你从小就可以穿戴世界上很知名的品牌服装鞋帽，可以吃很多从国外带回来的食物，这是为了让你不至于被蝇头小利所俘获。但同时你不能想要什么就要什么，更不能以自己为中心、爸爸妈妈是你的奴隶，这是为了让你心态健康。所以你从很小的时候就不会胡搅蛮缠，更不会撒泼打滚。你学着妥协，学着动心思去达到自己的目的；还学着买东西时不会看什么要什么，只是很节制地拿一两样东西就适可而止……

此刻，在你六岁生日的时候，爸爸跟你再说一下爸爸为什么不给你过生日。

过生日从根本上说是对生命的尊重和敬畏，它发自内心的感恩。所以爸爸告诉你过生日的时候要感谢妈妈，并不是因为她给了你生命，而是她给予你生命的过程中所经历的磨难。你的出生不适合欢乐孕育这个定义，这一切都和欢乐无关。爸爸和妈妈在那个阶段只是想努力活下去，和正常人一样努力活下去。在你还没有显示出饱满的生命迹象时，你妈妈已经被折磨得只剩下流产一条路了。

那一天她去了医院，找到妇产科医生雷阿姨。雷阿姨在给你妈妈做B超的时候说：你看看图像。

你妈妈于是在屏幕上看见了你，一只小小的史努比。

你妈妈从病床上下来，回家了。

我觉得她太孤独太可怜了……你妈妈跟我说。

我说那就坚持一下，万一她能正常发育呢，就是一举两得了。

爸爸有必要重说一次：怀孕是医生的建议。你妈妈癌症治愈后激素仍旧不平衡，医生建议怀孕，在胎儿发育过程中激素会自然取得平衡。胎儿生存的时间越长，激素平衡的程度越稳定。但是，但是这个胎儿很难成活。这是因为癌症患者经历放化疗之后即便怀孕，胎儿也可能是畸形或者有残疾，大部分都形成死胎。

好了，你可以清楚爸爸为什么会说万一和一举两得了。

你的出生过程爸爸以前跟你讲过，我们还说过生日。

当绝大部分人给自己的孩子过生日已经和对生命的尊重、敬畏毫无关联时，过生日就成为一种最无聊的形式。在我们的国家，不仅无聊，还极其势利和物质。最可怕的是在过生日的欢乐中孩子们得到的并不是生命的爱，而是溺爱的无度和索取的理所应当。

爸爸妈妈爱你，在日常的每一个日日夜夜都没有减弱，但爸爸妈妈不想你成为一个只知索取不懂付出的人。这些努力在将来可能是无效的甚至是相反的，但我们不会放弃它。

今年你这个生日爸爸没有如愿地看到你面对面感谢你的妈妈，因为朋友们的关爱已经让你产生了一些委屈。于是爸爸决定暂时什么都不说。当这个日子过去，当这个日子远离一些的时候，爸爸再跟你说。就像以往一样，我们信马由缰地聊聊。

你的爸爸就是这样一个人，他一直会按照自己对生命、对爱的理解去带你长大。他或许是错的，但也可能是对的。这是每个人的必然归宿：无法证明对和错，它只能去感受和体验。你的幸运或者不幸也都是因为你有这样一个爸爸，这同样也是宿命：人无法选择由谁来创造自己的生命。

你长大以后，有机会拒绝爸爸给你暗示的人生，有机会重新创造自己的人生。

无论如何，在他的有生之年，你的爸爸最重要的事就是要你知道：

爸爸妈妈对你的爱不需要附加条件，你也是。

珞妮，爸爸现在不能确定，能否像往年那样我们父女一起祝你妈妈生日快乐。

我们试试：祝你的妈妈健康快乐。

珞妮七岁

你总是想做好，
总是想做对，
总是想不出错。
这怎么可能呢？
没有谁可以做到，
爸爸妈妈和所有人都做不到。

珞妮，对不起……

2016-12-15

2016年12月6日上午，我们一家到了昆明。王茜在昆明拍戏，原计划她拍完戏直接到会泽。估计是不愿意自己跑单儿，就说要是在昆明会面然后一起回会泽就好了。珞妮妈妈于是准备带珞妮去昆明，她想让珞妮看看拍摄现场。接下来我们知道黄志忠也在昆明拍戏，不是友情客串，是主演。很多年前我看过《人间正道是沧桑》，最喜欢里面的五个角色：杨立仁、瞿霞、瞿恩、杨立华、林娥。后来，我从网上查找黄志忠和柯蓝出演过的电视剧，结论是：好演员！

不说这些，说在昆明的事儿。

晚上黄志忠做东，导演高群书和几位演员也在座。高群书要埋单，黄志忠说那可不行，柯蓝下命令招待好大哥，可不能含糊。

吃饭期间珞妮挨着黄叔叔，两个人闹得热火朝天，基本上顾不上动筷子。

珞妮扒着黄叔叔的耳朵小声说：黄叔叔，你来珞妮山庄，我给你杀羊吃。

把黄叔叔感动得眼圈都红了。

珞妮还不会虚头巴脑，她说的是真心话。她不喜欢的人，打死也不会邀请人家来珞妮山庄。即便你来了，她也会赶你走。虽然这会让爸爸妈妈和客人双双尴尬，但我几乎从来没有严厉责备过她。我顶多就是说珞妮不能这样对待客人，客人会很伤心。比如你到了叔叔（阿姨）家里，人家要是这样赶你走，你是不是会很伤心？这种时候珞妮不会胡搅蛮缠，她会认同我的说法。认同是一回事，改变她的态度又是一回事。到了这个时候，我就不会勉强。我甚至会直接跟客人说：你需要在自己身上找找原因，珞妮所受的教育不会是为了礼貌而礼貌。其实我想说的是孩子是靠直觉和人打交道的，你是不是对她真心好，她能感受得到。你只要对她一分好，她肯定回报你两分。

记忆中珞妮山庄曾经来过一个客人，很漂亮的一个女人。珞妮对她始终凶巴巴的，怎么劝说都没用。我注意观察，发现女客人和珞妮亲热时没有任何诚意，说好话听着都假惺惺的。她始终是在心不在焉地应付，我猜是担心珞妮的爸爸妈妈不高兴不得不应付。后来我就跟她说：你不需要对珞妮好，她如果纠缠你你可以直接告诉她你不喜欢。但一定不要应付，小孩子感受得到，所以就会拒绝你。我说珞妮貌似集万般宠爱于一身，但她并不享受特权。马武村里任何一家的孩子都比她受娇宠，都可以胡搅蛮缠满地打滚。

珞妮是真心喜欢黄叔叔，因为黄叔叔像孩子一样跟她玩。

后来，后来发生了一件事，一件珞妮的爸爸妈妈都深感难堪的事。

珞妮又跟黄志忠说悄悄话：黄叔叔，我明天就过生日了。

黄志忠愣了一两秒钟，他说叔叔给你变个魔术。他迅速站起来离开座位，走到窗前朝外虚抓了一把，然后回到珞妮身边。当他松开紧握的拳头时，掌心是一条玉石手链。

他说：这是叔叔送给珞妮的生日礼物。

珞妮惊讶极了，她真的认为黄叔叔会变魔术。

这时候妈妈说：珞妮，不能跟叔叔要礼物，这样不好。

珞妮说我是想让黄叔叔去珞妮山庄吃蛋糕。

然后她跟黄叔叔说：我不要你的这个东西。

这次黄叔叔有点尴尬了。

珞妮妈妈连忙说叔叔是为了祝福你，才给你的礼物，你可以要。

珞妮接过来，谢了黄叔叔。

之后，珞妮的情绪似乎低落下去了。

之后，王茜给大家品尝珞妮山庄的丑苹果。

我说王茜你看你像个推销商似的，弄得我像是来这里卖苹果一样。我知道我们的丑苹果属于独一份，珞妮妈妈给王茜带过来一箱，也是显摆显摆。我不知道她带了苹果，知道是不会同意的。

晚上10点钟我们离开昆明，到珞妮山庄已经凌晨一点多了。在客厅里跟王茜又说了一会儿话，凌晨三点大家才睡。

第二天下午王茜急急忙忙赶飞机回北京，送别她之后我带珞妮上楼。

我认为有必要跟珞妮谈谈，我总觉得要礼物这件事有点蹊跷。她从小就被告诉不能跟别人要礼物，不论是吃的还是玩的，都不可以。她也一直是这样做的，这似乎有悖她已经形成的习惯。

我说珞妮，黄叔叔给你的手链呢？

在楼下呢，妈妈的桌子上。

为什么没有戴？不喜欢吗？

珞妮的眼神暗淡下去，没有说话也没有点头或摇头。

跟爸爸说说，昨晚跟黄叔叔要礼物的事。

爸爸，我没有要礼物，我是想要黄叔叔来我们家吃我的生日蛋糕。

但是，你还是得到了黄叔叔的礼物啊。

爸爸，我还没有说完，黄叔叔就走了，然后他回来就变魔术，变出来一条手链。

珞妮的眼泪在眼眶里晃动。

爸爸明白了，你的确没有想跟叔叔要礼物，你还没来得及说下面的话。

是的，爸爸。珞妮的眼泪掉下来：妈妈也不听我说。

爸爸明白了。是妈妈和爸爸错怪你了。你可以戴那条手链。

爸爸，还是你替我收起来吧，我不想戴了。

好，爸爸替你收着。

我蹲下，把她的眼泪擦干。

爸爸跟你说哈：当你说要过生日的时候，大人马上想到的是要给你一个礼物。事实是你没想要礼物，只是想黄叔叔跟你一起吃蛋糕。

珞妮点点头，她说不出话。

这就是大人和孩子的不同，我们这些大人习惯了生日和礼物不可分离，却不知道你过生日最关心的只是吃蛋糕。

是的，爸爸，我就是想吃蛋糕。

所以说是爸爸妈妈误会了你，让你伤心了。

她点点头：是的，爸爸。

我们再说黄叔叔，他不知道你过生日，一下子就不知道该怎么办了。所以他说变魔术，把自己正戴着的手链偷偷摘下来给了你。

是的爸爸，黄叔叔说变魔术，就变出了手链。

黄叔叔是真心的，你可以接受。

妈妈说了，我就不想要了。

后来妈妈不是同意你要了吗？

可是，我真没想要啊。

爸爸替你说哈，你是想说妈妈虽然同意你要了，但妈妈还是认为你是跟黄叔叔要的，还是在误会你。是吗？

是的，爸爸。

好了，现在一切都清楚了。爸爸也替妈妈跟你说你被误会了，你是好姑娘。

珞妮的神情平静下来，说：爸爸，黄叔叔给我的手链上有一个蝴蝶结。

那个不是蝴蝶结，是中国结。

什么是中国结？

这个爸爸还真说不清楚，大概就是只有中国才有的一种绳结。

什么是绳结？

就是用各种绳子编织成各种形状，蝴蝶结和中国结就是其中的两种。

爸爸，你就把它放在我的盒子里吧。

好，我会替你保管起来，这是你的纪念品。

爸爸，我说给黄叔叔杀羊吃，是真的。

爸爸知道，我们一定会杀羊给黄叔叔吃。

还有柯蓝阿姨呢？她也吃羊吗？

嗯……大概也吃吧？

柯蓝阿姨一定最喜欢吃饼干和巧克力。

呃，这个爸爸不知道。

她给我寄来的都是饼干和巧克力。

我笑起来，她也笑起来。

我摸摸她的头，心说：闺女，对不起……

我什么都没说……

这个创举必须分享

2016-12-20

珞妮睡了。

她讲完《白雪公主》的故事之后就睡了。在此之前她还讲了《拇指姑娘》，她一边洗澡一边讲，我要时不时提醒她闭上眼睛屏住呼吸。这时候她就闭嘴，等着我往她的脸上冲水。喷头刚拿开，她就继续讲。

我认为珞妮给爸爸讲故事有两个目的：尽可能晚点儿睡；去幼儿园给小朋友讲，给爸爸讲是预演。

以往，我会阻止她讲，要求她立刻睡觉。珞妮从不会反对，但答应归答应，要睡着最快也要40多分钟甚至一小多小时。这个过程我们比的是耐心韧性，看谁熬到最后。当然我赢的次数占90%，输的那10%是我先睡了。

今天是珞妮先睡了，但不是熬睡的。

我努力忍着不去打断她讲故事。我是突然想到的这个：即便晚睡了也要听她讲完，这或许对她能把一件事有始有终做完有好处。于是我认真听，偶尔评价一两句。

“白雪公主从此以后……就……和王子幸福地生活在了一起。爸爸……我讲完了……”

好！这个故事好听。现在可以睡觉了。

好的……爸爸。

不到3分钟，她就睡着了。其实从她的嗓音我已经听出她困了，她讲到后来会经常停顿两秒钟，但还是坚持讲下去。我担心她坚持不到讲完，所以她讲完的时候我松了一口气：好！有头有尾的一件事！

听她呼吸均匀了，我看了一下时间：21点10分。从躺到被窝里到睡着，总共是33分钟。也就是说，比往常少熬了十几分钟到半小时。

我躺在床上，听着她睡眠中的呼吸，不由自主地笑起来。当然是无声的。无声的小笑谁都能做到，但无声的大笑未必谁都能。告诉你我能，我笑得身体直哆嗦，胸腔一顿一顿都疼了——我容易吗我？

都是爸爸给女儿讲故事，现在是女儿给爸爸讲故事。伟大创举在于：女儿讲故事居然有给她自己催眠的效用！

我做梦也没想到过这个！

胖瘦都是我

2016-12-29

洗澡的时候是珞妮话最多的时候。

爸爸，我明天要去幼儿园了。

是你想去的还是妈妈要你去的。

是妈妈。我觉得去不去都行。

你好些日子没去了，小朋友可能都不记得你了。

她说××说我很胖。我没有说话，胖就胖呗，胖也是我瘦也是我。

嗯，是的。

其实我是婴儿肥。

是的，你只是脸上肉多。我说的是实话，珞妮不胖，脸上肉多。

她还背着我妈妈跟我说你妈妈很胖。我也没有说话，我妈妈胖也是我妈妈。

你很生气吗？

没有，没有什么好生气的，就是讨厌她叨叨叨的。我一句话都不想说。

你是因为这个不想去幼儿园吗？

不是，你想啊爸爸，我们的孔雀，我是说我们的孔雀……

我笑了：孔雀怎么啦？

她也笑了：爸爸，我是想跟孔雀在一起玩。

我觉得孔雀很臭的。

还可以吧，狗比它们还要臭的。

也是哈。但妈妈既然说了要你去幼儿园，我觉得你还是去。

行吧，去看看。我放假太久了是吧爸爸？

是的，你明天去幼儿园也就是两天，然后又放新年假了。

×××，就是那个不跟我玩的，现在总是装成小狗来找我玩。

是那个被男孩阻止跟你玩的女孩吗？

是她。她装成小狗来找我，我不愿意理她。那个男孩也想找我玩，我更不愿意理他。

这个问题你自己处理吧，爸爸没什么建议。

早晨5点多，迷糊中听见珞妮叽叽歪歪的声音。

要去卫生间吗？

是的，我想大便。

她从来不会在这个时间大便的，我坐起来。我说爸爸用手机给你照亮，你自己去。

她穿上我的鞋子踢踢踏踏进了卫生间。

不太放心，我也下了床。她完事回卧室，我看了看便池里边的东西，知道她着凉了。我还判断这个白天她还会连续几次大便，去幼儿园不合适了。

果然，10点钟之前她拉了四次。

不过没什么好担心的，服几次汤药就会好的。

情感浓于水，关怀牵挂浓于血

2017-01-10

因为有客人在，珞妮不想按时睡觉。但她知道按时睡觉是不能更改的，于是找借口要妈妈给她洗澡陪她睡觉。我背着她上楼，她还继续叨念要妈妈陪她睡觉的事儿。

我告诉她妈妈眼睛进了毒酒现在什么都看不见，你不能只顾自己不为妈妈着想。

她问什么叫着想。我说比如爸爸妈妈饿了，马上会想到珞妮是不是饿了；吃饭的时候会想珞妮是不是吃饱了；渴了，马上就会想珞妮是不是渴了；上街时，会想珞妮会不会丢了、会不会被人抢走。这就是着想，就是无论做什么事情马上会想到你。她说我想到了爸爸。

我说你作为我们的女儿，同样要像爸爸妈妈为你着想一样为爸爸妈妈着想。这是亲人之间的相互爱护和关心，是责任更是感情。

她说爸爸，等我长大了要给爸爸妈妈做饭洗衣烧水喝。

我说是的。

我还要给爸爸妈妈买衣服穿，冬天的时候买厚衣服。

我说是的。

我要给爸爸妈妈买皮草，但是我不会买活的动物做皮草。人们把羚羊打死了，我不会买羚羊的皮给爸爸妈妈做皮衣，我只会买已经死了的动物皮给爸爸妈妈做皮草。

我说是的。

我还要给爸爸妈妈穿衣服穿鞋梳头洗脸……她在卫生间一边洗澡一边四处看，我知道她想找到什么物品让她能想起可以做的事情。她看见了毛巾：我要给爸爸妈妈擦脸。

我说是的。

我还要给爸爸妈妈洗澡，洗屁股。

我说这个……是的。

上床躺下，珞妮说：爸爸，我想请你做一件事。

我说好，你说。

我很快就会睡着了，我睡着之后妈妈上楼来，她看不见，爸爸替我扶着妈妈。

我说好。

谢谢爸爸，我可能马上就睡了。

我说好，你睡吧。

几分钟之后，她睡了。

我躺在她的身边，回想刚才的事。我知道我希望珞妮领会的都不是现代教育家们所同意的，这些人一直在告诉我们这些父母：孩子不是私产，封建那一套扼杀人性，不要用血缘和亲情绑架他们。我只是一个情感正常的父亲，我不指望自己的孩子能三纲五常除了父母谁都不爱，我只是不愿意自己的孩子长大之后成为一个狼崽子。这样的例子看到和听到得太多，每每想起来就让人发冷。珞妮当然会有自己的家庭和自己的孩子，但她还应该知道自己还有父母。我不指望她能像她的爸爸妈妈一样去时时刻刻想着她，只希望她做了父母之后知道父母和孩子之间是怎样一种关系。不是血浓于水，而是情感浓于水，关怀牵挂浓于血……

这时候，沉默是金

2017-3-15

昨晚庄主做火疗，完事的时候已经22点多了。珞妮不敢一个人在楼上睡觉，当然也就睡得晚了。早晨7点整，我进卧室开灯：起床啦！

珞妮爬起来，她发了一会儿呆，嘟着嘴，脸色阴沉。

我说珞妮你得把脸上的肉放松点儿，现在这样子很丑啊。

她翻了两下眼珠，开始穿衣服。很快神情真的放松下来，开始刷牙洗脸。

出得门来，我说珞妮，精神点儿！

她跳了两下，指着一株玉兰树：爸爸，你看，这棵玉兰也开花了，真香啊。

到了幼儿园，我注意到其他小朋友都拿着书，珞妮手里什么都没有。

珞妮妈妈说珞妮有点不自在，明天要给她带几本书。

我说你没想过她为什么不带书？以前她经常会张罗着带书的。

她说也是啊。

我说她带来的书一两天就不见了，我认为她是担心还会丢，所以就不带了。还有吃的，她以前总是想着带的，也是说没就没了。

珞妮妈妈说这也真让人闹心，小孩子就开始干这事儿了。

我说可能是孩子拿了别人的东西回家，家长压根就不知道那东西不是他们自家的；还有一种可能，就是知道了但不觉得是什么大事；第三种可能就是大人问起来，孩子说谎了；当然也存在第四种可能，家长也批评了孩子但不想让孩子拿回幼儿园，怕担上坏名声；最后一种可能微乎其微但未必不存在，那就是孩子不仅没被批评反而得到了窃喜式的默许。

珞妮妈妈说那就不带吧。

我说勉强她带，就等于说丢了就丢了；不让她带，就等于说小朋友里面有小偷。我们无论怎么做，都可能对珞妮产生不好的暗示。这个时候沉默是金，她如何判断如何做我们都不纠正不干涉。由她自己去做选择，想带就带、不想带就不带。你看她现在，宁可忍受别人都有她没有的尴尬也不带，说明已经有了自己的判断和选择。自己学会两害相较取其轻，不是什么坏事。

今天的照片昨天的事

2017-03-16

我们今天要早一点儿睡。

其实我不困。

我知道，但昨天睡得晚，今天早晨起床时你很难受是不是?

有一点点难受。

中午在幼儿园睡着了吗?

睡着了。爸爸，盖我们自己带去的被子很暖和。

我记得你盖不住被子的。

但我没有踢被子。

不热吗?

有一点儿。我身上没出汗，头上出汗了。

那就还是热了，你可以踢被子。你可以跟老师说你在家里就踢被子，那是因为你很热。

好的。

没有什么要跟爸爸说的了吧?

有。王××的皮球找不到了，我和张××帮他找，没有找到。我跟他们说我们明天继续帮他找，他同意了。

嗯嗯，还有别的开心事吗?

有。我们脱下鞋子挠脚心，就笑得停不住。

挠脚心。嗯，这个在很久很久以前是一种刑罚，很残酷的刑罚。

为什么是刑罚？

挠脚心会笑，一直挠就会一直笑，最后人就虚脱了，笑死了。

笑也会死人吗？

会，什么事情一旦超过了人能够承受的极限，都会死人。

我知道了爸爸。

爸爸想知道你回家后为什么哭了？和幼儿园有关吗？

是×××（她的表姐）往我们家的车座上画粉笔，我不让她画，她不听，画上去的粉笔已经擦不掉了。她太过分了！

是太过分了，这种行为很坏。

我很生气，以前我们吵架，我踢她家的车，她不让，我就不踢了。但是她画我们家的车，我不让，她却还要画。这太过分了！

是的，但是你也没必要哭。她既然不听你的，就是故意的。最好的方式是不去理睬她。

可是，爸爸，我不理睬也没用的，她每天都到我们家里来啊。

是的，这事不太好办。这样吧，爸爸会跟她妈妈说一下，自己的孩子自己来管（其实我知道说也没用，她妈妈不是不管，但那孩子当着大人一样，离开大人又一样。用粉笔画车座的事情就是有意为之，天知道这孩子为什么会对外界充满怨恨。她爸爸妈妈一直在山庄工作，她的爷爷奶奶外公外婆拒绝带她。她不能回家，也只能每天放学后待在山庄。犯了错误就挨揍，揍成了一个阳奉阴违、行事乖张的孩子。我劝解过大人不要遇事就打，后来不打了，但一些心态已经形成了。这孩子和珞妮之间的交往成了我唯一无法最终解决的问题，除非把她爸妈辞退。但这个决定做不出，毕竟在山庄工作是他们最主要的经济来源）。

爸爸，她为什么要这样做呢？太过分了！

不要理她就行了，我们改变不了别人，她毕竟不是爸爸妈妈的孩子。

我不喜欢这样的姐姐。

那就不喜欢，也应该不喜欢。她比你大，知道你阻止不了她，就故意继续画。这种行为叫作恃强凌弱，珞妮永远不要学这个。

什么叫恃强凌弱？

就是依仗着自己强大，欺负弱小的行为。

我不会这样的，爸爸。

好，爸爸知道你不会。现在该睡了吧？

我还有些有趣的事情要讲的。

今天不行了，有点晚了。

那就明天再讲。

明天讲。

爸爸晚安。

珞妮晚安。

2019年6月

2019年6月

2019年6月

2019年6月

猝不及防

2017-03-25

彤彤把洗完澡的珞妮背进卧室放到床上，珞妮一边穿睡衣一边说：爸爸，今天在幼儿园有非常有趣的事情。我说讲给爸爸听听。她说等彤彤姐姐离开我再讲。彤彤说好，我下楼了。

彤彤走后我说现在可以讲了吧?

爸爸，今天老师给我调换了座位，我这边一个小男孩（拍拍左边的床面），这边也是一个小男孩（拍拍右边的床面），对面也是一个小男孩。

呃！你被小男孩包围了。

也不是，这边有个小女孩（她指指身后）。

嗯嗯，是半包围，网开一面。

爸爸我告诉你，这边（抬抬左手）的小男孩叫仉××，我到哪他都跟着我，我上厕所他也跟着。

我的心咚咚咚弹跳了几下，但没有打断她。

我穿着背带裤啊，我得靠着墙压紧外套，才能用手扣上扣子。

我有点紧张，但没有打断她。

后来他就帮我拿着外套。

我很想打断她了，我有问题要问她，但我还是忍住了。

我实在靠不住外套了，它已经掉在地上了。后来仉××帮我拿着外套，我扣好了另一条背带的扣子。爸爸，一条已经扣好了，没有露屁股。然后，我们就拉着手去玩了。

小男孩也进厕所了吗?

没有，他怎么可以进女生的厕所呢?他是在外面等着的。

那他怎么帮你拿的外套呢?

我靠不住外套了，就出来了。他帮我拿外套，我扣一条背带上的扣子。

嗯嗯，爸爸明白了。你于是就觉得有趣?

还有呢爸爸，我对面的男孩说仉××你怎么能和一个小女生玩呢?我说为什么不能跟女生玩?别的小朋友也说为什么不能玩?他说你们两个在一起玩就要结婚的。

我心脏又开始咚咚咚，脑袋里轰了一声。

然后呢?

然后我说不是这样的，我们都是孩子，结婚是大人的事。我们只是在一起玩，你也可以玩啊。

他怎么说的?

他说反正男的和女的手拉着手就是会结婚的。

你同意他的话吗?

我不同意，我们只是喜欢在一起玩。仉××有点喜欢我，但不是要结婚的。

你喜欢他吗?

我也有点喜欢他，也有点不喜欢，但可以在一起玩啊。在一起玩难道就一定要结婚吗?仉××和张×也都说根本就不会结婚的，就是孩子们在一起玩。

仉××也和m说不能结婚，你失望吗？

这很搞笑的嘛爸爸，结婚是长大以后的事情啊。

嗯嗯，你是对的，结婚都是大人的事情，结婚也是一件非常难的事情。

是的，还要办户口本结婚证。

这两个证很容易办的，不容易的是两个人在一起生活。我们不说这个，爸爸给你一个建议。

好的爸爸。

幼儿园有很多小朋友，不必只和一个小朋友在一起玩。

我也和别的小朋友玩的。

听爸爸说完哈，爸爸不是说你和××在一起玩不好，这很正常，比较喜欢的就在一起玩的时间多。爸爸是说你对面那个男孩说你和仉××要结婚，是他发现你们太亲近了。你想想，你以前的朋友袁×因为一个男孩不让她跟你玩，她就不跟你玩了。所以你一直不原谅她和那个男孩。

是的，他们找我我也不愿意跟他们玩。

直到现在，你一直拒绝和他们玩是吧？

是的，不愿意。

这是为什么呢？

因为他们是一伙的。

你说得对，一旦你认为他们是一伙的，就不想跟他们玩了。同样的，如果你太多时间和仉××在一起玩，大家就会认为你们是一伙的，也会拒绝和你们玩了。你就会失去认识更多出色的好孩子的机会，也就没办法让自己也变得优秀。

爸爸，我也会和别的人在一起玩。其实我有点喜欢仉××，但也有点不喜欢。

嗯嗯，这就对了。你会发现每个人都有你喜欢的，也有你不喜欢的。在别人的眼里呢，你也一样有他们喜欢的和不喜欢的。你可能是和一个很糟糕的孩子成为朋友，也可能是和一个很好的孩子成为朋友。你只有和更多的孩子们玩，才会知道谁可以成为你的朋友，知道谁是你讨厌的孩子。

我试试吧，爸爸。

好，不要很快就喜欢一个人，也不要很快就讨厌一个人。你能做到这个，就是成长了。爸爸妈妈就可以很放心地由你自己去闯世界了。

我不是很明白，爸爸。

没关系，爸爸告诉你容易明白的，那就是以后可以和仉××一起玩，但更要跟其他的小朋友玩，免得其他人认为你和仉××是一伙的会反感你，不愿意理你。

好吧，爸爸。我还有事情要给你讲的，爸爸。

好，爸爸听着呢。

我是想说前几天的事。

前几天的事？说吧。

就是我好几天没去幼儿园，我在家里玩，然后我就又去了。

嗯嗯，是的，你又去了。

是啊，我又去了。

珞妮。

爸爸。

睡觉！

好吧，但我们必须要有好习惯。

什么好习惯？

我们要说晚安。晚安爸爸。

嗯，晚安珞妮。

被伪道德污损的词汇：分享

2017-04-28

我下楼给珞妮拍照时刚好遇见三个孩子在为什么事情争执，一个男孩，两个女孩中有一个是珞妮。我迅速听明白是怎么回事了：小一点儿的女孩有两片巧克力饼干，她（可能是在妈妈建议下，也可能是自己——我没问，这并不重要）给了珞妮一片，男孩就没有得到。我是禁止珞妮要别人的东西的，不管吃喝还是玩具。但我没有说话，这可能会让小女孩的母亲很尴尬。

我注意到男孩跟在两个女孩身后，他很不满地问为什么不分享？小的女孩没有回应，珞妮说只有两块啊。男孩说那为什么只给女孩？男孩就不可以分享吗？小的女孩的妈妈大概被问得很难堪，一直小声说下一次吧下一次吧。男孩看上去不认同，他从大厅一直跟到门外，嘴里不停地说为什么不分享？难道男孩就不该有吗？

对小孩子之间的争执，我从来是不发表任何意见的，我让他们自己解决，也告诉来客让孩子们自己去解决。但今天看到两个女孩和那个女孩妈妈一副欠了男孩的样子，觉得必须说了。

我轻轻拍了拍男孩的肩膀：你这是从哪里学来的分享？

他看了我一眼没说话。

别人想给你愿意给你，你才可以享受这个分享；不给你，就不能要求别人分享给你。要求别人把自己的东西和你分享，是强盗的逻辑。不能用分享来绑架别人，这是不对的。

男孩没有看我，他一直皱着眉头看两个女孩。

我继续说：更不能用强调男孩女孩来达到目的。珞妮是女孩，你是男孩，她的那块给了你就合理了？哪里学来的这种胡搅蛮缠的逻辑？

男孩没听懂，眨眨眼离开了。

我知道孩子不太容易听懂，我是说给当时在场的孩子的大人们听的。我本想长篇大论来着，但马上想到人家未必愿意听，就走了。

男孩的家长如果看到这段记录，不必跟我解释，更没必要恨我。每个父母都只会用自己认同的价值观去影响孩子，我能心平气和面对这种局面已经自我感动了一下午：我要因为这类事情额外投入精力用我的价值观去引导珞妮，原本这是不需要的。

你这个骗子！

2017-09-03

突然发现已经没有多少时间能和珞妮聊天了，只有临睡前才能说几句，还不敢多说，小家伙一兴奋就不想睡觉了。

今晚（已经过了零点，该是昨晚了）临睡前她说她认识了两个新同学。

好啊，祝贺！她们叫什么名字？

我不知道，也没有问。

你可以先告诉对方你叫什么名字，然后就可以问对方的名字了。

好的。爸爸，我不喜欢参加那个游戏。

什么游戏？

看看谁最强。

你可以参加。

我不喜欢。

爸爸知道你不喜欢，你担心自己不是最强的。没关系，你输了赢了都是珞妮，一点儿都不影响你是个什么样的人。最强最弱和这个游戏一点儿关系都没有，那就是玩。

这游戏真没意思。

爸爸同意，但现在你上学了。

上学了就要参加不喜欢的吗?

也不是，会有你喜欢的。参加不喜欢的是学校对学生的一种要求，你可以心里想一点儿自己喜欢的事。

这太难了，爸爸。

是有点难，人经常做很难做的事。你一天一天长大，就会发现人的一生经常是这样的。

爸爸，那不是很难过吗?

是啊，很难过。但是你想啊，人还有自己喜欢的人和事呢。比如说你吧，你有妈妈爸爸，很快还会有新朋友，想想这些，你就不会因为不喜欢那个游戏觉得太难过了。

嗯嗯嗯……似乎好一点儿了。

睡觉吧，要么明早你会起不来的。一旦赖床，会被吼，甚至可能会挨几巴掌，那可比玩游戏难过多了。

珞妮睡了。

我睡不着。

听着她均匀的呼吸声，我骂了自己一句:

你这个骗子!

生活什么时候就变了？

2017-10-19

自从珞妮开始上学，我感觉到父女之间的温暖和互信破损了。

是这样开始的：

最初几天是珞妮妈妈监督珞妮完成家庭作业。

有几次我看见她大声吼叫还打珞妮，更可怕的是有一天我看见她还气汹汹折了一根树条子。我是在监控中看到这一幕的，我从楼上飞跑下去。我顾不得夫妇默契态度一致的信条了，我尽量若无其事地拉着珞妮上楼。我很生气，生珞妮妈妈的气。然后我开始辅导，十几分钟后我感觉自己血压陡然飙升，气儿都喘不上来了。然后我拿起一个作业本子卷成筒，敲她的头一下。她很抗拒也很害怕，过一会儿我气得又敲了两下。珞妮的眼泪下来了，我突然想起我是从来不打孩子的，从来不打！

我平静下来，虽然我的手还在抖。我摸摸她的头，哑着嗓子继续带着她念那该死的拼音。后来，后来，我飞一般下楼，我在办公室转着圈，我跟珞妮妈妈说：还是你来吧，我估计我快不行了。

她妈妈又把珞妮领走了，这一次没听见她吼叫。

后来珞妮一听是我给她看作业，就滞滞扭扭不过来。开始几天家长签字她一定要求我签，后来找她妈妈签：这时候她的暴龙妈反倒是她愿意接受的人了。

我知道原因，她爸爸从来不打她，她有什么要求都会答应，但上学了，他的爸爸就变了，变得面目狰狞狼嗥狗叫了。如果爸爸打她，她记住的只是爸爸打了她。我如今能记住的就只是老爹打我，60岁的人了，做梦时还是老爹打我。我下决心不能给珞妮留下这个永久的记忆，如果实在气急了，就立马离开一会儿。火儿还下不去，就打自己。

珞妮入学刚刚才32天，我感觉生活已经变得不那么美好了。

唯一的安慰是女儿是自己的，只要不是写作业，一切又变得美好和快乐。她拉着我教她骑马，睡觉前还会跟我聊聊学校的事儿，她还跟我掰着手指头数日子：再有两天就可以放假了是吧？爸爸。爸爸，我明天可以多骑一会儿小马了。爸爸，我现在已经骑得很放松了。

我和她妈妈差不多每天都在相互提醒，相互告诫，相互鼓劲，都在尽力调整自己的情绪。如何理性对待如何换位思考之类的东西每个父母都知道，我们也知道。但一看珞妮读错了还满不在乎，错了再错反复错，火就上来了。

我追寻自己发火的直接原因，就是我眼睛从小就伤了，从小学到读完大学就没有看清过老师在黑板上写的汉字和公式。但我依旧学霸级，小将上讲堂的时候我是被选中讲课的学生，高中毕业就留在母校教初中二年级了。如今看到珞妮心不在焉的样子，不生气，真的很难。

我清楚，无论如何，选择了同意珞妮上学，我就必须调整和改变自己。你改变不了世界，就只能改变自己，最大的成果或许是尽可能让自己改变得少一点儿。

爸爸，我们人有灵魂吗？

2017-10-21

因为是周末，就不太计较珞妮是否按时睡觉，也就能和她在睡前聊聊天。

但还是要跟她强调一遍：不能睡得太晚。

爸爸，为什么我会经常感觉这个世界上没有我的存在了？

都是什么时候会有这个感觉？

就是我醒来的时候，还有去学校坐在车里的时候。我就觉得我已经不存在了，就像你说的清理一下脑子，然后脑子里就什么都没有了。

那是因为你还没睡醒，没睡醒的人差不多都这样。

爸爸，还有一个问题。

什么问题？

你和我哥哥的妈妈生活了多久离婚的？

大概七八年八九年吧，爸爸不太愿意记着那些事。

你们无法在一起生活了就离婚了？

是的，要是能在一起生活，哪能有你啊。

爸爸，我不是这个意思。我是说你一个人很孤单，后来有我和妈妈了。

是的，有了你和你妈妈，爸爸就不孤单了。

妈妈56岁了，你60岁了，妈妈很老了吗？

你妈妈不老，她不是56岁，是36岁，爸爸60岁。

60岁为什么不可以过生日？

可以过也可以不过。

爸爸，60岁是不是很老了？

和你相比，很老了；和将来的生活相比，不老。

爸爸，你的头发白了，60岁的人脸上都有油吗？

爸爸是油性皮肤，所以脸上才有油。

难怪我摸你的脸总是滑滑的，就像抹多了玫瑰膏一样，感觉很浪费。

呵……没有问题了吧？

还有最后一个问题。

好吧，这个问题结束就睡觉。

爸爸，我们人有灵魂吗？

嗯……有。

人死之后灵魂不会死，是吗？

嗯，灵魂进入了另外的世界。

那个世界是什么样子的？

活着的人都不知道，只有灵魂知道。

每个人死了之后才可以知道是吗？

……不是，只有老人死了之后才会知道。

那是为什么？

是因为灵魂也需要一点儿一点儿成长，小孩啊，年轻人啊，他们的灵魂还没有长成，死了就白死了，幼小的灵魂没有能力进入另一个世界。

就像城里的老爷爷，他死了就能去另外的世界了。

是的，因为爷爷活了很久很久，他的灵魂在他死去的时候刚好长大了，就可以去另外的世界了。年纪太小就不行了，这就是爸爸经常提醒你注意安全的原因。你只有健康活下去，才有机会在很老的时候有一个健康的灵魂去另外那个世界。

爸爸，你60岁了，要很快去那个世界吗？

不会的，爸爸在你没有长大之前是不会去的。爸爸岁数更大一些，你也长大了，爸爸才会去。

爸爸，我知道了。

好了，现在可以睡觉了。

爸爸晚安。

晚安。

很快，就传来她均匀的呼吸声。

我起来，到书房，把这次对话记录下来，我不想忘记它。

和一年级小豆包睡前聊天

2017-10-25

爸爸，现在几点钟了？

9点钟了（其实是8点半）。

然后就是9点半，然后是10点钟。

是的，该睡了。

我得了8朵小红花，也有同学得9朵的。我要是想得10朵，就要做得更好才行。

学习不是为了得小红花，只要你学会了，一朵花不得也是好孩子。

就是你昨天吃饭时说的那个习惯更重要是吗？

嗯嗯，养成好的习惯比得小红花更重要。养成了好习惯，长大之后就是有教养的人。

我今天跟××玩了，他已经改掉了坏习惯。上课也不打人了，我今天就跟他玩捉迷藏了。

两个人捉迷藏？

还有别的同学，但今天我跟他玩了。

嗯。还是睡吧，睡得太晚，早晨起来时很难受。

好的。爸爸，我上学以后你是不是轻松了一些？

轻松了一些？爸爸没听懂。

我是说我上学的时候你就不用管我了，你就会轻松一些了吧？

嗯……是的。

但是送我上学接我回家还是很累的。

这没什么，你只要好好学习就行了。

我看到大姐姐们都自己走回家。

她们的家在城里，我们家离学校太远。爸爸妈妈进城也是要坐车的，这些你不用去想。

爸爸，上课时我很少被点名。

这是为什么？

因为我不会在老师讲课时说话。

嗯，注意听老师讲课也是好习惯。

她钻进我的被子，抱着我的一条胳膊。珞妮今天因为写错了作业被留堂，我猜她是想告诉我她是个好学生。其实老师已经跟我说了，珞妮只是写错了格式，留下她让她重视这件事。老师是用心良苦，我真诚地跟老师说：谢谢你。

我并没有批评珞妮，只是告诉做事要认真。敏感的珞妮大概是认为爸爸失望了，她在表达她的不安和感激。我没有把这些说破，我轻轻握着她的一只小手，然后轻轻拍着她的手背。我想用肢体语言告诉她，你在爸爸这儿，永远是最好的。

珞妮睡着了。

我睡不着了……

关于放屁的研讨

2017-10-26

洗完澡穿好睡衣，珞妮一头砸到床上又跳起来：爸爸，跟你说一件事。

我说你说吧，说完就睡觉。

爸爸，我在学校也会放屁。

呃……放屁是没有办法的事，有屁也只能放。有屁不放，憋坏心脏。

爸爸，我是到没有人的地方去放的。

嗯嗯，好！这样好。

而且我放的都是没有声音的屁。

嗯嗯，这好！更好！

但是，我在家里放屁为什么就很响呢？

在家里放松啊，没人会笑话你，也不涉及文明礼貌。

爸爸，你知道吗？在学校我也可能放响屁的，但是我没有那样做。

嗯嗯，这说明你讲文明懂礼貌。放屁臭到别人是很不道德的。

那，要是臭了爸爸呢？

这不算不道德。

为什么呢?

我是爸爸，你是女儿。实在要臭，只能臭爸爸了，这叫别无选择。

好吧爸爸，那你也可以臭我。

互相臭吧。

哈哈哈哈……爸爸，我现在可以放一个吗?

嗯……可以，等我转过身。

她把屁股对着我的后腰，真就哧了一个屁。

爸爸，没有放好，不太响。

嗯嗯……睡啦睡啦!

灵魂的有和无

2017-11-18

昨天中午，飞机在跑道上停着等候起飞。珞妮微信视频过来了，看见她满脸泪水。我以为是不是被她妈妈给揍了，问怎么回事？她撇着嘴不说话。后来她妈妈说是担心你出事，她还没有灵魂，再也看不见爸爸了。我安慰珞妮说爸爸还不算老，爸爸即便真出事也一定会等到你长大。珞妮平静了一些，说爸爸你还在飞机上吗？我说是的，快起飞了。她说爸爸，你要小心啊。我说好，你快点睡一觉。你下午放学的时候爸爸就到天津了，然后我们通电话，但现在必须关机了。她说爸爸再见。我说再见。

后来我从珞妮妈妈的微信里知道了原委。

珞妮看到了那个十岁的女孩和爸爸妈妈诀别前的视频，她抱怨女孩的爸爸妈妈为什么不告诉女儿小孩子死去是没有灵魂的，那女孩现在死去是无法和爸爸妈妈在天堂里相见的。接着珞妮担心爸爸出了事自己再也见不到爸爸，因为她还小，也还没有灵魂。

关于灵魂的问题我写过一篇文章，是给珞妮解释人是否都有灵魂的事。她问这个问题的时候我的心忽悠一下瞬间呼吸都有些困难，我意识到这个问题如果回答得不好就可能是灾难性的。于是我告诉她人是有灵魂，但只有很老很老的人死去之后才会有灵魂；小孩子或者年轻人死去就没有灵魂，那是因为灵魂要伴随着人一点点长大，人很老很老的时候灵魂才能长成。那时候，人死了，灵魂正好可以独立离开这个世界。

有个热衷儿童教育的自命专家指责我：生命是平等的，你这样说置那些死去的孩子于何地？我请他从为人父母的角度慎重考虑自己的话，他强调他也有孩子。我把他拉黑了，因为我不认为他配得上做父亲。

飞机起飞了，我很长时间不能平静。

我暗自庆幸我给了珞妮关于人的灵魂最特别的解释。

晚上，珞妮看上去已经忘记了中午的事情，她转着脑袋给我看新梳的发型。她妈妈在旁边压着嗓子告诉她：你跟爸爸说，你梳头花了两千块。我的心咯噔一下。

估计很多人会说庄主就是心疼钱。是的，我经常心疼钱，但这一次不是心疼钱。

我只能说，如果真的花了两千块钱梳了头，这是不对的和可怕的。

我说：你是骗爸爸的。

七岁寄语

2017-12-07

今天又是大雪节气，没有下雪。这一天，珞妮七周岁。这次感冒突如其来，非常重。记忆中每年的这个时候都会有一次重感冒，从医学上说是排毒的需要。如果一个人不感冒，很危险。

我一边咳嗽一边流着清鼻涕，一边想着跟你说点什么。

每年这样非常谨慎小心地和女儿说一番话，总觉得絮叨。实际情况是，这中间已经相隔了365天。

看着你一天一天长大，又似乎从不长个儿。爸爸希望你能长到164厘米以上，这个身高可以显得不太弱小。这或许是每一个父亲的愿望，希望自己的女儿不受欺负。

于是我知道今天该跟你说点什么：要学会说不，学会拒绝。

如果一个人不会拒绝，就意味着你在别人的眼里是个废物。也就是人们可以随便跟你提出要求，他们知道你没有勇气拒绝。但只要还是个人，就会有极限。不会拒绝的人只有到了极限才会说不，于是你因此失去了朋友。这不是你的朋友有多坏，而是你培养了他们形成了你有求必应的习惯。一旦你拒绝了，你就变成了一个坏人。这一切，怪不得别人，只能怪自己。

一个人会说不，这意味着你让对方知道自己的底线。底线是为了维护个人尊严划定的，也是为了更好地和人交往划定的。有了这个，你就能很轻松地拒绝各种在你看来不合理的要求。这也会形成习惯，这个习惯有助于一个人没有精神负担地生活。

学会说不，学会拒绝，丝毫不会影响一个人的善良，它只是让你成为一个有个性的丰富的人。在生活中，滥好人是可怕的，他们总是会给人际关系造成无法弥补的破坏。而最后自己还不知道究竟哪里出了问题。这样的人，只有在自己有能力付出的时候才会有朋友。一旦自己遭遇点什么，不会有人来帮助，因为他的朋友已经习惯了接受而不是付出。爸爸不希望你秉承妈妈的全部性格，比如她会说服爸爸接待一些人到我们的家。开始的时候对方是感激，接下来是一切都理所应当，再接下来是不仅理所应当而且还觉得我们欠了他们。她尽心尽力的结果是把我们自己的家变成别人的家，我们在自己的家里反倒要看别人的脸色。这一切其实都源于你妈妈不会说不，她总是希望对方能说她的好话。你现在该明白了，人的不自信是不会说不、不会拒绝的心理原因。总是希望所有人都说好，这怎么可能做到呢？而这种不自信被逼到极限往往是不计后果，会索性永远不搭理让她感受到不领情还计算她的人。

爸爸希望你慢慢建立起自信，这当然也需要爸爸和妈妈的帮助。这一点我们做得不够好，对你的要求过于严格，以至于你的自信没能建立起来。你总是想做好，总是想做对，总是想不出错。这怎么可能呢？没有谁可以做到，爸爸妈妈和所有人都做不到。要求你做到，这太不合情理太糟糕了。爸爸的注意力很难集中，大概是因为身体难受。眼睛也疼，每咳嗽一下头就疼得裂开一样。说起来爸爸的这次感冒你的功劳最大，你妈妈确定是被你给传染的。但爸爸想的是尽可能远离你一点儿，别再把你给传染了。

今年最值得说的事情应该是你上学了，但爸爸突然发现它成了最不值得说的事情。为什么会有这个感受？这源于爸爸对教育本身的判断。

这是爸爸在2012年冬天写的一首小诗，不知为什么，就是觉得放在今天这番话后边比较合适。

在火盆旁边
木炭慢慢地变成藕片
父亲抱着女儿取暖
寒冷的风吹起炭火
点燃了一串脚印
大狗坐下来
温柔的目光抚过灯影
女孩拎起狗的耳朵
她说：叫叫
父亲叫起来
大狗汪汪地笑了
一条涎水滴落
竖起一座小小的方尖碑

妈妈的足音
从遥远的北方传来
青春就像昨天
女孩蹒跚的身影
一只黑色的兔子

穿过万水千山
敲响房门
出迎的女孩开心大笑
漆黑的兔子
跳进女孩的怀里

这里的冬天
是北方的三月
七九河开
八九雁来

珞妮八岁

爸爸要跟你说的是：

坚守自己同样会找到你的同类。

任何一种品行和性格的人，

都会找到适合自己生存的空间。

再去卖花的珞妮

2018-02-15

我坚持要带珞妮再卖一次花，珞妮跟妈妈说不去卖花了。妈妈和阿姨都说服她再去，她勉强同意了，但要求有其他几个小孩一起去。我的想法和女人们不一样，但想说清楚太难。我于是还是跟着一起去了，我不想珞妮如此重要的一次生活体验被搞砸了。

我不讨厌孩子，但不想和孩子们的家长产生观念冲突。每个人都认为自己的方式是最好的，这一点我也一样。如果说不同，那就是我绝对不会用自己认为对的去影响别人家的孩子。我的观察结果是很少有人能做到这一点，所以可怕。这也是我不接受客人带孩子来珞妮山庄的原因，但我可以接受你把孩子交给我。其实问题的另一面也就清楚了：其实他们也同样不相信我，因而至今没有哪个家长把孩子交给我。

其实只要是一个有教养的做父母的，都应该明白我的意思。有些人是故意不懂，这一类人受再高的教育也白搭，说到底是完备的人性在成长中丢失了。

到了公园，阿姨带着珞妮去卖花。我在不远处看了一会儿，还是决定自己带着珞妮。我先是和珞妮聊聊什么人可能买花，聊聊卖不掉也没关系，不要强卖，因为本来就不可能有很多人买花。聊着聊着，她比昨天胆子就大了一些，她连续问了几个人。

我趁她走在前边的时候，和坐在路边休息的一位女士说：请帮帮忙，一会儿你买一枝花。我指了指在远处的珞妮：那个女孩是我的女儿，请你买一枝她的花。

我把一块钱塞给她：买一枝一块钱的就行。

女士答应了。

我撵上珞妮，说我们去看看那几个人中会不会有谁买。珞妮走过去问那位女士，女士买了一枝。我们离开时，我偷偷对女士抱了抱拳。我是真心感激她，她知道这对孩子很重要。

珞妮说：爸爸，我才卖掉一枝。

我说这已经很不错啦。

爸爸，卖花真的很不容易。

我说是的，做什么事情都很难的。

她说是的，做医生也很难。

我说这世界上没有容易的事，不吃点苦不动动脑，永远没机会做好一件最小的事。

我们一直在走，我不停地鼓励她去问。她会告诉我：爸爸，那个人不会买的，我看他的脸是从山里进城来的。

我又偷偷请一个孩子的爸爸帮忙买一枝花，我把钱给他，他连连摆手：我不要花！我不要！我送不出去！一边说一边拉着他的孩子飞快地走掉了。

我又请一个看游戏场的女士帮忙，我把三块钱给她，她不要，我塞到她手里。然后我追上珞妮，假装漫不经心地引着她走向那位女士。珞妮问阿姨要不要买一枝花？阿姨买了两枝，珞妮说谢谢你。阿姨说：孩子，你卖花的时候要大一点儿声说话，要让别人听得见。

珞妮说：谢谢阿姨。

珞妮把钱给我，我一看是5元。我过去把两块钱还给女士。女士说我买了两枝，那两块钱是孩子该得的。我不能耽搁久了，不能让珞妮感到困惑。

我要去追赶珞妮，我是含着眼泪跟女士告别的。

再后来，一个女士又替我向珞妮买了一枝花。但她要自己出钱，坚持把那一元钱还给我，她丈夫在一边说：把钱给娃，是娃的。我不能让珞妮发现，把两块钱都塞进女士的大衣口袋，一边快步追赶珞妮，一边回头对他们挥手。我心里一直在说：谢谢！谢谢你们。

珞妮说：爸爸，这枝玫瑰被风吹坏了。我们不能卖它了，没有人会要坏的。

我说那就不卖了。

爸爸，这枝康乃馨被我捏断了。我的两只胳膊又酸又疼。

我说你是太紧张了，紧张的时候拿着花，你的胳膊才会酸疼。

爸爸，没有很多人买花。

我说是的，买花的人总是比买吃的人少。

爸爸，是不是很累?

我说我们没有做什么吧?

我们在公园里走啊走啊，不知道走了多久。

我把那枝折断的康乃馨插到她的头上，说：

我们可以回花店了。

这时候一起来卖花的阿姨找到了我们，她说××和××都还在公园里玩，珞妮玩一会儿吗？

珞妮说：爸爸说不能把挣到的钱一下都花掉。

回到花店，珞妮告诉妈妈那些花卖了七块钱，钱在爸爸那里。然后，和妈妈和阿姨一起，清扫花店。

写这么多，我也有点累了。我不打算把我想的都说出来，这非常麻烦而且对别人未必有意义。而且，一定会有人不以为然甚至吐槽。没关系，只要你确信自己是对的，就做吧。

去学校的路上

2018-03-02

去学校的路上，天开始发白。一天比一天亮得早了，披星戴月的日子结束了。珞妮开始说她吃饭时没能说的话。吃饭的时候她想说，我没允许，她说那就吃完饭说。我表示同意。

珞妮说我感到很奇怪。

什么事情奇怪？

美术课的时候好几个同学跟我要图画纸，一页一页的我就没有了。

你都给了别人自己却没有了，这合适吗？

我给了一个同学，好几个同学就都来要。我是想一页一页撕下来，我就没有图画纸可以用了，就没有给别的同学。

其他同学没有图画纸吗？

他们说忘记了。

你可以让他们跟老师说。

我只给了我的好朋友，其他人没有给。

嗯，这样做是对的。

我很奇怪，他们为什么会忘记呢？还围上来跟我要。

有多余的，可以给；没有，就不给，不必在意别人是不是高兴。给别人图画纸，不是你必须做的。

给我的好朋友我是很愿意的。

嗯，好朋友嘛，总是和其他人不一样的。

是的，爸爸。

如果你的好朋友每次都忘记带，你最多可以给她两次，以后就不给了。

这是为什么？

好朋友相互之间做事也有底线，彼此是互相帮助的。如果一个朋友什么东西都跟你要，这就不是朋友。如果她因为你不给就跟你翻脸，你可以不要这个朋友。也就是说这样朋友没有了并不可惜，你会遇到真的朋友。

我知道了，爸爸。

你们的这个班里没有生活困难的家庭，谁家都不差钱。如果有同学总是忘记带这个带那个跟别人要，就不能给他。这不是忘记，是占别人的便宜。

我知道了。

信任你的孩子，这还不是最重要……

2018-03-12

珞妮被蕾蕾接回家直接送到楼上，蕾蕾传达珞妮妈妈的批示：作业没做完，从今天开始不上学，去田里挖地。我很意外！记得珞妮告诉我作业都做完了，怎么会出现这个情况呢？我看了看似乎哭过的珞妮，说珞妮跟姐姐下楼，爸爸跟妈妈沟通一下，然后我们再谈。

珞妮下去了，我马上给珞妮妈妈打电话，她和珞妮说的不一样。她认为珞妮现在做作业要反复催促，拖延还不认真。我说珞妮说她只记下了老师口述的，后来老师发到家长群里的作业她不知道。珞妮妈妈说是写在黑板上的，后来又发到了群里。这时候我已经能推测出哪里出了问题，但不想说这个。我说这样吧，挖地的方法虽然好，但不能经常用。我跟她谈一谈，看看情况再决定是不是去挖地。

珞妮妈妈勉强同意了。

其实我已经判定珞妮没有说谎，即便是她说的不是事实，也要考虑到她是真的遗漏了（这与一个孩子的日常言行密切相关，珞妮没有在做作业上说谎的事例和迹象）。回家就做作业的好习惯被破坏也不都是她的责任，她只该负极小的部分。比如近来都是珞妮妈妈先提出不必着急做，周末作业周五不必做，周六做就来得及。我说过几次：我并不是着急她做不完作业，而是在强化延续已经形成的习惯。我强调好的习惯比做得好不好更重要，但每次都被她妈妈无视了。我不想为此吵架，为孩子的事吵架特别无聊，而且永远也整不出个对错。

我打算利用今天这个契机。我让柳柳转告珞妮上楼来。珞妮进到书房，看上去有些忐忑，她站到我身边。

我说爸爸跟妈妈沟通过了，你和妈妈说的不一样。她看了我一眼，没有尴尬和惊慌，是很茫然不知如何是好的神情。她没有出声。

珞妮，你跟爸爸再说一下具体情况，爸爸没有完全听清。

珞妮又说了一遍，内容和此前一样。

我注意女儿的眼睛和神情，我越发确定她没有撒谎。当然她妈妈也不会撒谎，不会有为了惩罚自己的孩子满嘴跑火车的父母。我更坚定了我的判断：她们都说了实情，唯一的不同是弱势一方的珞妮没有辩解的机会，因为不被信任甚至不想辩解。

我说爸爸认为你没有说谎，也不认为你妈妈说谎了。这中间出现了一个误差，也是你和妈妈之间出现了一个误差：老师发到群里的你妈妈没有看到，而你呢，你在等着妈妈通知。

珞妮点点头。

妈妈太忙了，她忘了看，于是作业就漏掉了。

珞妮点点头。

这看上去是妈妈的责任。

珞妮点点头。

但实际情况不能怪妈妈。我们慢慢理清楚哈。

珞妮点点头。

你要求买一个本子记录老师的作业，但这一次没有记录下来。

珞妮说我只记录了老师说的。

你没看见或者没注意老师在黑板上也写了。

珞妮说我记得老师没有写在黑板上。

老师确实写了，有家长拍照片发到群里了，你是没看见或者没注意。

爸爸，我真的没有看见老师写在了黑板上。

爸爸知道，这不是什么大不了的，以后注意就行了。爸爸想说的是如果老师没写在黑板上，你回家后应该主动去问妈妈是不是还有其他的作业。为什么没有问呢？是因为你认为妈妈一定会告诉你？

珞妮点点头。

和作业完没完成相比，这才是爸爸要和你说的最重要的事。你把已经养成的好习惯丢了：以前放学回家的第一件事你就要写作业是吧？

她点点头。

后来呢，你写作业要爸爸或者妈妈催促。

珞妮点点头。

你本该自己关心留了什么作业，但你认为留没留作业妈妈都应该主动告诉你，是吧？

珞妮点点头。

你是不是记得我们讨论过，上学读书是你自己的事情。还记得吗？

珞妮说我记得。

那就好啦，我们就好谈啦。从今天起以后把好习惯再建立起来，有好习惯，你将来会是一个很优秀的人。

什么是好习惯呢?

比如你每天闹钟一响就起床，然后自己把衣服穿好，洗脸刷牙，吃饭。这都是好习惯。回家以后第一件事是做作业，也是好习惯。习惯养成了，就形成了你作为一个人的好品质。

珞妮说好的，爸爸。

今天开始，回家后第一件事是写作业，不需要爸爸妈妈催促。

珞妮说好的。

如果特殊情况，比如我们周末去昆明，周五晚上就不能写作业了。就周六起床后写，然后放松地玩。

好的，爸爸。她长长地吐了一口气。

我问为什么长出气啊?

刚才听的时候我很认真，尽量轻轻地出气，现在可以大大地出一口气啦。

我说吃完午饭，睡一觉，下午继续上学。

好的爸爸，我还要把兔子喂一下。

午睡的时候她一直不睡，她说爸爸我今天睡不着。我说睡不着就这样躺着，也是休息。然后我们聊一些我记不住的话，直到闹铃响起。她起床，换衣服，洗脸，刷牙（她说早晨没有刷牙，现在补回来），擦玫瑰膏。

我看着她忙，不知为什么，鼻子有点酸。

突发事件会经常发生

2018-03-14

整个傍晚我都有些心神不宁，这是因为和珞妮妈妈的一次通电话。

她说晚上珞妮不回家吃饭了，珞妮要去小饭桌吃饭，然后老师辅导作业，再然后去学跳舞，晚上8点钟准时接她回家。

接下来珞妮妈妈的话让我震惊和困惑：老师说珞妮现在上课不注意听讲课，自己一个人玩手里的东西，任何东西：铅笔橡皮铅笔刀……做作业也是最慢的一个，总是别人都完了，她还没有做完。

我震惊的是珞妮上课会不认真听课，这不太像那个求知欲很强的珞妮。困惑来自我找不出可以解释的原因，这和可以跟爸爸正常交流的那个珞妮也全然不像了。

我跟珞妮妈妈说你不要跟她说这件事，我来跟她谈。你千万不要跟她谈，我跟她谈。

她说好，我不谈。

我是担心她几句话没完就发火，如果不能谈好，发火也只是暂时管用。更主要的是在还没弄清楚到底出了什么问题的情况下就发火，效果甚至是相反的。

我不认为这是天塌一样的事，但也不能不当回事。这是珞妮成长的过程中我遇到的完全陌生的事情，我甚至不知道该怎么跟女儿谈。

珞妮回来的时候已经8点40分，她上床之后我问跳舞学得怎么样？她说还行吧，现在是要把腿变得软一点儿。左腿还行，右腿有点疼。

我说珞妮这几天的好习惯坚持得很好，每天早晨不赖床，而且不需要妈妈爸爸帮忙自己洗脸刷牙下楼等候吃早餐，还能抓空隙喂兔子。我说这些好习惯坚持下去，珞妮就是一个非常出色的人了。

接下来我们又聊了几句关于养成好习惯的事，然后我说：

珞妮，今天有一个让爸爸有些吃惊的消息。

是什么消息？

老师跟爸爸妈妈沟通了一些事，谈到你上课时不注意听课，玩手里的东西。

珞妮没有说话。

是铅笔吗？

不都是铅笔，还有削铅笔的小圆筒。

爸爸记得以前你说起对上课不好好听课的同学是很不理解的，现在你怎么也不好好听课了呢？

珞妮没有回答。

老师没有批评你吗？

没有。

现在老师都不敢批评学生了，因为担心学生的家长会不高兴。你的老师一直很关心你和鼓励你，如果你不好好听课，老师会很失望。你的同学也会像你以前看那些不好好听课的同学一样，不理解你甚至不尊重你了。

珞妮嗯了一声。

如果你不在乎老师是不是失望，也不在乎同学会不会不尊重你，爸爸也不介意你上课不注意听课，毕竟是你自己在上学。

爸爸，学校是什么呢？

学校就是为孩子建造的一个学习的环境，在这个环境里所有事都和学习有关。如果上学是为了玩，其实就不用上学了，哪里也没有在家里随便想怎么玩就怎么玩舒服。这就是学校，你选择了它，就要按照它的规定去做。

爸爸，上学到底是为什么呢？

就是教给你知识，知识就是人长大之后用来挣钱养活自己和家里人的本领。

那上课又是干什么呢？语文课学认字，数学课学数字，美术课学涂彩，这些是干什么呢？

上课就是学习本领的过程，因为不可能一次就把所有的知识学完，就设立了一节一节的课。课就是个名字，在这一节一节课里，把那些知识一点点学完，学会。比如语文课学认字，认字多了就会写文章；能读书写文章，和别人交流的能力就强。数学呢，比如你现在100以上的数学还不会吧？

珞妮说是的。

要一堂课一堂课学到一百、一千、一万、一百万，还要学比加和减更有用的乘法和除法，一点儿一点儿你就可以应对生活里很多事了。如果在一年级就不好好听课了，就会今天落下一点儿，明天落下一点，最后很多知识都没学会。那样上学就没有意义了，还不如在家里玩了。

接下来我给珞妮举了几个她认识的人的例子，意在证明不学习的后果，没什么特别的，是所有父母都能说明白的内容。这中间她表示了认同，看上去理解了一些我说的话。

爸爸，我好像一下子做不到，要慢慢来。

我说上课认真听老师讲课一下子做不到吗？

这个可以做到，我是说写作业我快不起来。我一下子做不到很快，我要用时间去想才能做出来。爸爸，有时候我也会很快。

好的，这个爸爸认为确实需要慢慢来。爸爸更关心上课听老师讲课的事。

爸爸，我会认真听课的。

珞妮，爸爸想知道你今天的承诺会兑现吗？

会的，爸爸，只是写作业快我要慢慢做到。

没问题。

我伸出一只手掌。

灯早就关了，卧室里很昏暗。卧室的门开着，借着起居室的灯光可以看见我的手。我看见珞妮也伸出她的小手，我们把手掌对在一起。然后珞妮细细软软的小手指和我的手指指指交叉在一起。

珞妮，爸爸没有生气，只是有点意外。

她的头在我的胳膊上枕着，她点点头。

睡吧，明早还要早起。

好的，爸爸。

她很快就睡着了。

我睡不着，我想起今天早晨我对珞妮妈妈说的话。我说：不要指望一次两次聊天就一劳永逸，这是漫长的和各种意想不到的事情都会发生的过程。我们千万不能着急，你要坚持这几天和珞妮相处的方式。这个方式非常好，很人性，很亲情，对珞妮的成长有百利而无一害。

我对今晚的谈话结果没有抱过高的期待，我对珞妮妈妈说的就是对自己说的。我并不是很担心，只是有些伤感地意识到了一点：今天以前的所有日子，一去不复返了。

我知道这是绝对正确的废话，但的确是此刻我唯一能想得出来的一句话……

忐忑的一天

2018-03-15

我一直在想她今天上课时会怎么样，我是相信她会按照自己答应的去做的。中午接珞妮的不是我，我在书房里的时候珞妮妈妈已经进城去了。后来有人叫我下楼吃饭，我答应了但没有动：我在整理早晨的照片。后来又有人上来喊我吃饭，还说是珞妮要爸爸下楼吃饭。我估计这是珞妮妈妈的主意，她认为别人叫不管用，说是珞妮叫的，就管用。

下楼看见珞妮正在盛饭，我说爸爸不吃了，早晨连吃了两顿。然后我问珞妮今天按照我们说的做了？

她说还行吧，我上课时没有玩。

我说好，爸爸就知道珞妮会守承诺。

下午，我和珞妮妈妈进山。珞妮晚上要学跳舞，我们约好了晚上8点钟去培训中心接她。告别前我伸出手，她也伸出手，我们轻轻击掌。

晚上。

珞妮妈妈还要盘点一下鲜花，我带珞妮先回家，她必须要早点睡觉。

躺在床上，珞妮要求说说学校的事。虽然怕耽误睡觉，但我还是同意了。

爸爸，我今天作业做得很快，默写也很快，心算也很快。

上课听讲是很认真是吧？

是的，下了课我才玩的。

今天做什么都快，是不是因为上课认真听了，不用努力想就可以写了？

是的，老师还没有讲完我就已经懂了，就已经写了两道题，都是对的。我还回答了老师的提问，只有一个回答错了，其他的都对了。

嗯，爸爸知道你只要认真听老师讲课，就不会作业写得慢。答错了一个不算什么，答错两个三个也不算什么，没有人永远对，一直对。

爸爸，你小时候也会不认真听课吗？

有时候也会不认真听，结果就是写错了答错了，还有时候甚至什么都回答不出来。

傻傻地站着是吗？

是的，非常尴尬。

××就是那样傻傻地站着。

次数多了，老师就会放弃了，不再叫他起来回答问题，老师不想浪费大家的时间。

我和张×今天回答的问题最多，还有一次大家都错了，只有我和张×答对了。

嗯嗯，只要一直注意听老师讲课，你就会一直这样开心下去。

爸爸，我有说不完的话。

爸爸知道，但现在不说了，得睡觉。

唉……吃饭的时候可以说吗?

吃饭的时候更不能说，影响肠胃的健康。

那就明天早晨上学的路上说吧。

好。

她很快就睡着了，我连忙把这些对话删繁就简地记录下来。因为我知道有好多关心珞妮的人在等着，他们是陪伴着珞妮一天天成长的人。

上学去

2018-03-16

闹铃响了三次珞妮才很吃力地爬起来，一脸难受的样子。我说还是要抓紧时间，爸爸不等你了。说完我去了书房，我不想一遍一遍催促，看她自己了。过了一会儿她来书房找我，我们一起下楼。

我去厨房看柳柳的早餐，我提醒柳柳不要把鸡蛋煮得太嫩，没熟。

回到办公室时，珞妮的精神已经振作起来了。

我们聊了几句，都是她学跳舞的事。她说同班的同学都请假了，只有她一个人，其他的都是高年级的。还说美术老师很搞笑的，总是逗得大家哈哈大笑。她说她跟语文老师说了，语文老师说美术老师是个冷漠的人。

我说珞妮，停一下。冷漠的人？

是啊，语文老师说美术老师是个冷漠的人。

等等哈，语文老师说的应该是幽默的人。

什么是幽默？

幽默就是言行举止能让大家开心发笑的人。冷漠是说不爱搭理人，冷冰冰的。

噢，那语文老师说的就是幽默的人。

去学校的路上，珞妮主动说起上学的事。

她说我要是读完高中，就很老了。

怎么会呢?

那，我要是读完大学就会很老了。

柳柳姐姐读完大学了，很老吗?

还不老。

正在开车的柳柳笑了。

珞妮说那样的话还行。

我说你要愿意，还可以读硕士，读博士，但要一关一关考过去。

要是读书读到最后还没有读傻，会怎么样呢?

大部分都读傻了，只有很少的人没有读傻，这些人就是真正的天才。

我不知道我会不会读傻了。

不用担心，爸爸不会勉强你读书。能读到什么时候，全看你自己。你觉得自己快要傻了，就可以不读。觉得还没事儿，就继续。

到了校门口，我蹲下，帮她把衣袖卷一卷。我伸出手掌，她也伸出来。我问：知道这是什么意思吗?

我知道。

我们把手掌对在一起，摁了一下。

关于生命的话题

2018-03-20

大概是设定的闹铃声太柔和了，响了几遍珞妮还是没动。其实昨晚睡的时间最长，有9个小时。达到这个睡眠时间是我希望的，如果中午再能睡一小时就可以达到我的最佳预期了。

在车上，珞妮突然问卵子是什么？这是她们的科学课上讲到的。

我问老师是怎么说的？

她说我没听明白是什么意思。

我说卵子是女人天生就带在身体里的。你妈妈有，你也会有。

它是做什么用的？

可以用来生小孩啊。你能成为一个活人，就是妈妈的一个卵子变的。

一个卵子就可以变成一个小孩吗？

只有卵子自己不行，还要有精子，它们结合在一起才能变成一个小孩。

精子是什么？

是男人身体里自带的，专门用来和卵子结合变成小孩的东西。

我妈妈给我看过动画，就是像小蝌蚪那样的？

是的，放大之后看就是那个样子。

这就是胎生了?

是的。也有卵生的，鸡鸭鹅，海龟，各种鸟，还有已经灭绝的恐龙，都是卵生的。卵生的就是从蛋里边一点儿一点儿长大，最后从蛋里出来一个活的。

人都是从妈妈的肚子里出来。

是的。除了人，还有很多动物也是胎生的。像猪马牛羊，狮子老虎狼，很多很多。

爸爸，恐龙是怎么灭绝的?

好像是地球被别的星球给撞了，地球的环境一下子变坏了，它们就全都死掉了。

我看动画片里暴龙站在那里就被烤干了。

它躺在那里一样被烤干，地球整个变了，什么生物都没机会了。

该下车了，我们结束聊天。

步行去学校的途中，珞妮说：爸爸，我入队以后，是不是可以自己一个人走这段路了?

为什么是入队以后?

那时候我应该已经长大了。

知道爸爸为什么要送你到学校门口吗?

为什么?

一是因为这段路人和车太多，怕你出危险；二是我们会有个告别的仪式，人的生活需要仪式感。

什么是仪式感?

这时候已经到了校门口，我伸出手，她也伸出手，我们对掌。

这就是仪式感。我说。

漫漫无期人鬼情

2018-04-13

信不信鬼神在我看来不是科学和迷信的问题，只要有人类不能解释和解释不清的事物存在，鬼神只是一个普通的表述性问题。大量的鬼片产生于好莱坞，美国可不是一个封建迷信的国家。小孩子说鬼神和大人说鬼神没什么本质的不同，我不会对珞妮说鬼神一票否决。

放学非常晚，家长们都只能在学校大门外等着。每个人脸上都很焦急，但没有人抱怨。

接到了珞妮，我问她是不是去看一眼那个她们认为有鬼的教室。她说门把手已经不抖了，但里面好像有嗑瓜子的声音。

她把我领到教室前，我扭了一下门把手，门开了。我走进去，珞妮站在外面，她似乎心有余悸。

我说进来吧，你可以看看。

她犹犹豫豫地走进教室：爸爸你看，窗户都是关着的，没有风。

我也同意没有风。

我们离开学校回家。

在路上，我问你们都进过教室吗？

都进去了，五个人，不对，比五个多，一群人。××还大声喊：你给我出来！

有人在里面吗？

没有人。

喊叫的人害怕吗？

她也害怕。

你说的这个情况爸爸解释不了，只能猜测一下。可能是窗子没有关严产生的风，后来又被人关严了，所以门把手就不抖动了。嗑瓜子的声音也是因为风吹动了教室里的纸片，纸片拍打在桌子或者椅子上，就会发出咔咔的声音。你们认为是嗑瓜子，那是因为你们第一时间能想到的就是这种声音。

也可能是老鼠在嗑东西？

是的，也有这个可能。

爸爸，我是知道没有鬼的，但是为什么会有这样奇怪的事呢？

人类有很多事情还没搞清楚，也就是很多奇怪的事情人类是无法知道的，这叫未知世界。只要存在未知的事物，鬼啊神啊这样的事就会一直存在。

人类为什么要讲这样的事呢？

越是解释不了，就越想解释，越解释越发现解释不了，好奇心就会越强。编一些这样的故事，让人们产生更多的疑问和好奇，也就变成了一种商品，卖钱。其实怕鬼是自己吓唬自己的，你见过鬼吗？

没有见过。

鬼是想出来的，真正可怕的是人。你们进了那间教室，万一里面有坏人，那才真可怕。

是的。

以后不要进入没有人的教室，对你们孩子来说，一个大人如果是坏人，就比所有的鬼可怕和危险。

好的，爸爸。

我自己的故事，你省省……

2018-04-30

接近中午，我和珞妮在海埂公园草坪边的石凳上坐下来休息。石桌凳是公园中常见的那种布局：一张方型石桌，四个石凳。我坐一个，珞妮坐在我右侧的那个，还有两个石凳空着。来公园的人们都集中在滇池沿岸，这一带人比较少，很清静。

我们坐下还没有半分钟，一个大约30岁的女人出现在石桌边。她是从我左侧后方过来的，我看到她时她已经站在石桌前了。她把手里一个装了一些东西的黑色塑料袋放在石桌上，对我笑着：帮我照看一下。我随口答应了，然后拉起珞妮就离开了。

女人说你们坐嘛！

我没回应也没回头，拉着珞妮沿着木板甬道慢慢地走开。我一直没有回头，但心里很生气很屈辱。

珞妮问爸爸你很不高兴吗？

我说是的，爸爸很生气。

爸爸，你为什么生气？

那个女人是个坏人。

她为什么是坏人呢？

她让我们给她照看那个塑料袋，然后就会和她的同伙一起上来，说塑料袋里有什么值钱的东西没有了。他们会诬赖我们，说我们拿了塑料袋里的东西。我们虽然没有拿，但他们依旧会打爸爸，甚至会打你，因为爸爸可能被他们控制住，连报警的机会都没有。

爸爸，他们会抢掉你的手机是吗?

是的。因为这里都是游人，他们不知道发生了什么，没人可以帮我们。我们为了不受伤害，就只能给他们钱。这可能还是好的结果，更糟糕的是会趁混乱把你给抢走。

我没有跟珞妮解释我为什么判断那个女人心怀鬼胎，她未必听得懂。

——我抬头看了女人一眼，她对我笑着。我感觉浑身不舒服，心脏用力跳了一下。我一向服从自己的第一感觉，这次也是。

回想起来，从女人出现到我拉着珞妮离开不会超过4秒钟。虽然只有短短的几秒钟，也足够让我做出决定了。

附近并没有厕所或者售货点和售票点，也没有任何可以让人藏身做什么的去处。

她穿着绛红色连衣裙，右肩背着一个红色的皮包，很薄很小的那种亚光皮包。她的穿着配饰和她的皮肤严重不匹配，我是说她脸和脖子的皮肤很粗糙，手臂和手背的皮肤同样粗糙，那不太像是一个到滇池边游玩的人。

她的出现和要求没有任何预兆，她甚至没有说一个最简单的理由让我照看她的塑料袋。她把塑料袋直接放在桌子上：帮我照看一下。除了她的笑，我感受不到任何一丝温和的气息。

最后说我为什么会生气还感受到了羞辱。

生气是因为她把我当成了一个傻瓜，屈辱是她不仅把我当成了一个傻瓜，还把我当成了一个女人对我笑我就神志不清的老色鬼。

我很想返回去告诉她：我不看女人笑已经很多年，今天是你逼我看的。

你可能面对的生活常态

2018-05-03

昨天珞妮差一点儿就要被流放到田里种地去了：她的作业没完成，课本还不见了。她说她不记得语文书放在哪里了，说是落在家里了，后来是老师在教室里找到了。她妈妈了解到的情况是别人都在做作业，她跑出去玩了，而且是和高年级的同学玩。跳舞的时间到了，她跟着舞蹈老师去了培训中心，作业还没有做完。

她妈妈气坏了，接珞妮回家的路上就给我打电话说不让她上学了，去挖地。珞妮哭了，但我没有问。

我说回家再说吧，回家后你让珞妮上楼。

珞妮上楼之前的这段时间我迅速清理了一下思路，把这次没完成作业的原因做了多种推测，但结论是哪一种结果都没紧张，紧张过度没必要，进行惩罚就更没必要。惩罚是没有办法的办法，绝不可多用。罚成滚刀肉，你把自己的孩子剁了？

珞妮进了卧室。

我说到床上来坐着，跟爸爸把今天的事详细说一遍，不编故事，怎么回事就是怎么回事。

她就开始说，隐瞒了跑出去玩的事。

我没追究也没揭穿。

我说珞妮，你从小到现在，每天可以换一套衣服，有时候是两套，是吧？

她点点头。

你的同学中还有谁可以做到这样？

她摇摇头。

爸爸和妈妈把你当成了心肝宝贝是不是？

她点点头。

你现在上学了，你告诉爸爸，你每天穿得都很好看，但如果完不成作业，老师在班级里说这件事，你是不是和穿好看衣服一样高兴？

她摇摇头。

喜欢跳舞是吧？

是的。

你可以这样选择，每天去跳舞或者上学学习。你选择哪一个？

她没有回答，很为难的样子。我知道她想两个都选，但她知道这不会被同意。

爸爸知道你都想选。

她说是的爸爸。

爸爸也愿意你都选，但现在你做不完作业，上学的最主要内容没有完成，还可能去跳舞吗？

她摇摇头。

爸爸告诉你哈，学校为什么叫学校呢？是因为这里是用来学习的地方，否则就叫舞厅了。这是个非常特别的地方，你们做的一切都只能和学习好知识联系在一起。这个做不好，上学就没有必要了。

她点点头。

在这个地方，你穿得再好，打扮得再漂亮，但如果你的学习不行，你的好就变成了别人嘲笑的内容。你的同学会说：珞妮除了穿得好，别的都不好，什么都不是。

她点点头。

这就是学校，它是和所有地方都不完全相同的一个环境。

她点点头。

你只要做好了在学校该做的，怎么玩都可以。

她点点头。

这样哈，现在把剩下的作业写完，爸爸下楼去跟妈妈谈一谈，请她收回决定。

她说好，然后跳下床翻出作业。

我说你自己在卧室里写，爸爸去和妈妈谈。你如果写完了，但爸爸还在楼下，你就打电话给妈妈，爸爸就上楼了。

她说好。

出门的时候，一脚门里一脚门外，我装作很不经意地问：妈妈很生气吧？

屋里传出她的声音：是的，爸爸。

下楼之后，和珞妮妈妈谈了半天，掰饽饽说馅儿。重点是珞妮不完美，谁都不完美，没理由要求她完美；她处在一天天长大的阶段，时而懂时而不懂是常态；涉及今天的事，该着急的是她是否没学会，而不是她跑出去和高年级孩子玩……不要使用挖地策略，随着她长大了，不吃你这一套了，你怎么办？杀了剁了扔了？

珞妮妈妈说但我能怎么办？我又不能打她。

我说这就是进步，不打了。

她说我需要好好想想了。

我说改变一下生活态度吧，别光想挣钱，而是多想挣钱干吗用。别说是在给她挣钱，这不真实。我们要孩子真实，自己首先要做到。

我准备上楼，珞妮妈妈说你不用这么快就上去，冷冷她。

我说没这个必要。我没有说珞妮一个人在楼上会害怕，没想惩罚她，又何必让她害怕？

果然，楼上所有的灯都被她打开了。

我暗自笑了笑，推门进屋。

你可以发脾气，但……

2018-05-10

一位网友在庄主去年5月18号的微博后留言，我点开就看到了一组珞妮睡觉的照片。小孩子真是一天一个样，变化之大让人意识穿越。

昨天中午珞妮找不到课程表了，我说你自己的东西要自己保管好，不能总是要别人帮你保管。她没有回应，回到饭桌前把水杯重重地顿在桌子上。

我对珞妮这样耍脾气很生气，我问她你为什么要对爸爸发脾气?

她不吭气。

我说你可以发脾气，但你要给个理由，爸爸哪里做错了说错了？让你这样生气?

她说我不是这个意思。

我说好，我可以同意，但你告诉我是哪个意思?

她不说话。

我说爸爸是给你机会的，你可以说。

她不说话。

我说没有理由就对爸爸发脾气，这是不可以的。

她面无表情，看着眼前的桌面，一言不发。

我说我本可以揍你，但不想那样。你不要吃饭了，离开桌子。

她不吭声，端坐不动。

我说：离开！

她拿着水杯站起来，离开。

珞妮妈妈认为就该揍她：她就敢跟你耍脾气。

我说没必要，不准她吃饭了，这已经是惩罚了。

珞妮妈妈嗤之以鼻：她剩那点饭吃不吃都不影响她吃饱了，那也叫惩罚？

我说重要的是我表明了态度。

她鼻子里嗤了一声，我假装没听见。

其实我对自己的话也半信半疑，因为珞妮放下碗啥事也没发生一样到隔壁的办公室去了，还一边走一边喝水。我没有把看到的说出来，那只能助长珞妮妈妈的嚣张气焰，更主张揍了。

我喊珞妮上楼睡午觉。

她上楼之后躺在了她妈妈睡觉的位置，把被子蒙在头上。她继续在跟我示威。

我很想训她几句，但忍住了。我离开卧室到二楼的餐厅坐着，我不想在这个时候继续说什么。

后来我回到卧室，看见她又躺回到床中间，没有蒙被子。我依旧没说话，坐在一把椅子上看手机。

下午我没有去送她上学，她妈妈去的：我还是想让她知道我对她的行为是很生气的。

晚上，珞妮随妈妈从花店里回来了。她进了卧室，一脸不自然地走到我这一侧，坐在床边脱鞋：爸爸，老师说明天要早起五分钟，是什么意思呢？

我说我不知道。

她把鞋脱了，往床上爬：爸爸，明天还要我们穿制服校服，不穿民族的。

我说你自己把衣服放好，这是你自己的事。

她答应着迅速跳下床把服装放在一把椅子上，头回到床上：爸爸，我只盖肚子就行了。

我说那就睡吧，明天要早起五分钟呢。

她说好。她把妈妈的被子盖在肚子上：爸爸，五分钟是多少呢？很久吗？

我说五分钟说很久也很久，说很短就很短。

她问怎么会这样呢？

我说时间对人来说有心理和感觉上的内容，高兴，五分钟时间很快很短；不高兴，五分钟时间就很慢很长。

她说怎么会是这样的呢？

我说这要你自己去体会，睡吧。

后来珞妮妈妈上来了，她贼头贼脑地问我：珞妮上楼的时候是什么样子？

我说不好描述，有点儿尴尬的样子吧。

珞妮妈妈说珞妮上楼前说：妈妈，我们还是一起上楼吧。我说我还要干活呢，你自己上去吧。她站在原地犹豫了一会儿，说那好吧。珞妮妈妈说着小声笑了。

我说不要说这个了，她睡着也会听得见。

我知道需要重视这件事，但也不会太过紧张。我会找一个合适的机会，一个情境或一种场合，跟她说说这件事。道理是道理，规矩是规矩，区别还是很大的。但有一点需要清楚，珞妮的性格不是那种大大咧咧的，她自尊心太强，粗暴可以改变她的行为方式，但最大的危害是让她变得更不自信更胆怯。而随着她长大，对父母的逆反反而会更强烈。

关于这一点，更有必要让珞妮妈妈明白。

昨天下午，还有今天早晨

2018-06-05

昨天下午，老师发现其他同学都写了一遍，她还一个字没写。老师让她把手从书桌里拿出来：还好，只一个铅笔刀。老师说，我真担心她是在玩什么东西。刘老师很干练，干练的人大都是急性子。但她对珞妮一直很有耐心，我想大概是因为珞妮不是那种招猫逗狗讨人嫌的孩子吧？

看得出来珞妮妈妈有些生气，她说得揍了。

老师笑了，说揍可不行，跟她好好说。

从教室出来的珞妮看见妈妈很高兴，她跑上来拉妈妈的手。我看见这个妈妈忍住生气拉着女儿的手但一言不发，我很高兴肥妈没有当场发作。我并不放心，她可能随时会发火训斥。员工的问题太多，训员工训习惯了，逮谁训谁，甚至会训我。我会提醒她：你忘记了，我不是你的员工。

我拉过珞妮，她妈妈大概知道我要跟珞妮说话，松了手。她看我的眼神中有不满，她是在抱怨我若无其事还要和珞妮套近乎。看架势大概要连我一起训，但想到了我不是她的员工。

我真的不认为这需要讨伐，只是需要说说。

我说珞妮我们每天击掌是什么意思你还记得吧？

她说我记得啊。

今天同学们都写了一遍，只有你一个人一个字没写，是什么原因呢?

我在削铅笔。

肥妈在旁边说：削铅笔不应该上课前就削好吗？她的声音饱含克制的愤怒，这个声音其实比不克制的放嗓儿更让人难受。

珞妮没有吭声。

我想起中午我和珞妮还没有到校门口时预备音乐就响了，当然这个理由也不能证明她上课了才削铅笔就是合理的，她可以在其他时间做好这些。问题是没理由要求她像个电脑一样执行程序，父母能做到吗？父母做不到孩子哪敢说，孩子做不到就弥天大罪了。当然我不能把这些话当着珞妮的面说出来，小孩子会真的认为自己有理了。毕竟，养成一个做事有序的习惯是好事。

我说削铅笔又不是什么见不得人的事，不需要在书桌里削的，拿出来大大方方削嘛。

她说在书桌里削得慢。

我推测老师肯定有过叮嘱，要大家提前做好这些事，珞妮是怕老师看见自己准备工作没做好。我说那是肯定的，因为看不见。对了，以后在上课前把铅笔都削好，这样就不会耽误写作业了。

好的。

你看哈，如果大家都没有削好，就是出现了没办法克服的问题。这本来不是什么大事儿，但全班同学只有你一个人一个字都没写，就太特别了。

是的。

老师爱护你的自尊心，只是问了问。如果老师把你拎起来站在大家面前，那就太难堪了。

是的。

以后注意别因为小事没搞好影响学习这个大事。

好的。

然后我拉着她慢走几步，珞妮妈妈跟上来。珞妮妈妈也许是故意慢走，让我们父女可以单独谈话；也许质量大启动慢被落下了，我倾向于是前者。珞妮拉着她的手，试图和以往那样抓着我们的手打提溜，但刚刚使劲儿就放弃了。

我估计是怕妈妈拒绝，甚至再训几句。

今天早晨。

入校前我们击掌，我问铅笔削好了吗？她说削好了。我说好，上课时就快一点儿写，快写就只能集中精力，别溜号。

她说好。

我目送她的背影越去越远。

她回头找到我了，然后招手。

走一段，又回头，招手。

走一段，又回头，招手。

走一段，又回头，招手。

走一段，又回头，招手。

然后，她跑起来，上了台阶之后不跑了，放慢脚步走进教室。

爸爸，我不想再迟到了

2018-6-26

珞妮说她想吃饵块儿了，于是早晨直接到了学校门外。晚了，除了饵块儿什么都没有了。在较远处找到了一家粥铺。珞妮坐在书包上吃东西，她说：爸爸，现在是早读的时间。我说每天都有早读吗？她说是的。她又说：爸爸，你确定我每天晚来好吗？我说爸爸不确定，这是为了让你多睡一会儿。她说爸爸，我想正常时间到学校，不要晚。我问你确定？她说我确定。我说好，明天开始我们早起。她说好。

2018-7-7

我蹲在学校大门边的小门口看着珞妮走上操场，珞妮突然折回来：爸爸，每天晚到校我很不好意思，我们明天还是早一点儿起床吧。我说你确定能起来？她说我能，今天早晨是袜子不舒服，慢了。我说只要你没问题，爸爸肯定没问题。她跟我招手再见。我对她摆摆手，示意她抓紧时间进教室。看着她进了教室，我转身离开。我决定跟珞妮妈妈说说，要尊重珞妮的决定。有时候你认为是为孩子好，但并非是她所需要的。

2018-7-8

闹铃声一响，珞妮忽一下爬起来，一声不响进了卫生间洗脸。路上她问：爸爸，今天不会迟到了吧？我说不会，还可以在小吃摊吃一点儿小吃。她说我吃一个抓饼，喝一碗粥就行。要小碗粥，多了我喝不掉，都浪费了。我说好。这时候我的心脏使劲跳了两下，我立刻看了一眼手机：坏了！我没有调整闹铃的时间。已经是七点十六分了！真该死！

我说珞妮，爸爸忘记了调闹钟，你怕是没时间吃饭了。她说没关系，反正我也不饿。这时候开车的小王说：我六点十分就等在门外了。我什么都没说，能说什么呢？是我自己疏忽了，怪不得任何人。我是一个对自己的要求近乎苛刻的人，这件事搞得我有些胸闷。珞妮轻描淡写的语气更让我自责，我想我的女儿真比大人还懂得体谅人，她没有一丝一毫地埋怨。这符合她的个性，我该为此骄傲。

下了车我说珞妮，我们得跑步了，否则你不迟到的愿望就落空了。她就跟在我后边跑，跑了一段路，说，爸爸，我的腿有点软。我站下，她抓着我的手。我说来，爸爸抓着你的手，这样你才借得上力气。

接近校门的时候，我看到路边还有些学生在吃早餐，路上的学生虽然不拥挤但还是不少，他们也急急忙忙走向校门。学校的大门两侧站岗的学生们还在，这意味着还没有迟到。

和珞妮击掌，她走进校门，一步一步不急不慌的样子。她回头，挥手再见，走了一段路，再回头，挥手再见。

一年级小豆包的期末考试

2018-6-28

期末考试前的测验考珞妮又得了低分，珞妮妈妈跟我说的时候珞妮也在场。我使眼色让她不要说了，我不想让珞妮被分数给压倒。但分数太低毕竟是问题，不说也不行。

早晨上学的路上，我说珞妮这一次没有考太好是吧？她说不是考试，是测验。我说如果你测验错得多，考试的时候也会错得多。

她说要是考99分呢？算不算很少？

我说95分以上都是很多，95分以下就差了一点儿，90分以下就是平时没好好学了。

她说我也不知道我能得多少分。

我说这不是问题。考试时如果有不会的，考完一定要问老师。分数不是你的目标，重要的是要学会了。

她说一个同学考了58分。

我说太少了是吧？她说是的。

我说这个分数说明大部分课程都白学了，你不要去用他比较自己，这样你会认为自己学习很好；也不必去和100分的同学比，那样你会觉得自己很差。你和自己比，就是用这一次和前一次比。上学期你考了倒数第三，这一次能往前几名就是进步。

她说我试试吧，我也不知道。

我说那就试试。

她问要是考得好，爸爸给奖励吗？

我说没有奖励。你考得好和不好，为什么要爸爸给奖励啊？你上学是爸爸的事吗？

她说好吧，放假了我们还能出去玩吗？

我说考得好和不好都会出去玩。

在校门口，我们击掌。我说爸爸再啰唆一句：上课不要玩转笔刀，注意听讲。

她点点头。

我知道她未必能做到。没关系，只要她玩转笔刀的时候，能犹豫一下，就行。

2018-7-9

我一直等候珞妮走进家门，我不想让她进了院子第一个遇见的人不是我。你想错了，我只是不想让人问她考得如何。客人们总会关心一下孩子的，他们会认为询问一下考试的情况是最好的关心，但这恰恰是我要阻止的。其实这种关心对关心者来说只是一个礼节，换个说法就是不表示一下不好，毕竟是在人家里做客。但对珞妮来说却构成了一种强迫性记忆：考试非常非常重要。我不希望她这么小就被这种事情困扰，能轻松多久是多久，多出一天是一天。我不好一个一个叮嘱，不是麻烦，而是人们不会理解。我也不想多说，说了也没有意义，那又何必呢？

果然，我看到珞妮的时候她已经进了院子。一位客人正在带着一个孩子在玩，他看见珞妮就问：珞妮，你考……

我顾不得其他了，用自己的声音盖住他的声音：珞妮，你过来！爸爸找你有事。

珞妮正想与客人对话，听见我叫她，马上走过来：爸爸，你有事吗？

我说爸爸想问你下午是不是要写作业。

她说没有作业。

我说你自己想写吗？想写就写，不想写就玩。

她摇摇头，不想写。

我说那就不写，但可以把铅笔都检查一下，免得明天考试的时候才削铅笔。

她打开文具盒，一支一支把铅笔削了一遍：其实我的铅笔每一支都尖尖的。

那就好。先把准备工作做好，是好习惯。

爸爸，我感觉我今天应该能得100分的。

我说那可不一定。

我检查了一遍，没有错的。

这个要老师最后判定，你觉得已经对了，老师可能不认同。

是的，老师那里有标准答案，要和那个答案一样才算对。

所以说得不得100分已经没那么重要了，重要的是考卷下来后对照一下，看看是不是全都学会了。只要学会了，就算和标准答案不一样也没关系。我们上楼换一件衣服，这件现在穿已经厚了，会很热。

是的，爸爸，我的后背已经开始出汗了。

2018-7-9

忙了一个下午，不是累了，是很多地方顺不下去了。我让晓梅休息一下，今天就到这里了。她下楼了，我坐在吊椅上摇晃着休息。

电话响了，是珞妮打来的。

我问你在家吗？她说是啊。我说我在监控里没有看到你啊。她说我在办公室的角落里给你打电话。我说这样啊？有什么事吗？她说爸爸我是想跟你说一件事。

我说你说吧。

你昨天不是说考倒数第三就可以吗？

是啊，爸爸是那样说的。你能考倒数第三，就是进步。

但是，爸爸，我今天考了99.5分。

是吗？那可不少啊？

我们班有九个人考了99.5分。

那都不错，有100分的吗？

没有，最高是99.5分。

等等哈，你是说你考了第一名。

是并列第一名，我排在第三，但那只是写名字在第三，都是第一。

嗯嗯，爸爸认为这很厉害啊。你是不是也觉得自己很厉害？

是的，我也觉得很厉害。

就是很厉害。不要骄傲噢。

好的。

放下电话，我的心情有点复杂：她妈妈已经告诉过我珞妮考了多少分，排在了并列第一。我没有觉得这个分数有多大的意义，她还可能考倒数第二第三，也可能考倒数20或者30，这都不重要。我高兴的是她实现了自己的愿望：为什么不可以考正数第一呢？我永远不会鼓励她考第一第二第三，但也担心她会在这种宽容随性的环境里丢掉进取心。还好，珞妮的自尊和倔强都还在。

2018-7-10

吃早饭的时候珞妮又跟我说起考试的事。凡她主动提起的事，我是不回避的，正好可以让她清楚我的想法。说了不少，相当于老生常谈的内容，不重复了。核心的内容就是语文考第一，数学不一定就考第一，也可能倒数第一；这次考第一，下次可能是倒数第一第二。

她问那要是考正数前十名呢？

我说同样是正常的。就说你们班这一次考试吧，第一名的有9个，最后一名比你上一次考倒第二的成绩还高。所以说在你们这个班考第几都正常，谁状态好一点儿就多几分，状态差点儿就少几分。多几分少几分都不必介意，爸爸只希望你考试的时候平常心。

她问什么是平常心？

平常心你就是和你平时做作业一样的心情，很平静很放松。

她点点头。

平时上课做作业呢，正好要和考试的心情换一下，叫作平时作业考试心。

考试心是什么样的？

就是特别认真一点儿都不马虎。你考试的时候不是这样吗?

她说是这样。

如果平时做作业像考试一样认真，一点儿都不马虎，你就可以在考试的时候不紧张，轻轻松松就考好了。没有平时的认真，就没有考试的放松，还会考得乱七八糟。

看到她一只手涂了红指甲，跟她说还是洗掉，学生和成年人不一样，你长大了再涂。

她说不用洗，可以抠掉。

在校门口击掌的时候，她说我涂得有点厚了，抠不干净。

那就不要抠了，放学回家洗干净就行了。

2018-7-10

整个下午一直没有接到珞妮的电话，我推测是数学考砸了。

傍晚的时候看到了成绩单，珞妮得了97分，排在第七；两门课总分196.5分，综合成绩排在第五。她对数学得了97分很不满意，妈妈让她给爸爸打电话她不打。

后来我问她为什么不打呢?她扒着我的耳朵说：这有什么好说的?妈妈跟谁都说，太不给我面子了。我说姑娘，这有什么没面子的啊?要是不满意，下次超过97分就行啦。她说我检查了，觉得没错啊。我说那是因为不太熟练，你平时做作业的时候也经常出现同样的情况。爸爸估计你的数学不会考得很好，没想到得了97分，这已经很厉害啦。爸爸的数学一直不行，从来没得过90分以上。她问那是为什么?我说因为爸爸看不见黑板上写的字，从来就不知道老师写的是什么。

八岁寄语

2018-12-7

八年了，每年的这一天，都是我们中国农历的大雪节气。

此刻，我和你还有你妈妈坐在乌兰浩特至长春的城际快车上。我们先到长春，见几个朋友，然后去沈阳。下午的阳光照进车窗，你的身上也铺满了明亮的阳光。你举着爸爸的水杯：爸爸，你为什么把水杯放在我的背后？把我的后背硌得很疼。我专心写这篇文字，没搭理你。你说：好吧，我把水杯挂在座椅的靠背上。

这个时刻，距离大雪节气这一天还有10小时。2018年12月7日，大雪。

你就出生在这一天的上午11点33分。

那一天，会泽下了一场几十年不遇的大雪。漫山遍野、街道上、房屋上都是厚厚的积雪，世界安静得只能听见我自己的呼吸声和脚步声。爸爸急匆匆步行6公里进城去县医院，我被要求在剖官产手术的术前单上签字画押，承诺无论出现什么意外都不可追责医院。接下来发生的事你都已经知道了，但这么多年来只要想起，爸爸总是会感谢上帝：他创造了一个属于我们的奇迹——你以你的方式和这个世界，和你的妈妈爸爸相见。

珞妮，睡醒了吧？去给爸爸烧点水，爸爸要来一杯普洱茶……现在已经是12月7号，再过三个小时，就是你出生的时刻了。每年凌晨要写完的这篇年记今年推迟到了上午，也可能是下午。爸爸不适应这种环境，总是静不下来。写一两行就会被什么事情打断，接续的时候都要重新回想已经想过的往事。这让人感受到思绪不是连贯的，是破碎的。

刚刚听见你妈妈问你：妈妈老了也会像李伯伯的妈妈一样，你吃顿饭都会给你打两个电话。你会怎么办呢？你看了一眼爸爸，说我不想回答这个无聊的问题。你妈妈说这不是无聊的问题，你也不必看爸爸，他不会帮你。你说我还是不想回答，到时候再说吧。

我说珞妮可以回答，你只需要做到李伯伯那样，回答你妈妈说你吃完饭马上回家，让她不要着急。人老了和小孩一样离不开人，但至少不会哭闹。你只要安慰几句，让她在家等着就行了。

珞妮说妈妈说李伯伯是压着火回答的。

我说不是，李伯伯没有生气，他是觉得无可奈何。人老了活成了小孩子，总是让人无可奈何的。

回想你一天天长大的日子，今天爸爸突然觉得没有更多的话要对你说。很多话散落在那些平常的日子里，像流水一样存在也像流水一样逝去。看着你正常和健康地成长，爸爸唯一的骄傲来自这个基本判断：看到一个孩子就看到了他的父母，这个孩子日常生活中所呈现的所有好的和坏的，都来自他的父母。

你也一样，不是一个完美的孩子，如同你的父母不是一个完美的人；你也不可能是一个完美的孩子，如同你的父母也不可能是完美的人。

但你已经具有的一些美好、高贵的品质，爸爸可以确定它们将伴你一生。爸爸不能确定的是，这些品质是否可以给你带来幸福。这不是你的问题，也不是你的爸爸妈妈的问题，是这个世界的问题。爸爸希望你在成长中心平气和地面对这个世界，也心存感激地接受和喜爱自己的这些品质。

人没有能力改变外部世界，但可以努力坚守自己。偏执的理解是坚持自己就是拒绝他人，爸爸要跟你说的是：坚守自己同样会找到你的同类。任何一种品行和性格的人，都会找到适合自己生存的空间。

2018年对你来说是普通的一年，但对你的爸爸妈妈来说却很不平常。你再长大一些的时候，爸爸会告诉你为什么要安排你休学一个学年；让你知道，人生中有很多时候是迫不得已。但只要对你的成长有利，任何迫不得已都不会让爸爸感到为难。

李伯伯来了，我们要出发去见朋友了。

我们不能忘记在这一天，我和你一起祝福和感谢你的妈妈。我说过，她也不是个伟大的人，有时候甚至很令人讨厌，但她依旧是我们最亲最爱的人。

来，珞妮，祝福你的妈妈，赞美和感谢她一直以来所付出的一切。